W9-BMX-961

燃烧的女孩
CATCHING FIRE

SUZANNE COLLINS

【美】苏珊·柯林斯 著 耿芳 译

作家出版社

此书谨献给

我的父母

迈克·柯林斯　简·柯林斯

以及我的公婆

查尔斯·普莱厄　迪克茜·普莱厄

目录

第一篇
星星之火

胜利巡演在即

壶中茶水的热气早已散发到冰冷的空气中，可我双手仍紧紧地握着茶壶。我的肌肉因为冷而绷得紧紧的。此时如果有一群野狗来袭击，我肯定来不及爬到树上，就会遭到野狗的撕咬。我应该站起来，活动一下僵硬的四肢，可我却坐着，像顽石一样一动不动。此时天已经蒙蒙亮了，周围的树丛已隐隐显露出轮廓。我不能和太阳搏斗，只能看着它一点点地把我拖入白昼，而即将到来的这一天是几个月来我一直所惧怕的。

中午，记者、摄影师，还有我的原班陪护艾菲·特琳奇就会涌入我在胜利者村的家中，他们现在应该已经从凯匹特出发了。我不知道艾菲是否还戴着她那愚蠢的粉色假发，抑或她为这次胜利巡演特意弄点什么别的怪颜色，就不得而知了。即将到来的还有我们的随行人员，在漫长的列车旅途中，有一个团队专门照顾我的饮食起居，当然也少不了化妆师，他们给我匀脂涂粉，好让我在公开场合亮相时光艳照人。我的设计师也是老朋友西纳也在此行人员之列。在上届饥饿游戏开幕式上，他

为我设计了漂亮的服装，使我在比赛一开始就成了引人注目的焦点人物。

要是依了我，宁肯把饥饿游戏彻底忘掉，只将它当作一场噩梦，再也不提它了。可胜利巡演在即，忘掉它是不可能的，凯匹特故意把巡演安排在两次饥饿游戏中间，使之带来的恐惧时时悬在人们的心头，挥之不去。十二个辖区的人们不仅要牢记凯匹特的铁血政策，而且还要为此庆祝一番。而今年，我是这场戏的主角之一，我要一个区接一个区地走下去，去站在欢呼的人们面前，去面对那些在饥饿游戏中失去孩子的家人——尽管他们内心对我很厌恶，尽管我就是那个杀死他们孩子的人……

太阳仍固执地升了起来，我也强迫自己站起来。浑身的关节都在反抗，左腿已经麻木了，我不得不来回走一走，使它恢复知觉。我已在树林中待了三个小时，可没心思打猎，所以还是两手空空。对妈妈和小妹妹波丽姆来说，虽然新鲜的野味更好吃，可实际上也无所谓，她们可以在镇上买到屠宰好的肉。可我最好的朋友盖尔·霍桑一家却要靠这些猎物过日子，我不能让他们失望。我开始顺着下好的套往前走，这得用上个把小时嘞。以前在学校上学时，我和盖尔下午总有些时间查看下好的套，把捕获的猎物收好，然后到集市上去卖。可现在盖尔去矿上的煤窑干活了，而我反正一天闲着也没事干，就揽上了这个活。

这会儿盖尔肯定正在井下熬点呢，他得先坐上颠得让人想吐的罐车，下到深不见底的井下，然后在掌子面上挖煤。我知道在井下是什么感觉。在学校时，作为基本训练，我们班每年都到井下去体验生活。我小时候真不愿意去，那狭窄幽闭的巷道、污浊的空气、四下里一片漆黑，可真够人受的。自从爸爸和另外几个矿工在爆炸中身亡之后，我连逼迫自己上罐车都很难，每年去井下参观成了我的一大心事，有两次我为这事都病倒了，妈妈还以为我得了流感。

盖尔只有在林子里时才能真正地快活起来，这里有新鲜的空气、明媚的阳光，汩汩流淌的清澈溪水。我真不知道他是怎么忍受井下的一切的。哦……当然，他不得不忍受这一切，因为他要养活自己的妈妈、两个弟弟和妹妹。可我现在有足够的钱能养活我们两家人，但他一个铜子儿都不要；我想给他带点肉都难。说实话，要是我在饥饿游戏中死掉，他不一样会养活妈妈和波丽姆吗?！我对他说，收下猎物等于帮我一个忙，我一天到晚闲着没事，会发疯的。可即使如此，只要他在家，就决不收我打的猎物。不过还好，他一天在矿上干十二个小时，给他家送去些猎物总还不算太难。

最近这段时间，只有到了星期日才能见到盖尔，我们先在林子里碰头，然后一起去打猎。这仍然是一周里最好的时光，可我总觉得一切都跟从前不大一样了，以前我们无话不谈，可现在在一起却有些拘谨了，饥饿游戏甚至毁了我们之间的默契。我一直希望随着时间的推移，我们之间兴许能够回到从前那样。可我心里又隐隐觉得这是不大可能的，过去的时光已经一去不复返了。

这次下的套逮到了不少猎物——八只兔子、两只松鼠，还有一只河狸钻到盖尔最会编的那种套里。他是这方面的高手，他会把打好套的绳子拴在弯弯的小树枝上，逮到猎物时树枝就会弹起来，别的食肉动物也抓不到；他还把几根原木搭在小巧的捕兽夹子上，来作为伪装；他编的鱼筐，只要鱼钻进去就很难逃脱。我一边收猎物一边想，我永远都不可能有他那样的本事，也没他那种直觉，他总能很好地判断猎物要从哪儿经过。这不仅仅是经验的问题，而是一种天赋，正如我可以在漆黑的夜晚一箭射中猎物一样。

当我回到十二区的隔离网时，天已经大亮了。像往常那样，我先静静地听了一会儿，没有听到电流通过铁丝网时低沉的嗡嗡声；虽然照理说隔离网应该是一直通电的，可我几乎从来没听到过这种声音。我从底下的缺口爬过去，站到了“牧场”上，这儿离我原来的家很近。这所房子我们仍保留着，因为这是妈妈和妹妹法定的住所。如果我突然亡故，她们就得回到这里。可现在她们都幸福地生活在胜利者村的新房子里，而我是唯一真正使用这座小矮房的人，毕竟我是在这儿长大的，对我来说，这里才是真正的家。

我现在要进去换一下衣服，脱掉爸爸的旧皮夹克和柔软的旧靴子，换上窄肩的细纺羊毛大衣和昂贵的机制皮鞋——妈妈觉得这鞋更适合我的身份。我已经把弓箭藏在了树洞里。尽管时候已经不早了，我还是想在厨房里坐上几分钟。壁炉里已没有柴了，桌布也撤掉了，一切显得那么颓败，过去的时光已经流逝，我无比叹惋。过去我们的日子很穷，但在这张紧密编织的生活的网里，我更清楚自己的位置，我真希望能回到从前，那时是多么的安全；而现在我虽然富有、出名，却惹来了凯匹特当局无比的嫉恨。

这时后门传来小猫凄哀的叫声，吸引了我的注意。我打开门，原来是波丽姆以前养的脏兮兮的毛茛花。它几乎和我一样不喜欢新家，总是趁波丽姆上学时溜出来。我们并不喜欢彼此，可现在却有了新的共同点。我让它进来，喂了它一块河狸肉，甚至还在它两耳间抚摸了一下。

“你很丑，知道吗，啊？”我问道。

毛茛花拱拱我的手，要我再抚摸它，可现在我得走了。

“走吧，伙计。”

我用一只手抱起它，另一只手抓住装猎物的袋子，走到街上。猫一下从我手里挣脱了，消失在灌木丛中。

鞋子踩在煤渣路上发出吱吱嘎嘎的声响，这鞋夹脚趾，很不舒服。我穿过几道巷子，绕过几家的后院，很快来到盖尔家。他的妈妈黑兹尔正弯腰在水槽边洗衣服，她从窗户里看到了我，就在围裙上擦干手，到门口来迎接我。

我喜欢黑兹尔，也很尊敬她。矿上发生的那次爆炸夺走了爸爸的生命，同样也带走了她的丈夫，撇下了她和三个孩子，还有她腹中的婴儿。她产下孩子后还不到一个星期，就去外面找活干了。因为她要照看刚出生的婴儿，所以矿上的活肯定干不了，于是她就从那些商人那儿揽下洗衣的活。盖尔是这家的长子，十四岁就挑起了养家的重担。他那时登记领取食品券，可以得到一点少得可怜的口粮和油，作为交换，他就要多次登记，因而在“贡品”的抽签中，被抽中的几率也会增加。那时，就算他是下套捕兽的能手，要是没有黑兹尔没日没夜地靠自己的双手给人家洗衣服，他打到的猎物也很难养活一家五口人。每到冬天，她的手总是裂着口子，又红又肿，稍一碰就会流血。要不是涂了妈妈特制的药膏，恐怕一直都好不了。可黑

兹尔和盖尔却下定决心，不让其他的几个孩子——十二岁的罗里、十岁的维克和四岁大的珀茜——登记领取食品券。

黑兹尔看到猎物咧开嘴笑了，她提着河狸的尾巴，掂了掂分量，说："这能炖一锅香喷喷的肉汤了。"和盖尔不一样，她对我们俩谁打的猎物倒不计较。

"皮也不赖哦。"我说。和黑兹尔待在一起很开心，她和我们一样，总是对猎物大加赞赏。她给我倒了一杯香草茶，我用冰冷的手抓住温暖的杯子，内心充满感谢。

"您知道吗，我想这次旅行回来，等罗里放学没事，我可以隔三差五地带他出去玩玩，还可以教教他打猎。"我说。

黑兹尔点点头："那敢情好，盖尔一直想带他出去，可他只有星期天才有时间，我觉得他更愿意把这点时间留出来，和你待在一起。"

我的脸不由得刷一下红了。当然了，这样挺傻的。没人比黑兹尔更了解我了，她也清楚我和盖尔之间的关系。我敢肯定很多人都认为我和盖尔早晚会结合，就算我从没这么想过。可这是在饥饿游戏之前的事，是在我的搭档皮塔·麦拉克宣称他疯狂地爱上我之前的事，我们的罗曼蒂克成为我们在竞技场生存下去的关键策略，只不过皮塔没把它当成策略。我不知道这对我意味着什么，可我清楚这一切对盖尔来说是一种痛苦。一想到马上要开始的胜利巡演，我和皮塔不得不再次扮演情侣，我的胸口就有一种压迫感。

我匆匆喝下依然很烫的茶水，把杯子往桌上一推，对黑兹尔说："我得走了，穿漂亮点，好上镜。"

黑兹尔拥抱了我，并说："好好享用你的食物。"

“一定。”我说。

在回家的路上要经过霍伯黑市，我以前在这里卖过不少东西。几年前这里是储煤的仓库，后来废弃不用，就成为人们从事非法贸易的地方，长期以来就是公开的黑市。要说违法，我想我也是其中一员。在十二区的林子里打猎至少触犯了十二条法规，够得上判处死刑。

尽管大家从未提起过，可我对常来霍伯黑市的人欠了个人情。盖尔对我说过，那个在黑市卖汤的上年纪女人格雷西·塞在饥饿游戏期间曾召集大伙赞助皮塔和我。照理说，我是在黑市里混的人，赞助我的理应都是黑市的人，但后来许多人听说后也加入进来。我不清楚他们到底弄到了多少钱，但投入竞技场的任何礼物都价值不菲，它和我在竞技场的生死息息相关。

我手提着空空如也的猎物袋子，没什么可拿来交易的，可裤兜里却揣着沉甸甸的钱币，所以当我打开黑市前门时，有种奇怪的感觉。我尽量多走几个摊位，多买些东西，我买了咖啡、面包、鸡蛋、纱线和油。后来，又想起来从一个叫瑞珀的独臂女人那里买了三瓶白酒。这女人也是在矿难中受了伤，可她还挺聪明，找到了谋生的出路。

这酒是给黑密斯而不是给家人买的，他是我和皮塔在饥饿游戏竞赛中的指导老师，性情粗暴乖戾，大部分时间都是醉醺醺的。可不管怎样他还是尽到了自己的职责。这次不同以往，因为在大赛历史上首次允许两个“贡品”胜出。所以，不管黑密斯是何许人，我都欠了他的人情，一辈子的人情。几周前，他去买酒没买到，发生了酒精脱瘾反应，出现可怕的幻觉，浑身颤抖、大喊大叫。波丽姆吓得要命，说实话，我看到他那样

也并不开心。从那时起，我就开始存些白酒，以防他哪天断了顿。

克雷是治安警的头，他看到我买酒不禁眉头紧蹙。他上了点年纪，几缕花白的头发从他红脸膛边掠过。“姑娘，这东西对你来说劲太大。”他自然清楚这点，除了黑密斯，克雷是我见过喝酒最凶的人。

“哦，我妈用这个配药的。”我漫不经心地答道。

“噢，这东西可比什么都厉害。”他说着，把一枚硬币拍在案子上。我又走到格雷西·塞的摊子，身子一纵，坐到了她的柜台上，要了份汤，那汤好像是用葫芦和豆子一起煮的。我喝汤时，一个叫大流士的治安警也走过来，买了一碗。在所有的治安警里，他是我最喜欢的一个。他不要威风，还爱开个玩笑，二十多岁，可看上去比我大不了多少。他笑眯眯的脸，毛糙的头发使他看上去像个大孩子。

“你不是要坐火车走了吗？”他问我。

“他们中午来接我。”我答道。

“你不觉得自己该打扮漂亮点吗？”他压低声音对我说。

尽管此时我心绪不佳，可他的调侃还是让我忍不住笑了。

“你也许该在头发上扎个发带什么的？”他抚弄着我的辫子说道，我一下把他的手推开。

“别担心，等他们把我打扮好了，你会认不出我来的。”我说。

“那可真好，”他说，“伊夫狄恩小姐，咱们也得打扮漂亮好给咱们区争争光，唔？”他冲着格雷西·塞的那边摇着头，一副不以为然的样子，然后找他的朋友去了。

“把汤碗给我拿回来。”格雷西·塞冲着他喊道，她脸上挂着笑，所以声音显得并不很严厉。

“盖尔会去送你吗?”格雷西·塞问我。

“不，他不在送我的人的名单上，不过，我星期天刚见过他。”

“还以为他肯定给列在名单上，他还是你的表兄呢。”她狡黠地说道。

这所谓的“表兄”是凯匹特炮制的一个骗局。当我和皮塔进入前八时，凯匹特派记者就我们的个人生活进行采访。一问，大家都说盖尔是我的朋友；可这样不行，我和皮塔在竞技场如此浪漫，而我最好的朋友却是盖尔。他太英俊、太男性化，在镜头前一丝笑容都不愿显露。我们确有许多相像之处，我们都有“夹缝地带”人的外表——黑色直发、橄榄色皮肤、灰眼睛。所以有些天才就把他虚构成我的表兄。我一直不知道这事，直到坐火车回来，在站台上妈妈对我说：“你表兄等不及了，他恨不得马上见到你!”这时我扭头看到盖尔、黑兹尔和其他几个孩子都在等着我，如此，我还有什么好说的呢？只好顺其自然吧。

格雷西·塞知道我们没有亲缘关系，可那些与我们相识多年的人似乎都忘了这一点。

“我真希望这一切早点结束。”我轻声说。

“这我知道，”格雷西·塞说，“可这过场也得走才能盼到它结束啊，最好别太迟了。”

我往胜利者村走的时候天上飘起了小雪。家离镇中心广场有半英里距离，然而它却完全像另一个世界。这里是一片掩映

在绿色树丛中的独立的居住区，低矮的灌木丛中点缀着美丽的花朵，共有十二座房子，每一座都有我小时居住的房子的十倍那么大。其中九座房子是空的，一直空着，另外三座由黑密斯、皮塔和我居住。

我们家和皮塔家洋溢着温馨的生活气息，窗户里散发出柔和的光亮、烟囱里炊烟袅袅、大门上装饰着彩色的五谷，准备迎接收获季节的到来。然而黑密斯的家，虽然有专门的清洁工照料，却一副颓败荒芜的样子。我在他家门口停下来，定定神，料想到屋里肯定又脏又乱，然后推门进去。

屋里的气味让我立刻皱起了鼻子。黑密斯不让任何人给他打扫房间，他自己也不打扫。多年来沉积的酒精和呕吐物的臭气，与糊白菜味、焦肉味、脏衣服味、老鼠屎味混在一起，熏得我眼泪直流。地上满是烂包装纸、碎玻璃和骨头，我小心地穿过这些污物，吃力地走到黑密斯那里。他坐在厨房的餐桌旁，两臂张开放在桌子上，脸趴在一摊酒上，鼾声如雷，正在睡觉呢。

我用胳膊肘推推他的肩膀。“起来！”我大声喊道，知道声音小了叫不醒他。他打鼾的声音停下了，似乎要醒了，但紧接着又打起鼾来。我使大劲推他。“起来，黑密斯，今天要巡演了！”随后，我用力把窗户打开，猛吸一口室外的新鲜空气，接着又用脚在地上的垃圾里扒拉，找到一把锡咖啡壶，到水管接满水。炉火还没有完全灭，我慢慢把火弄旺。为了把咖啡煮浓些，我往壶里倒了很多磨好的咖啡，然后把壶坐在火上，等着水开。

黑密斯仍在酣睡，人事不知。没办法，我只好接了一大盆冰凉的水，一股脑浇在他头上，然后赶紧跳到一旁躲开。他的喉咙咕里咕噜发出类似动物的叫声，猛地跳起来，把椅子踢到身后老远，手中握着刀子在空中乱舞。我忘了他睡觉时手里总是握着一把刀子，刚才应该撬起他的手指把刀子拿开。他口中一边骂着脏话，一边挥舞手中的刀子，过了一会儿才清醒过来。他用衣袖抹了把脸，朝窗户这边扭过头来。我已经坐到窗台上，以防万一，好赶快跑掉。

“你要干什么?”他气急败坏地说。

“你让我在记者来之前一小时叫醒你。”我说。

“什么?”他说。

“是你说的。”我坚持道。

他好像记起来了：“我怎么浑身都是湿的?”

“我摇不醒你。瞧，你要想来温柔的，应该去叫皮塔。”我说，

“叫我干吗?”一听到皮塔的声音我的内心就搅成了一团，既觉愧疚，又觉难过和害怕。也有渴望，我也许应该承认自己对他也有了一丝渴望，只是在内心的挣扎中不愿承认罢了。

我注视着皮塔。他走到桌旁。从窗口射进的斜阳映着刚落到他金发上的雪花，闪着熠熠的光，他看上去强壮而健康，和在竞技场时那个染病在身、饿得面黄肌瘦的男孩是多么的不同，甚至他的跛足也不怎么明显了。他把一大条刚烤好的面包放在桌子上，把手伸给黑密斯。

“让你把我叫醒，可不是要我得上肺炎。”黑密斯说着，一边扔掉手里的刀子。他脱掉脏衬衫，露出一样脏的内衣，他抓着衬衫没被打湿的地方擦着身子。

皮塔笑了笑，他拿刀子在地上的一瓶白酒里蘸了一下，用自己的衬衫角把刀片擦干，然后切起了面包。皮塔总让我们吃到新烤的面包。我打猎，他烤面包，黑密斯喝酒。我们各忙各的，尽量不去想在饥饿游戏中那些不快乐的事。他把一片面包递给黑密斯，这时才第一次抬起眼来看着我。

"你来一片吗?"

"不，我在集市吃过了。谢谢你。"我说。

这声音听上去不像我自己的，一本正经的，自从摄影师拍完我们凯旋的镜头，彼此都回到现实生活中后，就一直如此。

"不客气。"他很生硬地答道。

黑密斯把他的衬衫扔到旁边的一堆杂物里："哦，你们两个在正式表演之前还得好好热身一下。"

当然，他说得没错。观众会仔细审视这对饥饿游戏中的爱情小鸟，他们要看的可不是彼此一眼不睬的一对。可我只说了句："冲个澡吧，黑密斯。"之后就从窗台跳到窗外，穿过绿草坪，朝家走去。

雪已有些化了，在我身后留下了一串脚印。到了门口，我停下来，把沾在脚上的湿泥磕掉，然后再进屋。为了这次电视拍摄，妈妈日夜忙碌着，家里已经打扫得窗明几净，一尘不染，用大泥脚把她擦得铮亮的地板弄脏是不可以的。我还没进门，她就已经举起手臂站在那儿，好像要拦住我。

"没事，我把鞋脱这儿。"我说着，把鞋脱在了门垫上。

妈妈轻笑了一下，笑声怪怪的，她把装猎物的袋子从我肩上接过去，说："天刚开始下雪，你去散步还好吗?"

"散步?"她明知我在林子里待了半夜。这时我看到在她身后厨房门边站着个男人，他西服笔挺，身材匀称得像做过外科整形手术，我一眼就看出来他是凯匹特人。气氛有点不对头。

“噢，地上滑极了，走起路来简直就像滑冰。”

“有人要见你。”妈妈说，她脸色苍白，我可以听出来她在极力掩饰自己的焦虑不安。

“我以为他们中午才会到。”我假装没注意到妈妈不自然的神态，“是不是西纳要早点到，好帮我准备啊？”

“不，凯特尼斯，是——”妈妈刚要说。

“请这边走，伊夫狄恩小姐。”那人说。他做手势让我沿走廊走。在自己家里还要让人引领，感觉真奇怪，但我知道最好对此别妄加评论。

我边走，边对妈妈镇静地笑笑，好让她别担心。

“兴许还是巡演的什么指示吧。”

巡演开始前，他们不断给我送来各种资料，说明巡演的路线、到各区应该遵守哪些规矩等等。可当我朝书房走时，我看到那扇从未关过的门在我面前紧闭着，我的脑子里马上闪过各种猜测：**谁在这里？他们要干什么？妈妈的脸色为什么这么难看？**

“直接进去吧。”那个凯匹特人说，他一直跟在我的身后。

我旋起光滑的铜把手，推门走了进去。一进屋，我隐约闻到了一股血腥和玫瑰的混合气味。一位白头发、身材瘦小的男人正在读书，他的脸我似曾相识。他举起一根手指，似乎在说“稍等”，然后，他转过身来，我不禁倒吸了一口冷气。

出现在我眼前的，是斯诺总统，还有他那如蛇毒般犀利的眼神。

2 血腥与玫瑰

在我印象中，斯诺总统应该出现在华丽的厅堂里，身后有大理石柱，四周挂满巨大的旗帜。当他出现在普通人家时，周围的一切与他显得那么不谐调，就如同揭开锅盖看到的不是炖肉而是毒蛇。

他到这里干什么呢？我迅速回想着以往的胜利巡演开幕式，以前在开幕式上出现的有获胜者和他们的指导老师、造型师，偶尔一些高层的政府官员也会露面，但我从没见过斯诺总统，他总是在凯匹特参加欢庆仪式。没错，是这样。

如果他千里迢迢从凯匹特赶来，这只意味着一件事：我陷入了巨大的麻烦。如果我有麻烦，家人也会有麻烦。想到妈妈和波丽姆就在这个痛恨我的人触手可及的地方，我不禁打了个寒战。是的，他会永远痛恨我，因为我在残酷的饥饿游戏中制胜，让凯匹特丢了脸，让他们的掌控失灵。

比赛时，我想到的一切就是让皮塔和我都能活下来，如果说有什么反叛的意味，那也只是偶合。但如果凯匹特宣布只能有一名“贡品”活下来，而你有胆量挑战这一规则时，我想这就是反叛。我唯一自我保护的办法就是装作为皮塔的爱而癫狂。唯其如此，我和皮塔才可能都活下来，才能戴上胜利的桂冠，才能回家，之后再与所有的摄影记者说再见，平安地生活，直至今日。

也许是对这个房间比较陌生，也许是看到他后太震惊了，也许我们俩心里都清楚他可以在瞬间置我于死地，我感觉好像这是在他家里，而我是未被邀请的闯入者。因此，我没有欢迎他也没给他让座，只是一言不发。事实上，我把他当作真正的蛇来看待，一条毒蛇。我站着一动不动，眼睛直视着他，盘算着下一步该怎么办。

“我想如果咱们都同意不对彼此撒谎，那么事情就简单多了，你说呢？”他说道。

我本以为在这种情况下我的舌头会僵住，但让我自己都感到吃惊的是，我竟然镇静地回答：“是的，我想这样会节约时间。”

斯诺总统微笑着，这时我才第一次注意到他的嘴唇，我本想自己会看到蛇一样的嘴唇，也就是说看不到嘴唇，但我真正看到的却是饱满而紧实的嘴唇。我纳闷他是否为了让自己更有吸引力而做过唇部整形。如果真是这样，那简直是浪费时间和金钱，因为他一点也不吸引人。

“我的顾问担心你很难对付，事实上你没有准备这么做，对吧？”他问道。

“是的。”我答道。

“我也是这么跟他们说的，一个女孩不惜一切保全自己的

性命，她是不会把它随意丢弃的，另外她还有自己的家人，妈妈、妹妹，还有那些个……表兄们。”他在说到“表兄”时故意慢了下来，我看得出他知道我和盖尔没有亲缘关系。

好吧，一切都摆到了桌面上，也许这样更好，我不喜欢在似有似无的险境中徘徊，我宁愿知道最终结局。

“坐吧。”斯诺总统在一张宽大而光滑的木质桌子的一头坐下，波丽姆经常在那里写作业，妈妈在那里算账。他无权拥有这个地方，就像他无权拥有我家里的一切，但其实，他最终却有权占有这个地方。我也坐在桌旁一个雕花的直背椅子上，这张椅子是为比我高的人制作的，所以我只能脚尖着地。

“我有一个问题，伊夫狄恩小姐，”斯诺总统说，“这个问题是在竞技场当你拿出有毒的浆果的那一刻产生的。”

在那关键的一刻，赛组委必须作出抉择：眼看着我和皮塔自杀——这意味着比赛将不再有胜出者，或者让我们两人都活下来，我猜想他们会选择后者。

“如果赛组委主席塞内卡·克林稍微有点脑子，他当时就该让你们两个灰飞烟灭，可不幸的是，他感情脆弱，所以你没有死，现在仍站在这里。你能猜猜他到哪儿去了？”他问。

我点点头，从他说话的语气可以判断塞内卡·克林已经被处死了。现在我和总统之间只隔着一张桌子，玫瑰和血腥的混合气味更加浓烈。斯诺总统的衣袋里别着一枝玫瑰，散发出浓浓的玫瑰异香。这枝玫瑰一定是转基因玫瑰，因为自然生长的玫瑰不会如此芬芳。至于血腥味来自哪里……我不得而知。

“此后，我们毫无办法，只好让你继续演出你的小闹剧。你演得还不错，啊？那个痴情的小女生，凯匹特人对此深信不疑。可不幸的是，并非每个区的每个人都信你那一套。”他说。

说到这儿，他有意顿了顿，我的脸上一定也掠过一丝的疑惑。

“当然了，对此你并不知情。你无法了解其他辖区的人们的情绪和反应，事实上，有几个区的人认为你的毒浆果的把戏是对凯匹特的公然蔑视，而非爱情的表白。那么，如果仅仅十二区——而非其他任何区——的一个小女孩都敢公然反抗凯匹特而且毫发无损的话，那么凯匹特还有什么办法去阻止其他人采用同样的做法？比如说，一次暴动？”他说。

他的最后一句话颇耐人寻味，过了片刻我才完全反应过来。

“发生暴动了吗？”如果真的发生暴动，我既感到恐惧，又觉得兴奋。

“还没有。但事情就这么发展下去的话，他们就会紧随其后；而有暴动就可能会有革命啊。”

斯诺总统用手指按住左侧眼眉的一点，轻轻地揉着，而在我头部的这个位置，也常常会感到头痛。

“你是否想过这意味着什么？有多少人会为此丧命？没死的人又会有怎样的处境？无论什么人认为凯匹特存在怎样的问题，请相信我，只要我们稍一松懈，整个的社会体系就会土崩瓦解。”

他讲话坦率，甚至真诚，似乎他最关心的是帕纳姆国的福祉，令我吃惊。可实际上根本不是那么回事。

“如果一把浆果就能把它摧毁的话，那它肯定非常脆弱。”我脱口而出，也不知自己哪来的胆量说出这些话。

他看着我，沉默了良久。结果他只简单地说道："是很脆弱，但并非如你想象的那样。"

这时有人敲门，那位凯匹特侍卫探进头来，"她妈妈问您是否要喝茶?"

"噢，我要茶，来一点吧。"总统说。

门打开了，妈妈手拿托盘，上面放着她嫁到"夹缝地带"时带来的瓷器。

"请放到这里吧。"总统把书放到桌角，指着桌子的中央说道。

妈妈把茶盘放到桌子上，茶盘上放着茶壶、茶杯、奶油、糖和一盘饼干，饼干是冰镇的，上面装点着柔色的花朵，只有皮塔才有这手艺。

"噢，多么热情的款待，你知道，很可笑，人们经常忘了总统也是要吃饭的。"总统的口气轻松愉快。妈妈听到这些话好像也稍微放松下来。

"您还要点别的什么吗?您要是饿了的话，我可以给您做点别的。"

"不要了，这已经很好了，谢谢。"他说，显然不需要她停留在这儿了。妈妈点点头，朝我瞥了一眼，然后走开了。斯诺总统为我们两个都倒了一杯茶，在他的茶里放入奶油和糖，然后慢慢地搅着。我感觉他似乎已经把话说完，正等着我的回答。

"我并不想引起暴动。"我对他说。

"我相信你，没关系。你的设计师在你服装的选择上很有先见之明，凯特尼斯·伊夫狄恩，燃烧的女孩，你已经点燃了第一把火，没有熄灭的火，它会引发一场地狱之火，将帕纳姆国完全摧毁。”他说道。

“那您现在干吗不把我杀了？”我脱口而出。

“公开的？”他问，“那只能火上浇油。”

“那就安排一次事故。”我说道。

“谁会买账？你要是观众，你也不会。”

“那您直接告诉我要我怎么做，我会做的。”我说道。

“要是那么简单就好了。”他拿起一块装点着花朵的饼干，仔细地看着。“很可爱，你妈妈做的？”

“皮塔。”

他盯着我看，我第一次觉得不能忍受他的凝视。我伸手拿起茶杯，但听到颤抖的茶杯碰击茶托发出的声音，我又把它放下。为了掩饰内心的慌乱，我赶快拿起一块饼干。

“皮塔。你的爱情生活怎么样？”他问。

“很好。”我说。

“他在多大程度上感觉到你的冷淡？”他问道，一边把饼干浸到茶里。

“我并不冷淡。”我说。

“可也许你对那年轻人没有你让人们相信的那么着迷。”他说。

“谁说的？”我说。

“我说的，”总统说道，“如果我是唯一怀疑的人我就不会到这来了。那个漂亮的表兄怎么样？”

“我不知道……我不……”和斯诺总统谈起我最关心的两个人以及和他们的感情问题，让我极为反感。我不知该说

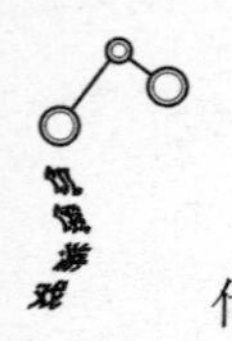

什么。

“说吧，伊夫狄恩小姐，如果我们的谈话没有达成令人愉快的共识，我可以轻易地把他杀了。你每到星期天就跟他钻到林子里，对他真没有好处。”他说。

如果他连这个都知道，那其他的他还知道什么？他是怎么知道的？很多人都有可能告诉他我和盖尔星期天去打猎。我们每次打完猎满载而归时，从不避人耳目，不是吗？多年来不都是这样吗？问题是对于在远离十二区的林子里发生的事他知道多少？应该肯定他们没有跟踪我们。或者，他们跟踪了？这似乎不大可能。至少不会是由人来跟踪。那么是摄像机？直到现在，我从来没想到过这个问题。林子一向是我们最安全的地方，是凯匹特影响不到的地方，在那里我们可以无话不谈，做真实的自己。至少在饥饿游戏之前是这样的。如果从那时起，我们就被监视，那他们看到了什么？两个人一起打猎，说些对凯匹特叛逆的话，就这些，没有情话，这也许是斯诺总统想要听到的。我们不可能遭到这种指控，除非……除非……

只有一次。这是第一次，也是意外的一次，但确是真实发生的事。

在我和皮塔回到十二区以后，我连续几个星期都没有单独见过盖尔，因为有很多必须举办的庆祝活动。首先是只有高层人士才被邀请参加的庆功宴，另外，全区的人可以享受假期，假期里可以享用充足的食物，还有凯匹特派来的演员为大家表演。再有就是“礼包节”，这是十二个“礼包节”中的第一个，每个人都可以收到装满食物的礼包，这也是我最喜欢的节日。在这样的日子“夹缝地带”挨饿的穷孩子们手里都可以拿到苹果酱、肉罐头，甚至糖果。在他们的家里也有礼物，那就是成袋的谷物和成桶的食用油。他们在一年中的每个月都会收到这样的礼物，这也是我赢得比赛以后感觉最好的时候。

所以在庆祝仪式上、各种活动举办期间，都有记者记录我们的一举一动，我和皮塔在一起，为了观众而亲吻，根本没有隐私可言。几周后，渐渐平静下来，摄影记者和文字记者逐渐撤离，皮塔和我之间也恢复到以前的平静关系中去。我的家人搬到胜利者村的新家。十二区的生活也恢复了以往的样子——工人下井，小孩子上学。我一直等，等到一切恢复正常之后，在一个星期天的早上，离天亮还有好几个小时，我就爬起来朝林子走去，我没告诉任何人。

天气仍然很暖和，所以我不需要穿夹克。我在一个大包里装了许多好吃的，有冻鸡、奶酪、烤面包和橘子。在旧家里，我换上了靴子。和往常一样，隔离网没有通电，我很容易就爬了过去，在树洞里找到弓箭。我来到我们通常会面的地点，就是在收获节那天早上分食早餐的地方。

我等了至少两个小时。在等待中，我慢慢觉得，经过过去的这几周，他已经放弃了再和我见面的想法，他已经不再在乎我了，甚至开始恨我。一想到要失去他，失去自己最好的朋友、我唯一可以对之敞开心扉的人，我感到难以忍受的痛苦，这痛苦超过了我所经历的一切不幸。泪水模糊了我的眼帘，我的心头堵得难受。

当我抬起头时，却看到他就站在那里，在离我十英尺远的地方，正看着我。我想都不想，一下子跳起来，扑到他的怀里，又是哭又是笑，激动无比。他紧紧地抱着我，致使我连他的脸都看不到。他久久地抱着我不肯松开，最后要不是因为我不可思议地大声打嗝，需要喝水，他还把我搂在怀里。

我们在林子里度过了一天，就像往常的任何一天一样。我们吃早餐、打猎、钓鱼、采集野菜野果，我们还谈论了镇子里的人们，他在井下的新生活和我在竞技场的日子。但我们却没说起我们的事，只是说其他的事。直到后来我们来到隔离网旁离霍伯黑市最近的豁口前时，我都认为和平常没什么两样。我把所有的猎物都给了盖尔，因为我们现在有很多好吃的。我对他说我不去黑市了，尽管我内心很想去。妈妈和妹妹甚至不知道我已经去打猎了，她们会纳闷我去哪里了。正当我要提议白天由我去照看下好的套时，突然，他用手捧起我的脸，吻了我。

我完全没有准备。我一整天都看着他说话、大笑、皱眉，我想我对他的嘴唇已经很熟悉了。可当他用他的嘴唇贴近我的嘴唇时，却没有想到是那么的温润；我也不曾想到这双灵巧的下套的手，也能轻易地将我捕捉。我记得当时我喉咙里发出了轻微的喘息声，依稀记得自己的手指蜷曲着，放在他的胸前。随后他放开我说："我不得不这么做，至少这一次。"然后他就走开了。

尽管此时太阳就要落山了，家人一定在为我着急，但我还是在隔离网旁的一棵树下坐下来，回味着我对他的吻的感觉，我是喜欢呢，还是厌恶；但我能记起的只是盖尔用力压在我唇上的感觉，再有就是留在他皮肤上的橘子味。把他的吻和皮塔的无数的吻相比较毫无意义，我仍然不知道在这些吻中哪一个最有分量。最后，我回家了。

那一周我清理白天捕到的猎物，然后把它们给了黑兹尔，直到星期天我才再次见到盖尔。我已准备好说出下面的一套话：我不想要男朋友，也从不计划结婚。可最终我却没说出这些话。盖尔也装出他好像从未吻过我。也许他在等待我的表白，或者我去主动吻他。可是，我却假装这一切都没有发生。可这一切的确发生了。盖尔已经打破了我们之间无形的界限，也打破了我希望恢复我们之间单纯友谊的念头。无论我怎样装，都不可能以同样的心境去直视他的嘴唇。

所有的回忆在我脑子里只是一闪而过，斯诺总统也已经说完威胁要杀死盖尔的话，他眼睛死死地盯着我，好像要将我一眼看透。我一直以为一旦回家，凯匹特就不会再监视我，这想法有多么的愚蠢！也许我未曾想到暴动的可能，但我知道他们恨我。我本应根据形势谨言慎行，可我做了什么？在斯诺总统看来，我冷落了皮塔，在全区人面前毫不掩饰自己多么喜欢和盖尔待在一起，这么做显然也嘲讽了凯匹特。现在，由于我的不慎而使盖尔和他的家人、我的家人、皮塔都处于危险之中。

“请不要伤害盖尔，”我轻声说，“他只是我的朋友，我多年的朋友。我们之间仅此而已。再说，大家都已经认为我们是表兄妹了。”

“我感兴趣的是他会怎样影响你和皮塔的关系，从而影响其他各区的民众情绪。”他说。

“在巡演时会和以前一样，我会像以前一样爱皮塔。”我说。

“像现在一样。”他纠正我道。

“像现在一样。”我肯定地说道。

“要想阻止暴动，你只能比以前做得更好。此次巡演将是你扭转局势的唯一机会。”他说。

“我知道，我会的，我要让每个区的所有人相信我没有对凯匹特反叛，我只是因为痴心的爱。”我说。

斯诺总统站起身来，用餐巾轻轻擦了擦他肥厚的嘴唇，“把目标定得高点，以免达不到要求。”

“您是什么意思？我该怎样把目标定高呢？”我问。

“让我相信你。”他说。他扔下餐巾，拿起书。他朝门口走时我没有看着他，所以他在我耳边轻语时，我吓了一跳，“顺便说一句，我知道那个吻。”说完，他把身后的门关上了。

那股血腥味……藏在他呼出的气体里。

他干了什么？我在想，喝血吗？我想象着他举杯小口啜饮鲜血的样子，饼干在杯子里蘸一下，拿出来时红红的。

窗外，一辆车驶过来接他，发出轻柔的声音如同猫的喘息，然后消失在远处。它悄然来去，如一阵轻风。

房间似乎在慢慢地朝一个方向旋转，我觉得自己要晕过去了。我身子向前趴，用一只手扶住椅子，另一只手仍然抓着皮塔做的漂亮的饼干。原来的饼干上好像有一朵卷丹花，但此时它在我握紧的拳头里已变成了碎末，我没有意识到我在握拳，只想在天旋地转时抓住什么罢了。

斯诺总统的来访，各区面临暴动的严峻形势，对盖尔直接的死亡威胁，其他人也随后受到威胁，我爱的每一个人都面临着灭顶之灾。天知道还会有谁为我的所作所为而遭难？除非我在这次旅行中扭转局势，除却人们心中的不满，让斯诺总统安心。可是该怎么做？我要向国人证明我爱皮塔·麦拉克。

我做不到，我没有那么大的本事。我想。皮塔比我强，他好像还行。他可以让人们相信一切。我可以默不作声，尽量让他开口说话；可需要证明对这份爱的坚定态度的人不是皮塔，而是我。

我听到了妈妈在走廊轻盈、快速的脚步声。**不能让她知道，一点消息都不能透露给她。**我在心里盘算着。我把手伸到盘子上，把手里的饼干屑拍掉，颤巍巍地拿起茶杯。

“还好吗，凯特尼斯?”她问。

“很好。咱们以前从来没有在电视上看到过，可是总统总在巡演前走访胜利者，还祝大家好运呢。”我表情轻松地说道。

妈妈的脸色一下子缓和下来：“噢，我以为又遇到麻烦了。”

“不，没事。”我说，“等我的化妆师来了，看到我眉毛又长出来了，才有麻烦了呢。”妈妈笑了起来。我在心中暗想，从我十一岁挑起养家的重担时起，我就需要一直保护她，从那时到现在，从未改变。

“干吗不现在就让我给你冲个澡?”她问。

“太好了。”我说，看得出来，她听到我的话非常高兴。

自从我回家以后，就尽量修复和妈妈的关系，让她为我做些事情，而不是拒绝她的一切好意，不会像从前那样，因为生她的气而拒绝她。我把挣的钱都交到她手里，时不时主动去拥抱她而不是捏着鼻子忍受她的拥抱。在竞技场的日子使我明白了我不应该再去为她无力做到的事而惩罚她，特别是不应为爸爸过世后她的绝望状态而责备她。因为有时候人遭遇变故，自身却无力抵挡。

就像我现在的处境一样。

另外，在我回到十二区后，她还做了一件很棒的事。当家人和朋友在车站见到我和皮塔以后，记者可以问一些问题。有人问妈妈她认为我的新男朋友怎么样，她回答说，皮塔是一个理想青年，可我还根本不到谈恋爱的年龄。她说完还看了一眼皮塔。这话引来了很多的笑声，也引来了记者们诸如**“有人要遇到麻烦了”**等评论。皮塔听到后扔掉了我的手，走到了一旁去。然而这种情况没有持续很长时间，我们面临很大的压力，必须要拉起手来；但至少这件事给我们一个借口，可以使我们不必像在凯匹特时那样的亲密无间。也许这也说明了为什么记者撤离后我和皮塔不常在一起的原因。

我上楼来到浴室，满满一浴缸的热水正等着我，妈妈已经用一袋干花为浴室熏香。我们以前在“夹缝地带”的家中从未这样奢侈，那里只有冷水，洗澡的话要把水在炉子上烧开。可现在一打开水龙头热水就会汩汩流出。妈妈还在水里放了精油，水柔润丝滑。我脱掉衣服泡到柔滑的水里，接着便开始盘算起自己的心事。

第一个问题是，应该把这一切告诉谁？能告诉谁？显然，妈妈和波丽姆都不行，她们只会担心得要命。盖尔也不行。就算我把话传给他，他又能怎样？如果他只是孤身一人，我可以让他逃跑。当然，他在丛林中能够生存，但他不是一个人，他永远不可能离开他的家人。或者我。如果是我刚回到家里时，我还可以告诉他我们的一切已成为过去，可这已经是不可能的了。现在只能考虑下一步该怎么办。另外，盖尔对凯匹特已经十分不满，我有时候真觉得他自己都要策划暴动了。他最不需

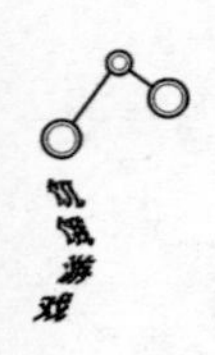

要的是一个诱因。不，十二区的任何人我都不能告诉。

还有三个人我可以信任，首先是西纳，我的设计师。但我猜想西纳本人也已经处于危险之中，我不想他因为和我拉近关系而遭遇更大的麻烦。下一个就是皮塔，在接下来的欺人表演中他是我的搭档。可我怎么才能启齿？**嘿，皮塔，你还记得我对你的感情是假的吗？嗨，我现在要你把这一切都忘了，你要假装更爱我，不然总统会杀了盖尔。**我不能这么做。再说，皮塔无论对危险是否知晓他都会尽职尽责。那么最后就剩下黑密斯。醉酒、乖戾、爱跟人顶牛的黑密斯，我不久前刚把一盆冰凉的水浇在他头上。作为大赛中的指导老师，他对我的生存负责，现在我希望他仍能恪尽职守。

我把自己没在水里，让水把外面的声音隔绝开来。我希望浴缸能扩大，能在里面游泳，就像过去在炎热的夏季跟爸爸在池塘中游泳一样。那些日子真是很特别，我们一大早离开家，走进密林深处，在那里有一汪湖水，是爸爸打猎时找到的。我甚至记不清自己是怎样学会游泳的啦，爸爸教我时我还太小。我只记得潜水、在水里翻筋斗，还有在水中嬉戏的情形，池塘底的稀泥软软的，四周飘散着花朵和绿色植物的清香。我仰面朝天，就像现在一样，望着蓝蓝的天空，林子中的声音都被水隔绝在外。爸爸去逮住在岸边做窝的水鸭子，装在袋子里，我去草里找鸟蛋，我们还一起在水浅的地方挖凯特尼斯根，他就是用这种植物给我起的名字。夜晚，当我们回到家中，妈妈会假装认不出我了，因为我洗得这么干净。然后，她会做出香喷喷的烤水鸭肉，还有肉汁烤凯特尼斯根。

我从没带盖尔去过那片湖，我应该带他去。到那里要花很长时间，但那里的水鸭子很容易捕到，在打猎的淡季可以接济一下。可是，我从没真心想过和任何人分享那片湖水，这是一片只属于爸爸和我的地方。自从饥饿游戏结束后，我无事可做，去过那里几次。在那里游泳仍然很好，但我心情感到压抑。虽然五年已经过去，但湖水仍澄澈如初，没有什么变化；可我完全像变了一个人。

就算在水里，我也可以听到躁动不安的声响，嘈杂的汽车喇叭、人们的欢呼声、砰砰的关门声。这些声音意味着我的巡演时间到了。我刚刚摘掉毛巾，穿上浴袍，我的化妆师们就冲进了浴室。说到我的身体，我们之间没有隐私，他们三个和我。

“噢，凯特尼斯，你的眉毛!”维妮娅尖声叫道。这时，尽管心中愁云密布，我还是挤出一个笑脸。她浅绿色的头发已重新做过，满头的头发像刺猬一样直立着，原来只是在眉毛上方才有的纹饰现在已卷曲延伸到眼的下方，所以我的样子自然很让她吃惊。

奥克塔维亚走上前来，好像安慰似的轻轻拍着维妮娅的后背，与维妮娅清瘦、棱角分明的身材相比，她的身材丰满而曲线优美。

“得了，得了，你很快就可以将她的眉毛搞定，可我该拿她的指甲怎么办?”

她抓起我的手，用她那两只染成豆瓣绿色的手把它夹住。不，她的皮肤已经不是豆瓣绿，而是浅长青树绿。这种色彩的变化显然是为了跟上凯匹特变化无常的潮流。

“噢，凯特尼斯，你应该给我留点施展的余地！”她哀

号着。

没错，在过去的几个月里我已经把指甲咬秃了。我也曾想改掉这个坏毛病，可又没想起好的理由。“对不起。”我嗫嚅着。这会影响化妆师的工作，这一点我以前还真没多想。

弗莱维抓起我几缕干涩、纠结在一起的头发。无奈地摇摇头，头上螺丝状的橘色发卷也跟着摆动起来。

“自从上次咱们分手后，有人动过你的头发吗？”他固执地问道，“记住，我特别要求过任何人不许碰你的头发。”

“记得。”我说。还好，我没把自己的头发不当回事，“我是说，没人剪过，我真的记着呢。”

不，我没记得，与其说记得，不如说没理会这事。自从我回家后，就一直像往常那样梳起一个大辫子放在背后。

这么一说，他们总算得到了点安慰。他们吻我，把我拉到卧室的一张椅子上坐下。然后就开始像以前那样边喋喋不休，边一通忙活，也不在乎我是否会听。维妮娅给我重塑眉形，奥克塔维亚给我装假指甲，弗莱维在我的头上抹护发素。从他们的谈话中我了解到凯匹特的许多事情，饥饿游戏多么轰动、之后一切又是多么乏味、人们正盼望我和皮塔的胜利巡演结束后回到凯匹特，在此之后，很快要进行世纪极限赛等等。

“这难道不令人激动吗？”

“你不觉得自己很幸运吗？”

“在胜出后的第一年，你就可以在世纪极限赛中做指导老师了。”

他们很激动，兴奋的话语叠加在一起。

“啊，是啊。”我不温不火地说。我也只能这么说了。每年，指导老师的工作就是一场噩梦。现在每当我经过学校时，总想着我可能会指导哪一个孩子。更糟糕的是，今年即将举办第七十五届饥饿游戏，也就是说又将举办每二十五年一次的世纪极限赛，尽管多数区在上届比赛中失败，却要举行荒唐的庆典仪式，为了增加庆典活动的乐趣，还要各区“贡品”遭受更多折磨。当然，我活这么大，还没赶上过一次世纪极限赛，但在学校时好像听老师说过第二届世纪极限赛，凯匹特要求每区选出两倍于以往的选手参加比赛。老师并没有详细说，可这很让人吃惊，因为正是这一年十二区的黑密斯·阿伯纳瑟摘得桂冠。

“黑密斯这次可要成红人了。”奥克塔维亚尖声说道。

黑密斯以前从未对我提及他在竞技场的个人经历。我也从没问过。就算我以前看过他在竞技场的节目录像，也一定是太小，记不得了。但凯匹特不会让他忘记这一年。在某种程度上说，我和皮塔在世纪极限赛中做指导老师是件好事，因为黑密斯总是很颓废，他没法干好这事。

等他们说厌了有关世纪极限赛的话题，他们就开始转而谈论起自己愚蠢无比的生活。什么人说了我从未听说过的某某人的坏话、他们刚买了什么样的鞋子，奥克塔维亚在她的生日宴会上让所有人都穿了带羽毛服装是多么大的错误，这可是一个很长的故事。

不多久我的眉毛开始刺痛、头发又光又滑、指甲也准备上色。显然，他们得到指令只修饰我的手和脸，其他部位准是因为天冷而盖住了。弗莱维很想用招牌式的紫色口红，但最后开始给我脸部和指甲着色时，他还是用了粉色。我看到西纳分配

给他们的色板，知道我的化妆定位是可爱而非性感。这很好，如果我试图走性感路线，那有关我的一切都无法令人信服。这点在黑密斯培训我参加电视访谈时就已经很清楚了。

这时妈妈走进屋来，她有一点羞怯，告诉我的化妆师，西纳让她把以前在收获节仪式上给我做的发型做给他们看看。我的化妆师们表示出极大的热情，妈妈给我编复杂的辫子时，他们全神贯注地看着。我在镜子里，看到他们认真地观看着妈妈的每一个动作，轮到他们时，大家都跃跃欲试。说实话，当他们三个对妈妈那么尊敬、那么好的时候，我为以前自己那么瞧不起他们而感到很愧疚。如果我也在凯匹特长大，谁能说好我会成为什么样的人、说什么样的话？也许到那时，我最大的遗憾也是在自己的生日晚会上让所有的人都穿了羽毛服装呢。

头发做好的时候，我发现西纳就在楼下的起居室里，只要一看到他我内心就充满希望。他还像往常一样，简约的服装、短短的棕色头发、一点金色眼线膏。我们互相拥抱，我差点忍不住把斯诺总统来家里的事告诉他。但我没有，我决定先告诉黑密斯，他最清楚谁该知道这事。跟西纳说话感觉很轻松。最近我们搬家后在电话里聊了很多。有点可笑的是，我们认识的人里几乎没什么人有电话。当然皮塔有电话，但我不常跟他聊天。黑密斯几年前就把电话线从墙壁里扯掉了。我的朋友、市长的女儿马奇家里倒是有电话，可我们要有什么话说，就当面说。起先，这电话几乎没有用，可后来，西纳打来电话，他鼓励我培养自己的才艺。

每个胜利者都须有一种才艺。因为在赢得比赛后既不用上学，也无需工作。胜利者才艺可以表现在任何方面，任何可供记者采访的才艺。皮塔的才艺表现在绘画方面。以前他在父母的作坊里做霜糖，已有很多年，而现在他富有了，可以在画布上尽情涂画。我没有特殊才能，除非把打猎算上，可那是非法的，不能算在内。或者唱歌，而我一万年也不会为凯匹特唱歌。妈妈想在艾菲·特琳奇给列出的单子里给我选一样，例如烹调、插花、吹长笛。可一个都不适合我，倒是波丽姆对这三样很有感觉。最后，还是西纳帮了我，他鼓励我培养对服装设计的兴趣，这对我提出很高的要求，因为我对此根本没兴趣；可因为学设计能跟西纳通话，我就答应了，而西纳也表示会尽心尽力。

此刻，西纳正在起居室安排和才艺展示有关的一切：服装、布料、包含有他的设计图案的草稿。我拿起一张设计草稿，仔细地看着假定是由我设计的图案。

"你知道，我还真挺有前途的。"我说。

"快穿上衣服，你这没用的家伙。"他说着，朝我扔过来一捆衣服。

也许我对服装设计不感兴趣，可我真的很喜欢西纳为我设计的服装。就像这些，用厚而软的布料制作的潇洒的长裤、穿着舒适的白衬衫、用绿蓝灰三色毛线编织的柔软的毛衣、带袢扣的皮靴，这双靴子可不夹我的脚。

"这些衣服都是我设计的喽?"我说。

"不，你很渴望能为自己设计服装，成为像我一样的设计师，我是你心目中的英雄。"西纳说道。他随手递给我一沓卡片，"在摄影师拍摄服装的时候，你要照着这上面的文字念。尽量显出你很认真的样子。"

正说着，艾菲·特琳奇出现在我的面前，她头戴南瓜色的假发，特别惹眼。

“一切都在按计划进行。”

她上来吻了我的两颊，一边挥手示意让摄影记者进屋，同时让我站在拍摄的特定位置。在凯匹特，我们的行程都靠艾菲安排，所以我也尽量配合她。接下来的时间，我像一个木偶被摆来摆去，时不时拿起一套服装，说着一些类似“您不觉得这套服装很可爱吗”之类的废话。我以轻松愉快的声音把西纳卡片的话读出来，录音人员把这声音录下，之后在剪辑时把声音加进去。然后我被赶出房间，以便录制人员静静地拍摄我或者说西纳设计的服装。

波丽姆为了今天的活动早早就从学校回来。此时，她正站在厨房，被另一组人员采访拍摄。她穿着和她眼睛的颜色很搭调的天蓝色上衣，显得很可爱，金黄色的头发用同色调的发带扎起来，梳到背后。她脚穿一双雪白而光亮的靴子，身体略向前倾，好似展翅欲飞的鸟儿，很像——

天哪！我的胸部好像突然遭到了重击！这刺痛是那么的真实，我不禁向后趔趄了一步。我闭上眼睛，眼前出现的不是波丽姆，而是露露，那个来自十一区的十二岁的女孩，在竞技场曾做过我的搭档的露露。她会飞啊，从一棵树到另一棵树，攀援最细的树枝，露露，我没能救了她。我眼睁睁地看着她死去。我脑海里浮现出她腹中插着矛躺在地上的情形……

还会有谁在凯匹特的报复中死去，而我又无力救出？如果我不能令斯诺总统满意，还会有谁为此而死去？

这时我意识到西纳正在把一件皮毛大衣披在我的身上，我抬起手臂，感觉到一件里外都是皮毛的衣服裹在我身上，这是一种我没见过的动物皮毛。“是白貂皮。”当我抚摸着白色衣袖时，西纳对我说，还有皮手套，一条鲜红的围巾，耳朵也被毛茸茸的东西捂住了。“你会把耳罩重新带入时尚的。”

我讨厌耳罩。戴上它就听不清声音，自从上次在竞技场一只耳朵失聪以后，我就更讨厌这东西了。我在获胜以后，凯匹特帮我恢复了听力，可我仍时不时地在测试自己的听力。

妈妈手里捧着什么东西急匆匆地走过来。“祝你好运。”她说。

是马奇在我参加饥饿游戏之前送给我的带有一只嘲笑鸟的纯金环形胸针。我曾想把它送给露露，可她不肯要，她说正是因为这胸针她才信任了我。西纳把胸针别在我围巾上。

艾菲站在一旁一边拍着手一边说：“大家注意了！下面我们就要进行第一次室外拍摄，两位胜利者首先互相问候，然后就将开始这次美妙的旅行。好的，凯特尼斯，好好笑一笑，现在你很激动，对吧？”接着，她就一把把我推到门外，这么说一点也不夸张。

这时雪下得更紧了，我眼前一片模糊，接着，我看到皮塔从他的房子里走出来。此时斯诺总统的话在我脑中回响，“让我相信你”。我明白，我必须做到。

我朝皮塔走去，脸上洋溢着开心的笑容。接着，我好像等不及的样子，朝皮塔跑过去。他抱住我，在地上打起旋来，却不小心摔倒在地——他仍不能很好地控制自己的假腿。我们一起摔倒在雪地里，我压在他的身上，接下来，是我们几个月来的第一次亲吻，在这一吻里夹带着大衣上脱落的毛发、雪花和口红，除此之外，我可以感到皮塔的吻与以前一样热烈。我知道自己不再孤单。尽管我伤害了他，他却并没有让我在摄像机前暴露，没有因为对我的怨恨而给我虚假的吻，他仍在为我遮掩，就像那次在竞技场一样。想到这儿，不知怎的，我很想哭。可我没哭，我把他从雪地上拉起来，用手臂挽起他的胳膊，高高兴兴地踏上了我们的旅程。

接下来又是一阵忙活，赶往火车站、与大家告别，直至火车驶出站台。最后，原班人马——皮塔和我、艾菲和黑密斯、西纳和皮塔的设计师波西娅——才在车上吃饭。晚饭很美味，但具体吃什么我也记不清了。之后我换上了睡衣和宽大的睡袍，坐在华丽的包间，等候所有的人睡去。我知道黑密斯几个小时后会醒来，他不喜欢在天完全黑了以后睡觉。

当车厢内渐渐安静下来以后，我穿上拖鞋，蹑手蹑脚地来到黑密斯的门前，我敲了好几下他才来开门，眉头紧锁，好像他很肯定我带来了坏消息。

“你想干什么？”他说，嘴里的酒气差点把我熏个跟头。

“我得跟你谈谈。”我小声说。

“现在？”他说。我点点头。“最好说点好事。”他等我开口，可我敢肯定我们说的每一字在这趟凯匹特的火车上都会被录音。“什么事？”他大喊道。

这时车速慢了下来，刹那间，我觉得斯诺总统似乎正在看着我们，他并不赞同我对黑密斯吐露真言，于是他决定抢先一步杀死我。可，火车停下来只是为了加油。

“车里太闷了。”我说。

这话无关痛痒，但我看到黑密斯眯起了眼睛，他似乎明白了什么。“我知道你需要什么。”他起身从我身旁走过，踉踉跄跄地穿过通道走到门口，用力把门打开，一股寒风夹着雪花吹了进来，他一下跌倒在雪地上。

一位凯匹特服务员赶过来帮忙，可黑密斯一边踉踉跄跄地站起来，一边一团和气地挥手让她走开。“只想来点儿新鲜空气，就一会儿。”

“对不起，他喝醉了。”我很抱歉地说，“让我来吧。”我跳下车，跟在他身后沿着车轨往前走，雪弄湿了我的拖鞋，他领着我走到列车尽头，这样就没人能听见我们说话了。然后，他转过身来看着我。

“什么事?”他问。

我把一切都告诉了他，总统的来访、盖尔的事情以及我们做得不好就要被杀死的事。

他表情严肃，在列车尾灯的照耀下显得无比苍老。“那么你必须做好。”

“这次旅行，你要是能帮我就行。”我这样说道。

“不，凯特尼斯，不仅仅是这次旅行。”他说。

“你什么意思?”我说。

“就算你这次平安度过，过几个月他们又会让我们去参与比赛，你和皮塔，你们要做指导老师，从此以后年年如此，每年他们都会重提你们的罗曼史，会播放你们的私生活，你唯一能做的就是永远、永远和那孩子一起快乐地生活在一起。”

他的一番话让我猛然警醒。我永远不可能和盖尔生活在一起，永远不允许一个人生活，我必须永远爱皮塔。凯匹特会坚持这么做。因为我现在才十六岁，我也许还有几年的时间和妈

妈、波丽姆生活在一起，之后……之后就……

“你明白我的意思吗?”他紧逼一步，问道。

我点点头。他的意思是我只有一种未来，如果我还想让我爱的人以及我自己活下去的话，我必须和皮塔结婚。

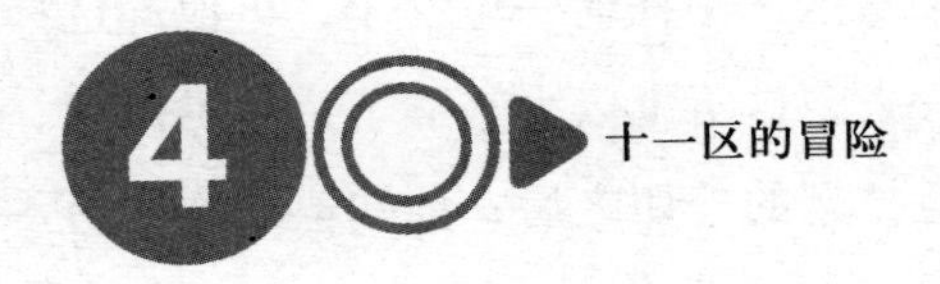

我们默不作声、步履艰难地走回到车厢。走到我门口时，黑密斯拍着我的肩膀说："本来你很可能会做得更糟，你知道。"说完朝他的包厢走去，把一股酒气也带走了。

回到包厢，我脱掉了拖鞋、睡袍和睡衣，它们都已经是湿冷冰凉的了。衣橱子里还有睡衣，但我穿着内衣钻进了被子。我盯着黑暗的包厢，在内心细细琢磨着黑密斯所说的话。他所说的有关凯匹特对我们的期望、我和皮塔的未来，甚至他最后的一句话都很正确。当然，我远没有皮塔表现得好。可这并不是问题的关键，不是吗？在十二区，与谁结婚或根本不结婚是个人自由，而现在，对我而言，即使这一点自由也被剥夺了。我不知道斯诺总统是否会坚持让我们要孩子。如果我们要了孩子，每年都要面临抽签的危险。而且，观看一个区的两名而非一名胜利者的孩子参加比赛，不是一件很轰动的事情吗？以前也有胜利者的孩子参赛。此事引起广泛的兴趣，大家纷纷议论这家人的处境多么不利；而事实往往远非处境不利所能概括。

盖尔一向确信凯匹特这么做是有意的，设置抽签环节好让比赛更富戏剧性。由于我惹下了一堆麻烦，我的孩子如果参赛，那么一定成为焦点人物。

我想到了黑密斯，他没有结婚，没有孩子，整日沉醉于酒精之中。他本可以在十二区选中任何一位女子，可他却选择了独自一人。不是独自一人，这听上去太平静了，而是孤寂。这是不是因为在经历了竞技场的一切之后，他知道这样比另一种冒险更好？在收获节仪式上，当波丽姆的名字被抽中，我眼看着她走向前台、走向死亡的时候，我就曾有过这样的念头。作为她的姐姐，我代替了她的位置，但，对妈妈来说，无论谁去，都是可怕的事情。

我的脑子飞速旋转，思考着如何应对这一复杂局面。我不能让斯诺总统将我置于这一境地，即使这意味着要冒生命的危险。在一切成为可能之前，我要设法逃脱。如果我干脆消失了又会如何？逃到林子里，再也不出现？我能不能带着自己的亲人一起逃走，在丛林深处开始新的生活？这种可能性微乎其微，但并非绝对没有可能。

我摇摇头，否定了这种想法。现在还不到制订疯狂的逃跑计划的时刻。我必须集中精力应对此次的胜利巡演。我此次的表现维系着许多人的命运。

黎明已至，我一夜未眠，外面传来艾菲的敲门声。我匆匆地从衣柜里拽出一件衣服穿上，急急地赶往餐车。一切如常，今天一天都在旅途中度过，原来昨天化妆只是为了在火车站露面。今天我的化妆师还要给我化妆。

“为什么呀？今天这么冷，什么也看不到。”我咕哝着。

“在十一区是不会的。”艾菲说道。

十一区。这是我们的第一站，我宁愿第一站在其他任何一个区，因为这里是露露的家啊。可通常，胜利巡演应该从第十二区开始，依次排序，直至第一区，然后到达凯匹特，最后的欢庆活动要在胜利者所在区举办。可由于十二区的庆祝活动并不热烈—— 一般地就是为胜利者举办一场宴会，在广场举办一次集会，参加者似乎也兴味索然，因而对于凯匹特来说，最好是让我们赶紧离开。因此自从黑密斯获胜以来还是第一次把十二区安排到巡演的最后一站，最终的欢庆活动改在凯匹特进行。

我尽量享用自己的早餐，就像黑兹尔所说的那样。厨师很显然要讨好我，他们准备了我最喜欢的李子干炖羊羔肉，还有橘子汁、冒热气的热巧克力等美味。我吃了很多，饭菜的味道也无可厚非，可我吃得并不开心。而且吃饭的也只有我和艾菲，这真令我恼火。

“其他人呢?”我问。

“噢，天知道黑密斯在哪儿?”艾菲说道。说实在的，我也没指望见到黑密斯，他恐怕刚上床。“西纳一直在忙着弄你的服装，睡得很晚，他肯定给你准备了上百套服装。你的晚礼服真是太棒了。皮塔的团队可能也还在睡觉。”

“他不需要准备吗?”我问。

“没有你的那么复杂。”艾菲答道。

这是什么意思？这就是说我要花一上午刮汗毛，而皮塔却在睡觉。我以前对这个也没多想，但在竞技场，至少男孩可以保留汗毛，而女孩却不行。我记起来皮塔有汗毛，因为我在小

溪旁帮他冲洗时有印象。身上的泥土和血冲洗掉之后，露出了金黄色的汗毛。只有脸部是光洁的。男孩也没有一个长胡子，可他们已经到了年龄。我纳闷他们是怎么给男选手收拾的。

如果说我挺累的话，那我的化妆师们好像情况更糟，他们靠大量的咖啡和色彩鲜艳的小药片保持体力。据我所知，除非有我长出腿毛这样的国家大事，他们都要酣睡至中午才起床。每当我的体毛又长出来的时候，我很高兴，好像这才是一切恢复正常的标志。当我可以摸到自己腿上柔软、卷曲的汗毛时，我就把自己交给他们。要是他们碰巧没有平时那么喧闹，我就能听到自己的汗毛从毛囊里拔出时发出的声响。通常我需要泡在满是怪味液体的浴缸里，头发和脸上抹上了洗涤液。之后还要再进行两次沐浴，浴液的味道不像前一次那么刺鼻。然后他们给我再次除毛、冲洗、按摩、涂上精油，直至最后把我弄得浑身刺痛才算完。

弗莱维托起我的下巴，叹息道：“可惜西纳不让我们改变你的形象。”

“是啊，我们本来可以让你与众不同呀。”奥克塔维亚说。

“等她大点，他就会让我们做了。”维妮娅用几近冷酷的语气说道。

弄什么，把我的嘴唇变成斯诺总统那样厚厚的？在我的胸部刺上文身？把皮肤染成洋红色之后嵌上珠宝？在脸上刻上装饰性花纹？给我安上卷曲的假指甲？或是猫胡须？这些我以前在凯匹特人那里都见过，他们真的不知道在我们眼里他们有多么怪异吗？

一想到要把自己交到这些时尚狂人的手上，我就感到烦乱不安，要知道我身体受虐、睡眠不足、婚姻无自由，加之害怕达不到斯诺总统要求，这些已经够我受的了。午饭时间我来到餐厅时，艾菲、西纳、波西娅、黑密斯和皮塔没等我就已经开始吃了，而我心情太沉重，不想说话。他们你一言我一语地议论着食物，在车上的睡眠很好，对这次旅行感到如何兴奋等等。是啊，每个人都在说，可黑密斯除外。他因为宿醉而不太舒服，正拿起一块松饼在吃。我也不太饿，也许今早吃得太多，也许是心绪不佳吧。我懒洋洋地啜饮着一碗肉汤，只喝了一两口。我甚至不能正眼看着皮塔——我指定的未婚夫——尽管我知道这一切并非他的错。

大家看我不开心，尽量把我拉到他们的谈话中，可我也懒得理他们。到了一个地方，火车停了下来。乘务员汇报说火车不仅要加油，机件也出了故障，需要更换，至少要一小时。这让艾菲慌了神，她赶快拿出行程表，盘算着这次延误会在多大程度上影响我们后半辈子的生活。最后，我对她的唠叨实在忍受不下去了。

“没人在乎，艾菲！”我猛地打断了她。桌旁的每一个人都盯着我看，包括黑密斯。他本应该站在我一边的，因为艾菲也常常逼得他发疯。我马上处于自我防御状态。“是的，没人会在乎！”我说着，站起身来，离开了餐桌。

火车里好像突然很闷，我情绪激动，来到出口，用力把门打开，触动了警报系统也没有注意到。我跳到门外的地上，本以为会看到雪，但外面的空气温暖柔和，树叶绿绿的。我们在一天的时间里究竟向南走了多远？我沿着铁轨走，在明媚的阳光下眯起眼睛。我很后悔不该对艾菲发脾气，她不应该因我的

处境而受到责备，我应该回去给她道歉，这样发脾气是很没礼貌的，而她对礼貌非常看重。可我的脚步并没有停下，继续沿着铁轨走到了火车尽头，把车厢甩在身后。要停留一个小时，我完全可以朝一个方向走二十分钟，然后再折返回来，时间都绰绰有余。可我没再朝前走，两百码之后，我停下来，坐在地上，朝远处看去。我要是有弓箭的话，是不是会继续走下去呢？

过了一会儿，我听到身后的脚步声。肯定是黑密斯找我谈心。不是我不该听，而是不想听。“我可不想听你的长篇大论。”我眼睛盯着脚边的一束野草说道。

“我尽量长话短说。”皮塔一屁股坐在我旁边。

“我以为你是黑密斯。”我说。

“不，他还在吃那块松饼。”皮塔边说，边摆放好自己的假肢，“这一天很糟糕，啊？”

“没什么。”我说。

他深吸了一口气，说：“哦，凯特尼斯，关于上次火车上的事，我一直想找你谈谈，我说的是上一次，咱们回家的那次。我知道你和盖尔的关系不一般，我在没正式遇到你之前就嫉妒他，比赛时把你扯进那些事对你是不公平。我很抱歉。”

他的话让我很吃惊，没错，饥饿游戏结束后，我对皮塔承认自己对他的感情只是演戏，那时他是冷落了我。可我并不怨他。在竞技场，我必须扮演罗曼蒂克的角色，因为值得那么做。那时也确实有些时候我不太清楚自己对他的感情究竟如何，直到现在我也不太清楚，确实如此。

“我也很抱歉。”我说。我说不清为什么，也许因为我确实曾想过要杀死他。

“你没什么可抱歉的。你只是为了让我们都活下来。可我不想让大家就这么下去。在现实生活中不理会彼此，一有摄像机就跌倒在雪堆里。所以我想，要是我现在处于不同状态，比如说受伤了，那我们就可以只做朋友。”他说。

也许我的朋友最终都会死去，但拒绝皮塔也不会使他安全。“好吧。”我说。他这么说让我感觉舒服些，至少减少了欺骗的成分。如果他早点对我这么说就更好了，在我得知斯诺总统的计划之前，在我以为我们还有可能做朋友的时候。但，不管怎样，我很高兴我们又能交谈了。

“出了什么事?”他问。

我不能告诉他，我用手拔着那丛野草。

“咱们从最基本的谈起吧。你冒着生命的危险救了我的命，而我连你最喜欢的颜色是什么都不知道，你不觉得奇怪吗?”他说。

我脸上露出一丝微笑，“绿色，你呢?”

“橘红色。”他说。

“橘红色，就像艾菲的头发?”我说。

“更柔和一点，”他说，“类似……落日的颜色。”

落日。我眼前马上出现了落日的景象，即将落山的太阳被柔和的橘色光晕环绕着，天边映出一道道彩霞。太美了。我又想起了那装点着卷丹花饰的甜饼。现在皮塔又跟我说话了，我是否该把斯诺总统的事告诉他呢？但我想黑密斯一定不希望我这么做。最好还是说些不打紧的话吧。

“你知道，大家都一直在谈论你的画，我从没见过你的画，

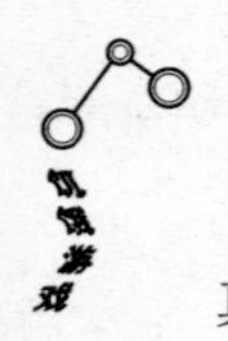

真糟糕。”

“嗨，我的画装满了一车厢呢，”他把手伸给我，“来吧，去看看。”

我们的手指又交叉在一起，不是为了表演，而是因为友谊，这感觉真好。我们手拉手回到火车旁。走到门边，我突然想起来了，“我得先去给艾菲道歉。”

“别害怕，坦白地承认自己的错误。”皮塔告诉我。

我们回到餐车上时，大家都还在吃饭。我给艾菲道了歉，在我看来已经够低声下气的啦，可在艾菲眼里，我只不过在为自己的无礼进行补偿。艾菲优雅地接受了我的道歉。她说，很显然，我的压力过大，可必须有人关注时间表，说这些话她不过才用了五分钟。是啊，我也太容易发火了。

艾菲说完之后，皮塔带着我穿过几节车厢，去看他的画作。我想象不出他会画些什么，兴许是装点着花朵的大号甜点，看了他的画才知道是完全不同的题材，他画的是饥饿游戏。

如果不曾与他共同经历过这一切，是不可能马上理解他的画作的。水从洞顶的裂缝里滴落下来，干枯的池塘，一双手，是他自己的手，正在挖草根。其他的画外人可以看懂，金色的宙斯之角、格拉芙正在她的夹克内侧摆放刀子，一群野狗，其中有一只金毛绿眼的野狗——显然应该是格丽默，正在冲我们龇牙怒吼。而我，出现在许多画里。在树上、在小溪旁的石头上捶打衬衣、昏迷后倒在血泊中。还有一幅我说不清在哪儿，好像是我在高烧的皮塔眼中的形象——呈现在银色迷雾中的一双眼睛，我的眼睛。

“你觉得怎样？”他问。

“我不喜欢。”我说。我几乎可以闻到这些画的土味、血腥味和野狗呼出的难闻的气息。“我一直在尽力忘掉竞技场的事，可你却把它带回到现实生活中。这些事你怎么能记得这么清楚?”

“我每晚都能看到。”他说。

我知道他的意思。那是噩梦——我在参赛前也总做噩梦，现在只要合眼噩梦也就如影随形。原来的噩梦——爸爸被炸死的噩梦——已渐渐淡去，竞技场里的景象却时常出现在梦中。我无力救助露露、皮塔流血而死、格丽默浮肿的身躯在我的手中变得支离破碎、加图在野狗攻击下惨死，这些是我最常梦到的情形。

“我也常做噩梦，这么做有用吗？把它们画出来?”

“我不知道，我觉得睡觉时不那么害怕了，或者我这样对自己说。可那些记忆并没有消失。”

“也许它们不会消失，黑密斯的就没有。”黑密斯没这么说过，可我敢肯定这就是他不愿意在黑夜睡觉的原因。

“对我来说，我宁愿清醒的时候用画笔把它们画出来，也不愿意在睡觉时握着刀子。你真的不喜欢这些画?”他说。

“是的，可这些画很特别，真的。”我说。这些画确实与众不同，可我不想再看下去了。“想看看我的才艺展示吗？西纳干得很棒呢。”

皮塔笑了起来，“以后吧。”火车慢慢启动了，我从窗户里看到大地在向我们的身后飞驰。“快点，快到十一区了，咱们去看看吧。”

我们来到最后一节车厢，这里有椅子和沙发，最棒的是车

窗已经收回到车厢顶部，跟户外一样，在这里可以呼吸到新鲜空气，视野也更加开阔。大片的原野上成群的奶牛在悠闲地吃草，这里与林木茂密的家乡截然不同。车速慢了下来，我以为我们到站了，可是随着列车的运行，一道足有三十五英尺高、顶端有成卷的带刺铁丝网的隔离网出现在我们面前，相比之下，十二区的隔离网简直就是小儿科。我扫视了隔离网的底端，是用巨大的铁皮围起来的，根本不可能钻过去，也不可能越过去打猎。随后，我看到了沿隔离网均匀排列的瞭望塔，上面有武装警察，他们与鲜花满布的原野是多么的不协调。

“这里与咱们那里很不一样。”皮塔说。

露露的话给我的印象是十一区的统治确实更加严苛，但我从未想象到会到这个程度。

前面出现了麦田，一望无际。正在收割的男人、女人和孩子们头戴草帽遮住炙热的阳光，火车经过时他们直起身来朝我们这边看着，算是得到暂时的休息。我看到了远处的果园，我在想那里是否就是露露曾经劳动过的地方，她把果子从最细的树枝顶端摘下来。一片片的小棚屋散落在不同的地方——“夹缝地带”的房子与之相比要高级得多。但棚屋里没有人，所有的人都去收割粮食了。

火车一直在前进，十一区这么大，令人难以置信。“你觉得有多少人住这儿？”皮塔问。我摇摇头。在学校时，老师只说这是一个很大的区，仅此而已，并没有提到人口的确切数字。可我们在电视上可看到的收获节仪式上等待抽签的孩子们，他们不可能只是一些代表吧。当局干了些什么？让他们预先抽了签，然后把抽中的人放在人群里，只要最后抽签时他们在场就行？露露又是怎样被抽中的？怎么没人愿意代替她？

我看厌了这大片大片、一望无际的原野。这时艾菲叫我们去穿衣服，我没有反对。我来到自己的车厢，任凭化妆师给我摆弄头发，化妆。西纳拿着秋叶图案的上衣走进来，我心想皮塔对这种颜色该有多喜欢。

艾菲把我和皮塔叫到一起，最后熟悉一遍我们的行程。有些区，胜利者在城市内穿过，居民夹道欢迎。但在十一区，所有的人集中在广场欢迎胜利者到来，这也许是因为这里没有像样的市中心，居民区散落各处，也许是不愿在收获季节浪费很多人手。欢迎活动就在他们的法院大楼前进行，这座楼由大理石建造，也许它有过曾经的辉煌，但岁月的侵蚀已使它失去了往日的光彩，即使在电视画面上面能看到它爬满青藤建筑的墙面即将倾颓，天花板也下垂了。广场四周排列着一些破旧的小门脸，多数已经无人经营。十一区的富人住在哪里不得而知，但肯定不在这里。

整个欢庆活动将在法院大楼的大门和台阶之间的前廊，即艾菲称之为“阳台”的地方进行，“阳台”相当于室外，地面铺着光滑的瓷砖，头上是由大理石柱支撑的屋顶。活动一开始，先对我和皮塔进行一番介绍，之后十一区市长致欢迎辞，我们则按凯匹特事先备好的稿子表示答谢。如果胜利者中有人曾与十一区选手结为盟友，那么最好发表个人感言。我应该就露露和萨里什发表一些感想。原来在家时我曾想把感想写出来，可结果总是对着一张白纸发呆，不知如何下笔。每次写到他们，我就禁不住忧伤哀婉。幸运的是，皮塔准备了讲稿，稍作改动，就可以代表我们俩。仪式的最后，我们获赠一个纪念

磁盘，之后在法院大楼内将为我们一行人举办特别的欢迎晚宴。

当火车慢慢驶入十一区火车站时，西纳为我最后整了整装，把橘色发带改成金色的，把我在竞技场所戴的胸针别在衣服上。站台上并没有欢迎的官员，只有由八名治安警组成的小分队引领我们坐上一辆装甲卡车。当车门砰的一声在我们身后关闭的时候，艾菲嗤之以鼻，说道："还真是的，人家还以为我们是罪犯呢。"

不是我们，艾菲，仅仅是我。我心想。

卡车开到法院大楼后面，我们下了车，又被示意赶快进到楼内。这里正在准备宴会，可以闻到香喷喷的味道，但仍遮盖不住一股难闻的霉味。他们没留时间让我们四处观看，而是径直走到前门，这时已经听到广场奏响了国歌。有人在我衣服上别了一只麦克风，皮塔拉起我的左手。当沉重的大门吱吱嘎嘎地被打开时，我们听到市长正在介绍我和皮塔。

"笑得开心点！"艾菲捅了捅我，对我说。我们开始向前走。

时候到了，我要让所有人相信我多么爱皮塔。我心想。这庄严的欢迎仪式时间安排得非常紧凑，我一时不知如何才好。这不是接吻的时候，但简单吻一下还是可以的吧。

观众发出热烈的掌声，但却不像凯匹特人那样发出欢呼声、吹口哨声或赞叹声。我们穿过"阳台"，一直走到前面大理石台阶的最上一级，炙热的阳光照着我们。我的眼睛对着阳光适应了一下，看到广场上的建筑都挂满了彩旗，但却掩饰不了它的破败不堪。广场上挤满了人，然而来的只是一部分居民。

按照惯例，在台阶下有一个为死亡“贡品”的家属搭建的特殊平台，在萨里什家人的平台上，只有一位驼背的老妇人和一位高大健壮的女人，我猜那就是他的姐姐。在露露家人的平台上——我心理上还没有做好见她家人的准备——是她的父母，他们的脸上仍挂着无比的忧伤。另外还有她的五个兄妹，他们跟露露长得很像，不高的身材，明亮的褐色眼睛，他们就像一群黑色的鸟儿。

掌声渐渐平息，市长致欢迎辞。两个小姑娘捧着大大的花束走上前来。按事先准备好的稿子，皮塔先致答谢辞，之后我致答谢辞。幸好妈妈和波丽姆帮我练习，现在我在梦里都能把稿子背出来。

皮塔自己写的发言稿在卡片上，但他没拿出卡片，而是以朴素的语言讲述了萨里什和露露怎样闯入前八，他们怎样帮助我使我活下来，从而也使他活了下来，这恩情我们永远要报答等等。卡片上的话说完后他犹豫了一下，也许他认为下面的一席话艾菲并不愿意让他说。“我无法弥补这一损失，但是为表示我们的感激之情，我们希望十一区每个‘贡品’的家人每年接受我们一个月的获胜奖金，感谢他们使我们的生命得以延续。”

人群里发出了低低的议论声。以前并没有这样的先例，我甚至不知道这是否合法。他肯定也不知道，所以为防万一，他也没敢问。至于死者的家属，他们只是吃惊地盯着我们。当萨里什和露露故去的时候，他们的生活也彻底改变，但这份礼物会再次使他们的生活发生改变。胜利者一个月的奖金足够维持一家人一年的生活。这样，只要我们活着，他们就不会挨饿。

我看着皮塔，他冲我凄然一笑，这笑里满含着悲伤。我耳边想起黑密斯的话，**你很可能把事情搞得更糟**。此时此刻，我想象不出有什么比现在所做的一切更好。礼物……这主意太棒了。我踮起脚尖吻了皮塔，这吻一点也不勉强。

市长走上前来赠给我们一个大个纪念瓷盘，太大了，我不得不放下花束。欢庆活动即将结束，这时我发现露露的一个妹妹仍然盯着我看。她大概九岁，跟露露长得很像，甚至抬起胳膊站在那里的样子也很像。尽管得到礼物对他们是个好消息，可她一点都不高兴。事实上，她的目光里透着责备。是因为我没能救出露露吗？

不，是因为我至今还没有对她表示感谢。我思忖着。

我感到一阵羞耻。这女孩想得没错。我怎么能站在这里，被动地一言不发，而把一切都委托给皮塔呢？如果是露露赢了，她不会让我悄无声息地白白死去。记得在竞技场，我多么认真地在她的身上摆上花朵，我不能让她悄然死去。可是，如果我此时无所表示，那样做也就毫无意义了。

"等一下！"我抱紧瓷盘急忙向前跨了一步。我规定讲话时间已经结束，可我必须说点什么。我欠他们的太多了，即使把所有的奖品都给了这一家人，我今天的沉默也是不可原谅的。"请等一下。"我一时不知该从何说起，可一开口，却把内心深处的话自然而然地吐露出来，好像那些话语已经存在我心里很久了。

我凝视着萨里什家人："我想对十一区的'贡品'表示感谢。我只跟萨里什说过一句话，可因为这一句话他放了我一条生路。虽然之前我并不认识他，但我一直尊重他，因为他孔武有力，他拒绝和他人结盟，他仅凭自己的力量求生存。那些

‘职业贡品’开始要拉他入伙，可他拒绝了。我为此而尊敬他。”我说。

那位驼背的老年妇女——是萨里什的奶奶吗？——第一次抬起了头，嘴角露出了一丝笑容。

人群陷入了一片寂静，太寂静了，我纳闷他们是否都屏住了呼吸。

我又转向了露露的家人：“我觉得自己与露露早已相识，她将永远和我在一起。每当我看到美好事物时，都会想起她。在我家附近的‘牧场’上开着黄色的花朵，那里有她的身影；在树丛里有鸣叫的嘲笑鸟，那里有她的身影；最主要的是，我在自己的妹妹波丽姆的身上也看到了她的影子。”我的声音颤抖，可我马上就要结束了。“谢谢您养育了这么好的孩子。”我抬起头对着群众，“谢谢你们给了我面包。”

我站在那里，感觉自己是那么的渺小而孱弱，数千双眼睛盯着我。一阵长时间的沉默之后，不知从何处，传来露露模仿嘲笑鸟的四音符的鸣叫声，这也是在果园结束一天劳动时收工的哨声，在竞技场，这哨声表明一切平安无事。循着这哨声，我找到了吹哨的人，他是一位穿着破旧的红衬衫和工装裤的清瘦的老人，我们的目光相遇在一起。

接下来发生的事并非偶然，大家的动作如此整齐划一，因而也并非自发，每个人举起左手中间的三根手指，把它们放在嘴唇上，接着又伸向我。这是十二区的手势，是我在竞技场向露露做最后告别时所用的手势。

如果我没有跟斯诺总统谈过话，那么这一举动会使我落泪。可斯诺总统要安定各区秩序的命令犹然在耳，我的内心却

充满痛苦。大家对这个曾蔑视凯匹特的女孩表示了公开的敬意，对此他又会怎么想？

想到我的所作所为可能带来的后果，我不禁心里一惊，我不是故意的，只是为了表达内心的感谢，可我却引发了危险的举动——十一区人们对凯匹特的不满；而这正是我应该避免的事啊！

我想再说点什么扭转情势，但我听到了静电的嘈杂声，我的麦克风信号已经被截断，换上了市长的声音。皮塔和我对大家最后的一轮掌声致以谢意，然后他拉着我来到门口，并没有意识到已出问题了。

我觉得有点不舒服，不禁停下了脚步，耀眼的阳光在我眼前跳跃。

“你还好吧？”皮塔问。

“只是有点晕，阳光太强了。”我说，我看到他手里的花束。“我忘了拿花了。”我低声说道。

“我去拿。”他说。

“我能行。”我回答。

如果我中途没有停下，如果我没有把花束忘记，我们此时已安全地回到了大厅。可在我回去的瞬间，却看到台阶下发生的一切。

两个治安警把刚才那位吹哨的老人拽到台阶上，逼迫他跪在人群面前，然后一枪打穿了他的脑袋。

5 “完美”巡演

那个老人颓然倒在地上，一群穿白制服的治安警就挡住了我们的视线，几个手持自动武器的士兵横握着枪把我们推到门口。

“我们走着呢。”皮塔说着，推开挤在我们身后的治安警。“我们知道了，好吗？快点，凯特尼斯。”他用手臂搂住我，护着我走回法院大楼。治安警紧跟在我们身后，离开只有一两步远。我们刚一进去，门就砰的一声关上了。接着我们听到治安警往回跑的脚步声。

“发生了什么事？”艾菲急急忙忙地跑过来，“我们刚听到凯特尼斯讲完那些感人的话语，信号就中断了，黑密斯说他好像听到了枪声，我说这太可笑了，可谁知道呢？现在到处是疯子。”

“什么事都没有，一辆旧卡车的后胎爆了。”皮塔平静地说。

又传来了两声枪响。大门没能把声音完全隔绝开来。这一个是谁？萨里什的奶奶？露露的小妹妹？

“你们俩，跟我来。”黑密斯说。皮塔和我跟在他后面，把其他人留在原地。我们目前处于安全位置，治安警对我们的活动也没十分留意。我们沿着一个很华丽的大理石旋转楼梯向上走。走到顶层后，前面出现一个长长的厅廊，地上铺着破旧的地毯。两扇大门洞开，对我们的到来没有丝毫的拒绝，天花板足有二十英尺高，装饰着水果和鲜花浮雕，屋角长翅膀的胖胖的小孩在凝视着我们。花瓶里的鲜花发出浓烈的香气，熏得我睁不开眼。我们的衣服挂在墙壁的衣钩上，原来这个房间是为我们准备的，可我们在此只停留了片刻，连留下礼物的时间都没有。黑密斯把麦克风从我们的衣服上拽下来，把它们塞在沙发靠垫下面，然后挥手让我们继续向前走。

就我所知道的，黑密斯只在十年前胜利巡演时来过这一次。他肯定具有超强的记忆力和敏感的直觉，才能领我们穿过了一个又一个迷宫般旋转的楼梯，穿过一个又一个大厅，大厅越来越窄。有时，他需要停下来，把门撬开。沉重的大门在打开时发出吱吱嘎嘎的声音，看得出这扇门已经很久没有打开过了。最后我们爬上一节梯子，来到一扇隔板门前。黑密斯把门打开，我们就已经来到法院大楼的圆顶内。圆顶很大，堆满破家具、旧书、脚手架横木和生锈的武器，所有的物品上面都蒙着一层厚厚的灰尘，看来已经很久没有人来过了。光线透过圆顶内肮脏的四个窗户费力地射进来，使圆顶内有了一丝昏暗的光亮。黑密斯一脚把隔板门踢上，转身看着我们。

“发生了什么事？”他问道。

皮塔把广场上发生的事叙述了一遍，人们怎么吹哨、怎么向我表示敬意、我们在前厅如何犹豫、枪杀老人。“事情会怎么样，黑密斯？”

“如果是你引起的，要好一些。”黑密斯对我说。

我可不这么想，要是我引起的，事情要糟一百倍。我把一切以尽量平静的语气告诉了皮塔，有关斯诺总统的事、有关各区不稳定的局势，甚至和盖尔接吻的事都没有落下。我坦白地告诉他我们都处境危险，整个国家都因我的浆果计策而处于危险之中。“他们希望我在这次巡演中把事情平息了，让每个曾经有过怀疑的人坚信我这么做纯粹是因为爱。让一切平静下来。可是，明摆着，我今天所做的一切让三个人丧命，现在，广场上的每一个人都要遭受惩罚。”我心里难过极了，一屁股坐在旁边的一张弹簧和棉垫都跑出来的破沙发上。

“我把事情弄得更糟糕了，我还说要给他们钱。”皮塔说道。突然，他一挥手猛地把一只歪歪斜斜放在板箱上的台灯扫出好远，台灯在地上摔得粉碎。“绝不能再这么下去了，现在就停止，这——这——是你们两个玩的游戏，你们俩说悄悄话，偏把我扔在一边，好像我又蠢又笨又软弱，啥也应付不了似的。”

“不是这样，皮塔——”我说道。

“就是这么回事！”他冲我大喊，“我也有我爱的人，凯特尼斯！我在十二区也有家人和朋友，如果搞不好，他们也会像你的家人一样死去。咱们在竞技场一起历尽艰险，难道还换不来你的实话？”

“你一向表现得很好，你很聪明，总知道在摄像机前怎样表现，我不想打破这一切。”黑密斯说。

“喏，你高估我了。瞧，我今天就把事情搞砸了。你觉得露露和萨里什的家人会怎样？他们能拿到奖金吗？你觉得我给

了他们一个美好的未来？他们能活过今天就算幸运的啦！”说着他又摔碎了一个雕塑，我还从没见过他这样。

“他说得没错，黑密斯，咱们有事不该瞒着他，甚至在凯匹特的时候就不该这么做。”我说。

“甚至在竞技场，你们就秘密策划一些事情，对吧？”皮塔问。他的声音已经平静了些，“没我的份。”

“不是，没有策划什么，我只是通过黑密斯送来的东西，来判断他的意思。”我说。

“可我从来就没这事。在我见到你之前，他啥也没送给过我。”皮塔说。

确实，在竞技场我得到了烧伤药膏和面包，而在死亡线上苦苦挣扎的皮塔却一无所获。站在皮塔的角度他会怎么想，这事我以前从未认真想过。好像那时黑密斯要让我活下来，而牺牲了皮塔。

“听我说，孩子——”黑密斯开始说道。

“不必了，黑密斯。我明白你必须在我们两人中选一个，我也希望是她。可现在不一样，外面已经死了人，除非我俩好好表现，不然会死更多人。咱们大家都清楚在摄像机前我比凯特尼斯表现好，该怎么说话我也不需要有人教，可问题是我也得清楚自己的处境。”皮塔说。

“从现在起，什么事都不瞒你。”黑密斯向他保证。

“最好是这样。”皮塔说道。说完扭头就走，看都没看我一眼。

尘土在他的身后扬起来，接着又落到新的地方，落在我的头发上、眼里、亮晶晶的金胸针上。

“那时候你选择了我，对吧，黑密斯?”我问道。

“是的。”他说。

“为什么？比起我来，你更喜欢他。”我说。

“没错，可你得记住，在凯匹特改变规则之前，我只能指望你们两人有一个能活着出来，那时我觉得既然他也已经下决心去保护你，那么我最有可能把你带回家。”他说。

“噢。”我发出无奈的感慨。

“你瞧，有时候我们不得不作出抉择，这次要顺利地完成巡演，你也得凡事多留个心眼。”

是啊，今天我明白了一件事，十一区不是十二区的一个大号的翻版，在十二区，隔离网没有卫兵，也不通电，我们的治安警不招人喜欢，但也没那么残暴。我们度日艰难，可大家感到的是劳累，并没有激起愤怒。可在这里，在十一区，人们遭受了更大的痛苦和绝望。斯诺总统说得没错。隐藏在十一区人心中的熊熊怒火一触即发。

一切发生得太突然，我来不及反应。治安警发出了警报、射出了子弹，我也许引发了更多的不满情绪。一切太意外了。要是我故意引发了骚动不安，那算是一回事；可事实是……天哪，我怎么惹了这么大的麻烦?

“走吧，咱们还要参加宴会。”黑密斯说。

我站在浴室的喷头下面，尽可能长时间地用热水冲刷着身体，拖延着时间。过一会儿我的化妆师还要为我参加宴会做准备，他们似乎对今天发生的事还一无所知，正满心欢喜地等待着宴会的到来。在各辖区，他们也算有头有脸的人物，有资格参加宴会；可在凯匹特，他们从未被邀请参加重要的场合。他

们无比兴奋地猜测着在宴会上会预备什么样的大餐，可我脑海里不断浮现出被枪毙的老人，心不在焉地任他们随便摆弄。临走，我才照了一下镜子。我穿着一件淡粉色无吊带及地长裙，几缕头发束在脑后，卷卷的长发披在肩头。

西纳站到我身后，给我披了一条微微闪着银光的披肩，他看着镜子里的我说："喜欢吗?"

"很漂亮，跟以往一样。"我说。

"让我看看这服装配上一副笑脸是什么样子。"他轻柔地说。他是在用这种方法提醒我过几分钟就会有摄像机出现。我勉强咧开嘴笑笑，"咱们走吧。"

当大家集合起来准备下楼就餐时，我看到艾菲烦躁不安。当然了，黑密斯不可能把广场发生的事告诉她，西纳和波西娅知道倒也无碍，可大家似乎已形成默契，不会把坏消息告诉艾菲；当然了，过不了多久她也会知道这一切。

艾菲看着今晚的活动的时间表，接着把它扔到一旁。"噢，我的上帝，咱们不如干脆上火车走掉算了。"她说。

"有什么不对吗，艾菲?"西纳问。

"他们是怎么接待我们的，我可不喜欢，先是被关在卡车里，接着在台上又把咱们隔离开来。然后，一个小时前，我想在法院大楼里转转，你知道，我也是建筑设计的半个专家呢。"她说。

"噢，对呀，这我可听说过。"波西娅插了一句。

"所以我就想到处看看，因为各区的废旧建筑是大家最不满的地方，可这时两个治安警冒出来，命令我回到原位。有一个家伙甚至用枪顶着我!"艾菲说道。

我不禁心中暗想，也许今早黑密斯、皮塔和我私自跑掉才带来这样直接的后果。兴许黑密斯想得没错，布满灰尘的楼顶没人监控，这么一想，心里倒觉得踏实了些。但我敢说现在那里肯定有人监控了。

艾菲看上去心情糟透了，我忍不住上去拥抱了她一下："真是太糟了，也许咱们不该去参加宴会，至少要等他们道了歉再说。"我明白她绝不可能同意这么做，但她听我这么说显然情绪好了很多，她知道有人在听她的抱怨。

"不，我会尽力安排好的，毕竟经受风风雨雨是我的工作。我们可不能让你们俩错过了这次宴会。"她说，"你能这么说，我已经很感谢了。"

艾菲安排了我们出场的顺序。化妆师最先出场，然后是她自己，设计师，黑密斯，皮塔和我最后出场。

楼下已经响起了音乐。当最先出场的人走下楼梯时，我和皮塔拉起了手。

"黑密斯说我不该对你吼，你不过是按他的指示行事。我这么冲你喊，好像我以前从没瞒过你似的。"他说。

我记起了皮塔面对全帕纳姆国人向我表白爱情时，我是多么吃惊，黑密斯知晓一切，但他却没告诉我。"我记得在那次电视访谈之后我还气得乱摔东西。"

"一个花盆而已。"他说。

"可你的手。这么说也没用了，对吧？咱们都曾瞒过彼此。"我说。

"是的，"皮塔说道。我们站在楼梯的最上层，按艾菲说的离黑密斯十五步远。"你真的只吻过盖尔一次吗？"

我马上回答："是的。"我自己都感到吃惊。今天发生了这

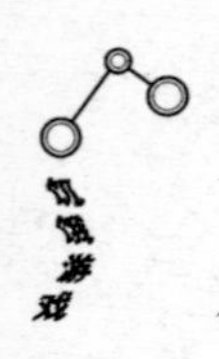

么多事，难道他最想知道的就是这个？

“到十五步了，咱们走吧。”他说道。

聚光灯向我们射来，我脸上立刻浮现出最灿烂的微笑。

我们走下楼梯……又将被卷入到旋涡般的一系列活动当中——宴会、各种仪式、乘车旅行。每天重复着同样的节律，起床、穿衣、走过欢呼的人群、致欢迎辞、致答谢辞，但从现在起，只能按凯匹特准备的讲稿说，再也不能加入自己的话了。有时有短暂的漫游：经过某区时看一眼大海，在另一个区看到高大的树林，有时看到满眼破败的厂房，有时又是广阔的麦田或发出臭味的炼油厂。穿晚礼服，参加宴会，乘坐火车。

在各种仪式上，我和皮塔都体面而受人尊敬，我们形影不离，总拉着手或挽着胳膊。在宴会上，我们是近乎疯狂的恋人，我们接吻，一起跳舞，常在偷偷溜走时被抓住。回到火车上，我们则心境黯然，静静地盘算这么做会产生怎样的效果。

即使我们没说那番话，也没引发不满情绪——不用说，我们在十一区的讲话已经在播出前就被删掉——仍能感觉到空气中的紧张氛围和即将爆发的愤怒烈火。并非所有的区都是如此，一些区的民众对庆祝仪式的反应和十二区的民众一样，像一群疲倦的羔羊。但在其他辖区，特别是八区、四区和三区，在喜气洋洋的氛围背后暗藏着愤怒。当他们呼喊我的名字时，发出的与其说是欢呼，不如说是复仇的呼唤。当治安警试图推后不安的人群时，他们没有退缩，反而拥到前面。我明白，无论我做什么，也无法改变这一切；无论我们爱情的表演多么真实可信，也无法逆转这愤怒的大潮。如果说我手举浆果的行为是疯狂的举动，那么这些人宁愿拥抱疯狂。

我衣服的腰围在不断缩小，迫使西纳不停地做出改动，化妆师们为我的黑眼圈而紧张不安，艾菲开始给我吃安眠药；可这一切都没用，至少作用不大。我一合眼就噩梦连连，越来越多，越来越频繁。皮塔也常常在夜里徘徊，他有时听到我服药后在沉沉的睡眠中发出呼喊，似乎要摆脱噩梦的侵扰。每当此时他总设法把我弄醒，让我平静下来。之后他就到床上抱着我，直到我再次沉入睡眠。从此之后，我拒绝再吃安眠药，但每晚我都让他睡在我的床上。我们就像在竞技场时一样，蜷缩在彼此的身旁，像要应对随时降临的危险，共同度过漫漫长夜。以后没有再发生什么事情，但我们的行为却在车上引来了许多闲言碎语。

当艾菲对我提起这事时，我想，**天哪，也许她会把这事告诉斯诺总统。**我对她说以后我们做事会更加审慎，但事实上我们却没有。

随后我们到达了二区和一区，情况就更糟了。如果当时我和皮塔回不了家，那么二区的加图和格拉芙则将凯旋。而且我亲手杀死了一区的格丽默和男选手。我尽量避免直面他们的家人，但我仍得知他们家姓马尔夫。我以前怎么从来都不知道呢？也许是比赛前根本没有注意，之后又不愿知道了。

到达凯匹特时，我们简直都绝望了。我们一次又一次地出现在欢呼的人群中。这是一个当权者居住的地方、一个任何人无需冒险让自己的名字被抽中的地方、一个不会因自己的罪行而使子孙丧命的地方，这里不可能出现动乱。我们无需向这儿的人们证明我们的爱多么坚贞不渝。然而，只要还有一丝希望，我们绝不放弃，希望其他辖区里那些对我们的爱未为深信

的人相信我们之间的爱。然而我们所做的一切都显得多么的微不足道。

我们又回到了在训练中心的老地方，我提议让皮塔在公众面前向我求婚。皮塔同意了，但之后他把自己锁在房间，很长时间没出来。黑密斯对我说让他自己静一静。

“我以为他也这么想啊。”我说。

“但不是以这种方式，他希望这一切都是真实的。”

回到房间，我盖上被单躺在床上，尽量不去想盖尔，也不去想其他的事情。

当晚，在训练中心前搭建的台子上，我们热情洋溢地回答着一个又一个的问题，凯撒·弗里克曼身着金光闪闪的蓝色晚礼服，头发、睫毛和嘴唇都染成了蓝色，他以其无可挑剔的娴熟技巧对我们进行了顺利的访谈。当他问起我们将来有什么打算时，皮塔单膝下跪，吐露了他的心声，请求我嫁给他。我，当然，接受了他的求婚。凯撒激动无比，凯匹特的观众也疯狂了，他们热情的欢呼响彻云霄，表明帕纳姆是一个充满欢乐的国家。

斯诺总统也出人意料地来到现场，向我们表示祝贺。他紧握着皮塔的手，亲切地拍着他的肩膀，接着他拥抱了我，扑鼻而来的是一股血液和玫瑰的混合气味，用他的厚嘴唇在我的脸颊上吻了一下，然后他笑容可掬地看着我，手仍牢牢地抓着我的胳膊。我大着胆子抬起眉毛，似乎在问我一直想问而不敢问的问题，**我做到了吗？这样够了吗？把一切都交给你，让这场游戏继续，答应嫁给皮塔，这样做可以了吗？**

作为回答，他几乎察觉不到地微微摇了摇头。

八区暴动

他这难以察觉的微小动作让我感到希望破灭，毁灭已开始，即将毁灭的是这世上我所爱的一切。我猜想不出我会遭到何种惩罚，他撒下的罗网会有多么巨大，但当这一切结束时，很可能一切都荡然无存。此时我本该感到极度绝望，但奇怪的是我却感觉得到了解脱。我终于可以摆脱这场游戏了。在这次冒险中我是否能够获胜的问题总算得到了回答，不管这答案是否意味着我彻头彻尾的失败。如果说以暴抑暴是人在绝望时可以抓住的救命稻草的话，那么我可以毫无顾虑地拼着一死来捍卫我的权利。

只是时机还没有成熟，地点也不是在这里。我需要先回到十二区再说，因为我的计划中要充分考虑到妈妈、波丽姆、盖尔和他的家人，还有皮塔。如果我能说服黑密斯和我一起干的话，就把他也算在内。在我逃向野外时，这些都是我必须带上的人。我怎样说服他们，在隆冬时节逃亡在外，去躲避无穷无尽的追捕，这个问题还没有答案。但至少我现在知道下一步该

怎么做了。

我没有倒下，屈膝求饶，相反，我比过去几个星期的任何时候都要坚定自信。尽管此时我的微笑有点疯癫，但却并不勉强。斯诺总统让观众安静下来，然后说：“你们看就让他们在凯匹特结婚怎么样?”话音刚落，我立刻扮出欣喜若狂的样子。

于是凯撒·弗里克曼问斯诺总统是否已选定了日期。

“噢，在我们确定日期之前，最好先让凯特尼斯的妈妈知道。”总统说道。观众发出一阵笑声。总统用胳膊搂着我。“如果全国人民一起努力的话，我们争取让你在三十岁之前嫁出去。”

“那您得通过一项新法了!”我咯咯笑着说道。

“如果确实需要这么做的话，我看可以。”总统一团和气地说道。

噢，瞧，我们俩的谈话多开心。

随后在总统府邸召开了盛大的宴会。四十英尺高的天花板变成了夜晚的星空，上面的星星和家乡的一样闪闪发光。我想在凯匹特星星也是一样明亮的，只是谁会在乎呢？城市总是太亮，以至于看不到星星。在地板和天花板中间位置，乐手飘浮在朵朵白云上，我看不出是什么把他们吊在半空。传统的餐桌被无数绵软的沙发和椅子代替，有的围在壁炉旁，有的摆放在馥郁芳香的花园里，有的在池塘边，池塘里各色奇异的鱼儿在悠然地游动，这样人们可以在极其舒适的环境吃饭饮酒或做任何其他的事情。房间的中间是铺瓷砖的宽阔大厅，这里既是舞池，又是演员们的舞台，更有衣着华丽的贵客穿行其间。

但这晚真正的明星是宴席上的珍馐美味。靠墙而立的餐桌上面摆满了做梦都不曾想到的佳肴——在烤肉架上转着的烤全牛、烤全羊、烤全猪、大盘大盘塞满水果和坚果的鸡肉、淋着酱汁的海鲜、各种奶酪、面包、蔬菜、甜点，还有像瀑布和溪流一样多的各种葡萄酒和烈酒，流溢着缤纷的色彩，激发着宾客的热情。

我已下定决心对凯匹特进行反抗，因此胃口大增。由于焦虑，我已经好几个星期没有好好进食，因而现在真是饿极了。

“这屋子里的每样食物我都想尝尝。”我对皮塔说。

他不解地看着我，对于我的变化感到吃惊。因为他并不知道斯诺总统认定我们已经失败，因而他只能猜测是我们赢了，他甚至可能猜想我因为订婚而真的很幸福。他眼睛里闪过了一丝疑虑，但很快就过去了，因为我们处于摄像机镜头之下。“那你可得慢慢来了。”他说。

“好吧，每种菜只吃一口。”我说。可当我来到第一张摆放着足有二十来种汤的餐桌旁，看到撒满长条果仁和小黑芝麻的奶油南瓜汤时，我的决心几乎立刻瓦解。“光这个就够我消用一晚上的!”我喊道。可我并没有在那里待一晚上。我又看到一种清绿色的肉汤，我只能把它描述为具有春天的味道，接着我又品尝了一种带泡沫的粉色的汤，里面满是草莓丁。我说的话又不能算数了。

人们来来往往、摩肩接踵，又是相互介绍、又是拍照、又是亲吻。显然，我的胸针成为新的时尚，有几个人走过来让我看她们的配饰。我的嘲笑鸟造型已经出现在腰带扣上、绣花丝绸衣领上，甚至有人做了文身。大家都纷纷效仿胜利者的吉祥物，我能想到的只是斯诺总统对这一切会多么恼火。可他又会

怎样呢？饥饿游戏在此地引起轰动，浆果事件也不过是一个姑娘想要救出自己爱人的疯狂举动罢了。

皮塔和我并没有刻意与人搭讪，可总有人把我们认出来。我们成了大家在宴会上不容错过的目标。我表现得热情大方，但其实对那些凯匹特人丝毫不感兴趣，他们只不过分散了我对食物的注意力而已。

每张餐桌上都有各种诱人的食物，即使每种食物只吃一口，我也快吃饱了。我拿起一只烤鸽，咬了一口，舌尖立刻溢满了橘色酱汁。好吃。我把剩下的递给皮塔，因为我想接着品尝其他食物。像许多人那样把食物随手丢弃是我不能接受的，太可恶了。大约经过十个餐桌之后，我肚子撑得饱饱的，剩下的食物我们只品尝了一点点。

这时我的化妆师们出现在面前，他们已经被酒精和这种盛大场合所带来的狂喜弄得语无伦次。

“你们干吗不吃呀？”奥克塔维亚问道。

“我已经吃过了，一口也塞不下去了。”我说。他们哈哈大笑起来，好像这是他们听过的最可笑的事。

“没人会为这事发愁的！”弗莱维说道。他们领着我们来到一张放着很小的高脚酒杯的餐桌旁，杯子里盛着透明的液体。“喝掉这个！”

皮塔拿起一杯，浅呷了一口，他们又大笑起来。

“不能在这里喝！”奥克塔维亚尖声叫道。

“你得去那儿喝。”维妮娅手指着通往盥洗室的门，说道，“不然你会弄得一地的！”

皮塔又端详着杯子，终于回过味来，“你是说这东西会让我呕吐?”

我的化妆师们更加歇斯底里地大笑起来。“当然了，这样你才能一直吃嘛，”奥克塔维亚说道，“我都去过那儿两次了。大家都这样，不然怎么能在宴会上玩得开心啊?”

我一时无语，打量着那些漂亮的小酒杯，思量着喝了里面的液体带来的后果。皮塔立刻与餐桌拉开一定距离，好像那东西要爆炸。“来吧，凯特尼斯，咱们跳舞吧!”

他把我从化妆师的身边拉走，音乐从半空的云朵里缓缓飘来。我们只会家乡的几种和着小提琴与长笛的节拍起舞的舞蹈，这些舞蹈需要很大的空间。但艾菲也教会了我们一些凯匹特流行的舞步。音乐如梦幻般舒缓，皮塔把我拉进他的臂弯，我们慢慢地转着圆圈，这种舞几乎没有什么舞步，在盛苹果派的盘子里都能跳。我们默然无声地跳舞，跳了好一会儿，之后皮塔用紧张的声音说道：“我们每天与他们相处，觉得他们还行，也许没那么坏，可结果却——”他没再说下去。

此时浮现在眼前的是另一幅图景：瘦弱不堪的孩子躺在我家厨房的桌子上，妈妈告诉孩子的家长怎样给孩子治病——他们需要更多的食物，可他们的父母买不起。现在我们富了，妈妈会送些食物给他们带回去。可是在过去，我们也没什么可送给他们的，有些孩子已经因过度饥馑而无药可救。可在这里，在凯匹特，他们仅仅为了吃得高兴而一次次地呕吐，不是因为身体不舒服，也不是因为吃了腐坏的食物。而是因为大家在进行欢宴，人们习以为常，这是欢宴的一部分。

记得有一次我去给黑兹尔送猎物，正赶上维克在家生病，咳得厉害。他跟我聊天时提起一件和玉米糖浆有关的事：他告

诉我他们打开了一罐“礼包节”得到的玉米糖浆，大家就着面包每人吃掉了满满一勺，下周要再多吃一点。因为生病，黑兹尔说要在他的茶里放点糖浆好让他咳得轻点，可要是别人不吃，他也不会吃。因为是盖尔家的孩子，他比十二区百分之九十的孩子吃得都好，可就一罐玉米糖浆的事，他说了足足有十五分钟。如果盖尔家都这样，别人家又会怎样？

“皮塔，他们纯粹为了娱乐，不惜让我们死去，相比之下，这点浪费对他们而言，又算得了什么？”我说。

“我知道，这我知道。只是有时候我真的有点受不了了。甚至到了……说不清我会怎么做。”他顿了一下，然后小声说，“凯特尼斯，也许我们一直就想错了。”

“什么？”我问。

“平息各区的反叛情绪。”他说。

我赶紧用余光扫了一下四周，还好，似乎没人听到。摄影组的人似乎已被海鲜吸引过去，在我们身边跳舞的人抑或醉醺醺，抑或自我陶醉，并没有注意。

“对不起。”他说。说得没错，这里可不是谈论这种事情的地方。

“回家再说吧。”我告诉他。

这时波西娅领过来一个身材高大的男人，这人很面熟。她介绍说他叫普鲁塔什·海文斯比，新任饥饿游戏组委会主席。普鲁塔什问皮塔是否允许他把我带走一会儿，皮塔恢复了他的摄像面孔，温和地把我交给普鲁塔什，一边警告他别对我太着迷了。

我不想和普鲁塔什·海文斯比跳舞，我不喜欢他的手碰我。

现在他的一只手抓着我的手，另一只搭在我的腰上。我不习惯有人碰我，除了皮塔和我的家人，另外，我不希望极限赛组织者接触我的皮肤，就像讨厌蛆虫一样。他似乎也感受到了这一点，我们跳舞时，离得八丈远。

我们闲聊着，晚宴、食物，他还开玩笑地说自从上次训练事件后，他一直在练习躲避投掷物。我先是一愣，接着才想起来在上次训练时，我朝极限赛组织者射了一箭，一个人吓得向后退，碰倒了潘趣酒碗，他就是那个人。哦，不，我当时把箭射向了猪嘴里的苹果，可我确实把他们吓了一跳。

“噢，您就是那个——”我笑了起来，想起当时他向后退，碰倒了潘趣酒碗、酒洒得到处都是的情形。

“是的，你一定很高兴知道我从此再也没从这场惊吓中恢复过来吧?”普鲁塔什说道。

我想说二十二个死去的“贡品”再也没能从他发明的比赛中醒过来，但我只是说：“嗯，这么说，您是今年极限赛组织委员会主席？这可是莫大的荣誉噢。”

“你和我的工作，没有多少人愿意接替。对于比赛结果，我所承担的责任太大了。”他说。

是啊，上届主席被处死了。我心想。他一定知道塞内卡·克林的事，可他看上去一点也不担心。

“您已经在筹备第七十五届大赛啦?”我说。

“噢，是的。哦，大家已经为筹备这次比赛工作多年，竞赛场不可能一日就建成。但是，应该说，比赛的基调已经确定，巧得很，今晚我们就要开一个赛事筹备会。”

普鲁塔什后退一步，从西服背心里拿出一只挂金链的怀

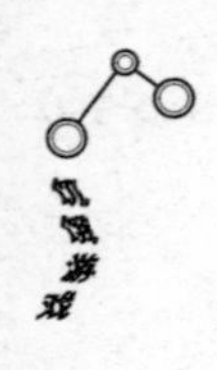

表，打开表盖儿，看了眼时间，眉头微蹙。“我现在就得走了。”他把表盘扭过来好让我看到时间，“会议在午夜开始。”

“噢，那么晚啊——”我说着，眼睛却不由自主地被他的表吸引过去。普鲁塔什的拇指在水晶表盘划过，上面立刻好像被蜡烛点亮了一样出现了一个图像，这是一只嘲笑鸟，跟我胸针上的一样，不过表盘盖一关闭，这鸟随着很快消失了。

“很漂亮。”我说。

“噢，确实很漂亮。这只是这类表中的一种。”他说，“如果有人问起我，就说我回家睡觉了。我们应该对会议保密，可我想告诉你应该没问题。”

“是的，我会保守秘密。”我说。

我们握手告别，他对我微微欠了下身，这在凯匹特是很普通的礼节。“好吧，明年夏天比赛时见，凯特尼斯。你订婚了，祝你们幸福，向你母亲问好。”

“谢谢。”我说。

普鲁塔什说完就走了。我在人群中穿梭，寻找着皮塔，其间不断有陌生人向我恭喜，恭喜我订婚了、恭喜我赢得比赛、恭喜我选了漂亮的口红，我一一应酬着，心里却在想普鲁塔什向我炫耀他的那只漂亮的怀表。这事有点蹊跷，挺神秘的。可为什么？也许他认为有人会偷走他的设计理念，像他一样在表盘上弄一个会消失的嘲笑鸟，是的，他肯定为这个花了大价钱，又怕别人造出廉价的仿制品而不敢给任何人看。只有在凯匹特才会有这种事。

我终于找到了皮塔，他正无比赞赏地盯着一桌子精致的蛋糕看。糕点师专门从厨房出来向他说明糖霜的制作方法，他们走过一个又一个的蛋糕，糕点师不断回答着他的问题。在他的请求下，他们拿来了许多种小蛋糕，让他带回十二区，在家静静地研习蛋糕的制作方法。

“艾菲说咱们一点钟必须到火车上。不知道现在几点了？”他边说着，边四处张望。

“快十二点了。”我回答道。我从蛋糕上拿起一朵巧克力花，放在嘴里咬着，全然不顾礼节了。

“到了说再见和表示感谢的时间了。”艾菲出现在我身旁，用颤抖的声音说。艾菲做事总是很准时，这是我喜欢她的地方。我们找到西纳和波西娅，然后由艾菲引领向晚宴的重要人物道别，之后大家一起来到大门边。

“我们难道不应该谢谢斯诺总统吗？这可是他的家啊。”皮塔问。

“噢。他不大喜欢参加晚宴，他太忙了。”艾菲说道，“我已经安排让人明天把特殊的礼物和感谢辞带给他。喏，就是他们！”艾菲向两个凯匹特侍者微微挥了挥手，他们正架着醉醺醺的黑密斯朝这边走来。

一辆汽车载着我们穿过凯匹特大街，车窗上贴着很深的黑色窗膜。后边的另一辆车上坐着我的化妆师们。欢庆的人群密密麻麻，汽车不得不放慢速度。但艾菲把一切安排得非常周密，我们一点钟正好上了火车，火车也慢慢驶出车站。

黑密斯被扶到了他的包厢，西纳要了茶，我们围桌而坐，艾菲抖着手中的日程单，提醒我们大家都仍在旅途当中。“我们的行程中好像包括十二区的收获节呢，所以我建议大家喝完茶立刻上床睡觉。”没人反对。

当我睁开眼时，已经是下午了。我的头枕在皮塔的肩上，我不记得他昨天进到我房间。我翻了翻身，尽量不去吵醒他，但他已经醒了。

“没做噩梦。”他说。

“什么?”我问。

“你昨晚没做噩梦。”他说道。

他说得没错。这是很长时间以来我睡的第一个整觉。“可，我做了个梦，”我说，一边回忆起来，“我跟着一只嘲笑鸟穿过树林，走了很长很长时间。那鸟就是露露，我是说，鸟叫时，发出的是她的声音。”

“她把你带到哪儿啦?”他说着，一边把我前额的头发捋到后头。

“我不知道，我们也没去哪儿，可我觉得很开心。”我说。

“嗯，你睡觉的样子看上去也很开心。”他说。

“皮塔，我怎么就从来不知道你是不是做了噩梦?”我说。

“我也说不清，兴许我不喊、不抓或别的什么，我就是不动，害怕得要死。”他说。

“你应该叫醒我。”想到做噩梦时一晚上要把他弄醒两三次，又要用很长时间才能让我平静下来，我忍不住说道。

“不需要，我的噩梦往往是害怕失去你，一旦意识到你在我身边，我就没事了。”他说。

啊唷，在猝不及防时皮塔说了这些话，就好像当胸给了我一拳。他只是如实回答问题，并没有强迫我做出反应或发出爱的誓言，可我还是感觉很糟，好像在卑劣地利用他。我利用他了吗？我不知道，我第一次感觉到让他睡在我身边有点不道德。而最讽刺的是，现在我们已经订婚了。

“回家以后我就得一个人睡，那就更糟了。”他说。

没错，我们就快到家了。

我们回到十二区的当晚要在市长府邸参加宴会，第二天在广场聚会，庆祝收获节。十二区总是在胜利巡演的最后一天举办收获节庆祝活动，但如果有条件，通常人们只是在家中和朋友聚餐。今年的收获节将举办公共庆祝活动。凯匹特将大批分发礼物，十二区的每个人都可以饱餐一顿。

我们大部分的准备工作要在市长府邸进行，回到寒冷的十二区要为户外活动准备皮毛服装。我们只在火车站做短暂停留，进站时对大家微笑、招手，然后上轿车，到晚宴时间才能见到我们的家人。

我们的活动不在法院大楼，而在市长府邸，这让我很高兴。法院大楼存留着关于父亲的记忆，我参加饥饿游戏之前也是在那里向家人告别，因而那里牵动了太多痛苦的回忆。

我很喜欢安德西市长家，特别是在我和他的女儿马奇成为好朋友后，事实上，之前我们一直保持着某种朋友的关系。在参加饥饿游戏前她来向我道别，又送给我嘲笑鸟胸针时，这一点就更加清晰明朗。比赛结束回到家乡之后，我们经常在一起。原来马奇也有很多闲暇时间。我们开始在一起时还真有点不自在，因为我们俩都不知道该干点什么。其他像我们这么大的女孩子会谈论男孩子、谈论其他女孩、谈论衣服，可马奇和我都不喜欢聊别人的事，衣服让我头疼。在经过几次漫无目的的闲谈之后，我才知道她特别想去树林子，所以我带她去过几次，教她如何射箭。她也教我弹钢琴，可大多数情况下我更愿

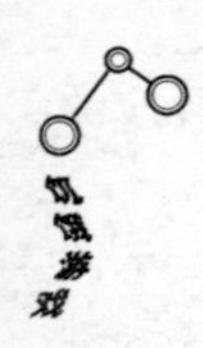

意听她弹。有时我们在彼此的家里吃饭，马奇更喜欢我的家，她的父母很和蔼，可我觉得她也不常跟自己的父母在一起，她的爸爸要料理全区的事务，而妈妈患有严重的头疼病，常一连数日卧床不起。

“也许你应该带她去凯匹特看医生。”一次她妈妈卧床时，我这样建议道。那天我们没有弹钢琴，即使隔着两层楼也会打扰她妈妈休息，使她头疼。“我敢说，医生肯定能把她治好。”

“是的，可是要去凯匹特必须得到他们的邀请。”马奇不快地说。即使市长的权力也受到限制。

当我们一行抵达市长府邸时，我时间很紧，只简单地拥抱了一下马奇，艾菲催促我赶快上三楼去准备。当我穿上银色坠地长裙，一切准备就绪之后，离晚宴开始还有一个小时，所以我就溜出去找她。

马奇的房间在二楼，那里有几间客房，还有她爸爸的书房。我把脑袋伸进市长书房向他问候，但书房是空的。电视正好开着，上面正在放我和皮塔昨晚在凯匹特参加晚宴的录像。我们跳舞、吃饭、亲吻，此时在帕纳姆全国都在播放这一录像，大家对这一对十二区来的明星恋人肯定早就厌烦透了。我知道，我也厌烦透了。

我正要离开书房，突然一阵嘀嘀声吸引了我的注意力。我转过身，看到电视屏幕变成黑色，之后出现了“八区最新消息”的字样。我马上意识到这是市长专线，我不应该看，而应该走开，很快走开。但相反，我却走到电视跟前。

一个我从未见过的播音员出现在屏幕上，她留着灰头发，声音沙哑但很威严，她警告说事态在恶化，需启用三级警报，目前部队正在向八区增援，所有的纺织品都已停产。

接着镜头切换到八区广场，上周我刚去过那里，所以我一眼就认出来了，楼顶还挂着印有我面孔的横标，楼下的广场一片骚乱，到处是呼喊的人群，人们向远处投掷石块，他们的脸隐藏在破布或自制的面罩后面。许多建筑物已经起火。治安警向人群开枪，随意杀戮。

我以前从未见过这样的情景，但这证明了一件事，斯诺总统所说的暴乱确实发生了。

策划逃跑

一个皮革袋子里面装着食物和一壶热茶，一双毛皮镶边的手套——这是西纳落下的，三根刚从光秃秃的树上折下的小树枝摆放在雪地上，指向我离开的方向。在收获节后的第一个周日，我把这些东西放在我和盖尔通常会合的地点。

我继续在寒冷而雾气弥漫的树林里前行，这条路盖尔并不熟悉，但对我来说很好走，这条路通往湖边。对我们通常会面的地点，我已信不过，那里不可能有隐私而言，可我仍需要足够的隐私，以向盖尔倾诉我的心声。但他会来吗？如果他不来，我就得在深夜冒险去他家找他。有些事情他必须知道……我需要他帮我想明白……

今天在安德西市长家，我看完了电视转播后突然反应过来，赶紧向门外走廊走去，那会儿离开正是时候，市长刚好走上楼梯。我还朝他挥了挥手。

“是找马奇吗?”他很和气地说道。

“是的，我想让她看看我的裙子。”我说。

“哦，你知道上哪儿找她。”就在这时，他的书房又传来嘀嘀的声音。他的表情立刻严肃起来。“请原谅。”他说着，走到他的书房，关上了门。

我在走廊待了会儿，直到自己平静下来。我提醒自己一定要表情自然，之后来到马奇房间，她正坐在梳妆台旁，对着镜子梳理波浪般金黄的头发。她仍穿着原来在收获节上穿过的漂亮的白色裙子。她看到镜子里的我，笑了起来：“瞧瞧你，像刚从凯匹特的大街上回来的时髦女郎。”

我走近她，手抚摸着嘲笑鸟说：“这简直成了我的胸针了，嘲笑鸟已经成了凯匹特疯狂追求的时尚，你肯定自己不想把它要回去了？”

“别傻了，那是我送给你的礼物。”马奇说道，边用过节时戴的金色丝带扎起头发。

“那么，这胸针你是从哪里得到的呢？”我问。

“那是我姨妈的，可我想它在我家已经放了很长时间了。”她说。

“真可笑，选了嘲笑鸟。我是说，因为各区叛乱时，叽喳鸟发挥的作用与凯匹特的意图恰恰相反。”我说。

叽喳鸟是凯匹特培育的杂交雄鸟，作为间谍武器，探查各区反叛情况。这些鸟能记住并重复人说的话，因此被投放到反叛的各区，鸟听到消息后把情报送回凯匹特。但大家发现了这点，故意让它们带回假情报。凯匹特发现后，就决定让它们自生自灭。数年时间，野外的叽喳鸟就灭绝了；但在灭绝前，它们与雌性嘲鸟交配，从而出现了一个新品种。

“可嘲笑鸟从未被当作武器，”马奇说，“它们只是会唱歌

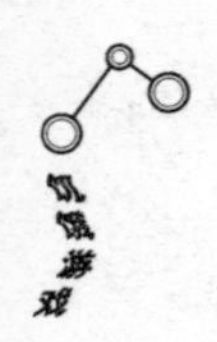

而已，对吧？”

“对啊，我想是的。”我说。可事实并非如此。嘲笑鸟确实会唱歌，但凯匹特人从未想到会产生这种鸟，他们从未想到纯粹人工培育的叽喳鸟能够适应野外生存环境，并把基因传给其他鸟，产生一种新品种，在野外生存下去。凯匹特人没料到它们有这么强的生存欲望。

此时的野外，我穿行在雪原林地，看到嘲笑鸟在树林的枝头跃来跃去，不时模仿另一只鸟的叫声，之后又鸣唱出新的曲调。像往常一样，这叫声让我想起露露。我想起昨晚在火车上做的梦，在梦中，我追随着鸟的鸣啭，那是露露。我希望自己睡得再长点，好知道她究竟要把我带到哪里。

去湖边的路很长，毫无疑问。如果盖尔决定跟随我，那他肯定要花很大的力气，而这力气更应该花在打猎上。很明显，他没有出席市长家的宴会，尽管他的家人都去了。黑兹尔说他病了，待在家里，很显然她在说谎。在收获节仪式上我也没有见到他。维克对我说，他去林子里打猎了，这也许是实话。

大约走了几个小时，我来到湖边的一座破旧的房子。也许“房子”这个字对它来说太大了。这只是一间屋子，大约十二平方英尺。爸爸认为很久以前这地方原有很多房子，一些地基仍依稀可见。人们原来到这里来游玩或在湖里钓鱼。这间屋子比其他屋子保留的时间长是因为它的地板、屋顶和天花板都是水泥的。四扇玻璃窗只有一扇还没坏，但也因天长日久颜色发黄、摇摇欲坠。这里没有上下水管道也没有电，但壁炉还能用，屋角堆放着我和爸爸多年前捡来的木头。我生了一小堆火，希望迷雾能把火堆散发的烟雾遮盖住。趁火苗渐渐旺起来的工夫，我把没窗的地方吹进来的积雪打扫干净，扫地的扫帚还是我大约八岁时爸爸用嫩树枝做的，我过家家时把它当房子。扫完了，我坐在水泥壁炉前的一小块水泥台上，一边取暖，一边等着盖尔来。

我等了没多大会儿，盖尔就到了，这真让人吃惊。一只弓搭在他的肩上，腰带上拴着一只死火鸡，那一定是他在来这里的路上打到的。他站在门边好像在犹豫是否该进来，手里还拿着没打开的食物袋子、茶壶和西纳的手套。礼物他是不会接受的，因为他还在生我的气，这种感受我完全理解。我不是也曾经这样对待妈妈吗？

我凝视着他的眼睛，他眼神里的愤怒不能掩盖受到的伤害，我和皮塔订婚后，他肯定感觉自己遭到了背叛。今晚见面将是我最后一次机会，来挽回一切，使我不至于永远失去盖尔。可我向他解释清楚可能需要几个小时，而即使到那时，他也可以拒绝原谅我。因此，我单刀直入。

“斯诺总统亲口对我说要杀死你。”我说。

盖尔轻抬了一下他的眉毛，但却没有明显的恐惧和吃惊，“还有别人吗？”

“唉，他也没明确对我说，但我想八成咱们两家人都在内。”我说。

意识到我说的话的严重性，他赶紧走上前来，蹲在壁炉边，边取暖边说：“除非？”

“没有除非，至少现在没有。”显然我的话需要更多的解释，可我不知该从哪里说起，所以坐在那里一动不动，忧愁地盯着炉中的火苗。

大约过了一分钟，盖尔打破了沉寂："嗯，谢谢你报的信。"

我转向他，正要抢白他，却看到他诡秘的眼神。我忍不住笑了，我恨自己不该笑，这不是笑的时候，毕竟这事对一个人来说不是小事，没多久我们都要遭到灭顶之灾。"你听着，我真的有个计划。"

"啊，我敢说这一定是个绝妙的计划。"他说着，把手套扔到我膝盖上，"喏，我可不要你未婚夫的旧手套。"

"他不是我的未婚夫。这不过是计划的一部分。这也不是他的手套，是西纳的。"我说道。

"把手套给我吧，那就。"他说着，戴上了手套，弯了弯手指，点了点头，说："至少我死时可以舒服点。"

"你挺乐观的，当然了，你不知道都发生了什么。"我说。

"说来听听吧。"他说。

我决定从我和皮塔戴上胜利者桂冠的那晚说起——黑密斯警告我凯匹特很生气，自从我回家以后一直十分不安，斯诺总统对我家突然造访，十一区发生了屠杀事件，群众中的气氛很紧张，我们订婚作为最后的防线，总统示意我做得不够，我肯定要付出代价等。

盖尔一直没有打断我。我说话时，他把手套塞进衣兜里，接着又把皮袋子里吃的东西拿出来当作我们的晚餐，烤面包、奶酪、去皮苹果，他拿栗子在火上烤。我看着他的手，这是一双漂亮而灵巧的手，正如我在去凯匹特之前一样，上面有些疤痕，但粗壮有力，他的手既能应付井下的粗活，又能设好精巧的圈套。对这双手我可以信赖。

我停了一下，喝了一口壶里的热茶，接着我准备告诉他回家以后的事。

“瞧，你确实添了不少乱子。”他说。

“还没完呢。”我对他说。

“这会儿我已经听够了。咱们先从你计划的开头说起吧。”他说。

我深吸了一口气说：“咱们逃走。”

“什么？”他问，这话出乎他的意料。

“咱们逃吧，逃到林子里。”我说。他面部的表情很难捉摸，他会嘲笑我吗？我心里突然冒火，准备与他辩论。“你自己也说过咱们能行，就在收获节的那天早晨。你说过——”

这时他突然上前一步，把我抱住在地上打起转来，我感觉整个屋子都在旋转，我赶紧抱紧他的脖子，他哈哈地笑着，特别开心。

“嘿！”我试图反抗，但我也不停地笑着。

盖尔把我放到地上，抱着我的手仍没有松开。“好吧，咱们逃吧。”他说。

“真的吗？你没觉得我疯了吧？你会跟我一起走？”盖尔可以与我同甘共苦，我感到肩上的千斤重担卸下了一半。

“我确实觉得你疯了，可我还是愿意和你一起走。”他说。他说这话是认真的，不仅认真而且心甘情愿。“咱们能行，这我知道，咱们从这逃走，永远不再回来！”

“你肯定？”我说，“这很艰难，带着孩子们，还有所有的人。我不想在林子里走五英里，然后就——”

“我很肯定，我完完全全、百分之百地肯定。”他低下头，抵在我前额上，把我拉得更近。他的皮肤、他的身体因靠近火焰而散发出热量，我闭上眼睛，尽情享受这浓浓的暖意。他的身上散发出烟草和苹果的气味，还有被雪打湿的皮革味。我深吸一口气，感受着这特殊的气味。这是冬的气息，在其中蕴藏着饥饿游戏前我们所共度的每一刻快乐时光。我不想挪动身体。我为什么要挪开呢？他用轻柔的声音对我说："我爱你。"

这就是原因。

我没有预料到事情会是这样，太突然了。几分钟前我们还在商量逃跑计划，而此时……我应该学会应对这种情况，接下来我的回答也许是最糟糕的一种。"我知道。"

太糟了，就好像他情不自禁地爱上我，而我却没有反应。盖尔不由得向后退步，我一把拉住他。"我知道你爱我！而你……你也知道你对我意味着什么。"这么说还不够，他挣开了我的手。"盖尔，我无论对谁都不能有这种想法了，我每天所想的——从波丽姆的名字被抽中的那一刻起的每分每秒所想的，就是我有多么害怕。我已经没有心思想别的了。要是咱们到了安全的地方，兴许我会不一样。我也说不清楚。"

我看得出他正竭力忍住内心的失望。"那，咱们逃吧，总会有办法。"他转向壁炉，那些栗子已烤爆了，他把栗子从火里拨出来，"说服我妈得要点时间。"

我觉得他还是会走的，但那份快乐已经不见了，他又恢复到起先的拘谨状态。"我妈也是，我得让她明白，带她去散步，多跟她聊会儿，让她明白我们不逃也活不了。"我说。

"她会明白的。我和她还有波丽姆一起看过很多次比赛。她不会对你说不的。"盖尔说。

“我也希望这样。”房间里的温度好像瞬间降了二十度，“说服黑密斯一定很难。”

“黑密斯？”盖尔说着把手里的栗子都扔了，“你不会叫他也和我们一起走吧？”

“我不得不叫他，盖尔。我不能把他和皮塔扔下，因为那样的话他们就会——”他对我怒目而视，我停下来问道，“怎么了？”

“对不起，我没想到有那么多人。”他打断我说道。

“那样的话，那些人为了找到我，会把他们折磨死的。”我说。

“那么皮塔家呢？他们肯定不会来。说实话，他们巴不得给我们打小报告呢。皮塔那么聪明肯定也明白这点。要是他想留下呢？”他问。

我尽量显出无所谓的样子，但我的声音还是沙哑了：“那就让他留下。”

“你会让他留下？”盖尔问。

“为了救波丽姆和妈妈，是的。”我回答，“我是说，不！我会让他跟我走的。”

“那我呢？你会让我留下？”盖尔铁青着脸说，“假如，我无法说服我妈让她在大冬天拖着三个年幼的弟妹逃到林子里。”

“黑兹尔不会拒绝的，她很明事理。”我说。

“要是她不呢，凯特尼斯。那该怎么办？”他问道。

“那你就强迫她走，盖尔。你觉得我刚才说的那些都是瞎编出来的？”我也生气了，提高了嗓门。

“不是，我也说不清楚，弄不好总统也在操纵你。我的意思是，他想促使你赶快举办婚礼。你也看到了凯匹特人对这事有多兴奋。我觉得他未必会杀你，或者皮塔。杀了你们俩，他自己怎么收场？”盖尔说。

“第八区正在暴动，我恐怕他也分不出多少时间给我选结婚蛋糕吧！”我大喊起来。

话一出口，我便后悔不迭，恨不得马上收回来。盖尔立刻睁大了他灰色的眼睛，脸上溢出兴奋的光。“八区有暴动？”他压低声音说。

我想挽回这话的影响，竭力使他平静下来，就像我在各区平息事态一样。“我不清楚是不是真正的暴动，只是有些骚乱。人们都上大街了——”我说。

盖尔猛地抓住我的肩膀：“你都看到什么了？”

“也没啥！没亲眼看到，只是听说。”我这么说着，感到自己的话像往常一样，那么苍白无力，又那么迟疑拖沓。最后我不想再瞒他什么了。“我在市长家的电视上看到的，我不应该看的。电视里看到有很多人，还着了火，治安警在向群众开枪，可人们也在反抗……”我咬住下唇，极力想描绘出当时看到的景象。可最后，我却把长时间以来咬啮我心灵的话一股脑倒了出来。“这都是我的错，盖尔，因为我在竞技场的所作所为。要是我吃了浆果死掉了，这一切都不会发生。皮塔会活着回来，每个人都安全了。”

“安全，安全了又怎样？”他用柔和的语气说，“去挨饿？去像奴隶一样扛活？把自己的孩子送去抽生死签？你并没有伤害任何人，是你给大家带来了机会，一个需要勇气才能抓住的机会。矿井上的人，那些想斗争的人已经议论开了。你难道没看到吗？暴风骤雨已经来了。如果八区发生暴动，十二区为什么不能发生暴动？其他区也一样。这就是最终的结果，我们已经——”

“别说了！你不知道自己在说什么。别的区的治安警，他们不是大流士，甚至不是克雷！普通百姓在他们眼里猪狗不如！”我说。

“因此我们必须参加战斗！”他粗声粗气地回答。

“不！我们要在他们来杀死我们或更多其他人之前离开这里！”我又在喊了，我不知道他为什么要这么做，为什么看不清不可否认的事实？

盖尔粗暴地把我一把推开：“那你走吧，我一万年都不会走。”

“你以前很愿意离开的，八区的暴动只能使我们更该离开。你只对……生气。”不，我不能不管不顾地在他面前提起皮塔。“那你的家人呢？”

“其他人的家人呢，凯特尼斯？那些不能跑的人？你难道看不到吗？这已经不是只关系我们家人，如果发生了暴动，就不光关系到我们的家人了！”盖尔摇着头，毫不掩饰他对我的厌恶。“你能为他们做很多。”他把西纳的手套扔到我的脚下。“我改主意了，凯匹特造的任何东西我都不想要。”他说完，抬腿就走了。

我看着地上的手套。凯匹特造的东西？他是在说我吗？他是否认为我是凯匹特的另一个产品而不愿触碰？这太不公平了，我很生气。可想到他下一步可能采取的疯狂行动，我又感到十分害怕。

我颓然倒在壁炉边，此时我多么需要有人能安慰我，帮我想清楚下一步该怎么办？我强迫自己镇静下来，心想暴动不会在一天内发生，盖尔明天之前不会跟矿工们商议此事，如果我提前告诉黑兹尔，也许她能够制止他。可我现在不能走，如果他在家，他会把我拒之门外。也许今晚，等到大家都睡熟以后，我再……黑兹尔洗衣服常常到深夜，我可以那个时候去，敲敲窗户，告诉她事态严重，不让盖尔做出傻事。

斯诺总统在我家书房的话再次在我耳边回响。

“我的顾问担心你很难对付，事实上你没有准备这么做，对吧？”

“是的。”

“我也是这么跟他们说的，一个女孩不惜一切保全自己的性命，她是不会把它随意丢弃的。”

我回忆起黑兹尔养活这一家是多么的艰难。在这一点上，她肯定支持我。难道她会不支持？

现在一定快到中午了，天很短。如非必须，天黑后最好不要待在林子里。我把微弱的火苗踩灭，收拾一下食物碎屑，把西纳的手套别在腰里。这手套我还要再保留一段时间，万一盖尔改变主意呢。我想起了盖尔把手套扔到地上时鄙夷的表情。他因为这手套、因为我，有多么的不快啊……

我在雪地里艰难地跋涉，天还没黑透，我就走到了我的旧家。我和盖尔显然没有说通，但我仍决意要离开十二区。下一步我准备去找皮塔，他和我在路途上所经所见相同，也许他比盖尔更容易说服。我碰到他时他正要离开胜利者村。

“去打猎了？”他问。看得出，他不认为这是一个好主意。

“没有，你要去城里?”我问。

“是的，我得跟家人一起吃饭。”他说。

“噢，那么至少我可以陪你走一段。”从胜利者村到广场的路没什么人走。在这条路上谈话很安全。可我好像很难开口。与盖尔的谈话已经砸了锅。我拼命咬着自己干裂的嘴唇。广场越来越近，要不说，我很快就没机会了。我深吸了口气，终于把话说了出来。“皮塔，要是我要你跟我一起从区里逃跑，你愿意吗?”

皮塔抓住我的胳膊，停了下来。他不用看我的脸来确定我是否是认真的。“那要看你为什么这么问了。”

“我没能获取斯诺总统的信任。八区发生了暴动。咱们得逃走。”我说。

“你说的‘咱们’就是指你和我吗？不会，还有谁一起走?”他问。

“我家人，你家人，如果他们愿意走的话。也许还有黑密斯。”我说。

“盖尔怎么办?”他问。

“我不知道，他也许有别的计划。”我说。

皮塔摇着头，苦笑了一下：“我想他肯定有计划。当然，凯特尼斯，我会跟你走。”

我感觉看到了一丝希望：“你会，哈?”

“是的，可我肯定你不会。”他说。

我一下子甩开他的手说：“你不了解我。准备好，随时离开。”我大步走开，他在我身后一两步远的地方跟着我。

“凯特尼斯。”皮塔说道。我并没有慢下来。如果他认为这不是一个好主意，我也不想知道为什么，因为这是我唯一的主意。“凯特尼斯，等等。”我随脚踢开一块脏兮兮的冻雪块，等他赶上来。煤尘把一切都染得黑黑丑丑的。“如果你想让我走的话，我会走的。我只是觉得咱们还得跟黑密斯好好谈谈，确保不会把大家的事情弄糟了。”他突然仰起头，“什么声音？”

我也抬起头。刚才太专注于自己的烦心事，没注意到广场那边传来的声音。那里有哨声、拍打的声音，还有人群急促的喘息声。

“快点。”皮塔说道，他的表情非常严肃。不知为什么，我无法确定声音的方位，更不用说猜测究竟发生了什么。可他一定觉得发生了什么可怕的事情。

当我们来到广场时，看到这里很显然已经出事了，但厚厚的人群挡住了视线，我看不到究竟发生了什么事。皮塔踏上一个靠在糖果店墙边的箱子上，一边朝广场那边看，一边向我伸出一只手。我正爬了一半，他却把我拦住。“别上来，快走！”他声音很低，但却是命令的口气。

“怎么了？”我问道，一边朝后退。

“回家，凯特尼斯！我一会儿就去找你，我保证！”他说。

不管发生了什么，肯定是很可怕的事。我松开他的手，往人群里挤。人们看见我，认出了我的脸，看上去很慌张。有人用手推我，还有人低声说。

“快走，孩子。”

“只会更糟。”

“你想干什么？想害死他？”

这时，我的心脏剧烈地跳动着。我几乎听不到他们在说什么，我只知道，无论广场出了什么事，肯定跟我有关。当我最后从人群里挤进去，看到发生的一切时，我才意识到我的猜测没错，皮塔说对了，大伙说得都对。

我看到盖尔双手被绑在一棵木桩子上，他打的火鸡用钉子穿过脖子挂在他头的上方，他的夹克被扔到一旁，衬衫被撕开。他跪在地上，后背被打得血肉模糊，已经失去知觉。只因为手腕上的绳子拴着他，才没有完全倒下。

一个陌生人站在他身后，我没见过这个人，可我一眼就认出了他穿的制服，治安警长的制服。可这人不是老克雷，他高大结实，裤子被粗大的肌肉撑得净是褶皱。

我被眼前看到的景象惊呆了，那人又举起了胳膊，要打盖尔，我这才猛地反应过来。

“不!”我大叫着，冲上前去。拽住他落下的手臂已经来不及了，而且我也没那么大力量。我扑在盖尔身上，同时张开手臂尽全力遮挡着他皮开肉绽的身躯。鞭子重重地抽打在我的左颊。

一阵撕心裂肺的疼痛掠过我的身体，我立刻眼冒金星，跪倒在地。我用一只手捂住脸，另一只手支住地面。我感到被打的地方立刻肿起来，连眼睛也睁不开。我身下的石头已经沾满了盖尔的鲜血，空气里飘散着浓浓的血腥味。“不要打了！你会打死他的!”我声嘶力竭地尖叫着。

我看到了打人者的脸，他表情凶残，满脸横肉，头发剃得短到了发根，眼睛黑黑的，几乎都被黑色的瞳孔占据了，长而直的鼻子冻得通红。他看着我，再次举起了粗壮的胳膊。我不自觉地把手举到肩头，多么渴望这时手里有弓箭，可我的弓箭藏在树洞里。我咬紧牙关，等着鞭子再一次落下。

“住手!”一个声音喊道。黑密斯出现了，但却被躺在地上的一个治安警绊了一跤。那是大流士，他的前额红头发下起了一个紫色的大包，已经晕过去了，但还有气儿。究竟发生了什么？在我到来之前他想帮助盖尔吗？

黑密斯没理会大流士，他猛地把我拉起来。“噢，瞧你干的好事。”他用手托起我的下巴，“她下星期要拍婚纱照。你让我怎么跟她的设计师说？”

拿鞭子的那家伙好像认出了我。因为天冷我穿得厚厚的，脸也没上妆，辫子随意地塞在大衣里，再加上我的半边脸已经肿了起来，要认出我是饥饿游戏的胜利者也并不容易。可黑密斯是电视上的常客，他的脸很难被人忘记。

那人手拿鞭子，叉腰站在那里。“我在惩罚罪犯，可她却闯过来。”

此人操一口奇怪的口音，说话是命令的口气，他的出现是一个潜在的危险信号。他从哪儿来？十一区？三区？或者直接从凯匹特来？

“她就算把法院大楼炸了我也不在乎！看看她的脸！这个样子一星期后能拍照吗？”黑密斯怒吼起来。

“那不关我的事。”尽管那家伙的语气仍然冷酷，可看得出他也有点拿不准了。

“不关你的事，哈，那你等着瞧，我的朋友。我回家的第一件事就是给凯匹特通话，”黑密斯说，“我倒要看看是谁授权你把她漂亮的脸给毁了！”

“他去偷猎，这跟她有什么关系？”那人说。

“他是她表兄。”皮塔走上来，小心地扶着我的另一只胳膊，“她也是我的未婚妻，你想罚他，那就得先通过我们俩。”

也许事情就是如此，在十二区，唯独我们三个才能对不平之事做出反抗，尽管这反抗也许是暂时的，有什么样的结果也很难预料。但现在我所关心的一切就是如何让盖尔活下来。警长扫视着他身后的治安警小分队。还好，他们都是熟悉的面孔，是霍伯黑市的那帮老朋友，我不禁松了口气。从他们的表情可以看出，他们也并不乐意看到所发生的一切。

一个叫珀尼亚的女人，也经常在格雷西·塞的摊上喝汤，她直挺着身子，上前一步，说："先生，我觉得按他的第一个罪名，他挨的鞭子已经够了，除非判了他死刑，那也该由火枪队执行。"

"那是这里的规矩?"治安警长问。

"是的，先生。"珀尼亚答道，另外有几个人也点头，表示同意。我敢肯定他们没一个人知道，在霍伯黑市，大家见到野火鸡，通常的规矩就是抢着为火鸡腿砍价。

"很好，那么，姑娘，赶快把你的表兄弄走。等他醒过来，告诉他，再敢在林子里偷猎，我会亲自召集火枪队的人。"治安警长说着，用手在鞭子上捋了一下，血溅了我们一身，然后他把鞭子盘起来，踱着方步走了。

在场的治安警有一大半列成方队，尴尬地跟在他后面，另外几个七手八脚地抬着大流士的胳膊和腿把他带走。我与珀尼亚的眼神相遇，在她走之前，我用嘴唇无声地说"谢谢"，她没有反应，但我清楚她明白我的意思。

"盖尔。"我转过身来喊着，一边赶紧解开绑着他手腕的绳子。有人递过来一把刀，皮塔把绑他的绳子割开。盖尔颓然倒在地上。

“最好把他抬到你妈妈那里。”黑密斯说。

可是没有担架。卖布的老年女人把她的柜台板卖给了我们，对我们说：“千万别说这个是从哪儿弄到的。”然后她赶快把剩下的货物收拾干净。广场基本已经没人了，恐惧胜过了同情，发生了这可怕的一切，我也不想责怪谁。

我们把盖尔脸朝下放到板子上，在场的只有几个人留下来帮忙抬他，黑密斯、皮塔，还有两三个和盖尔在一个组干活的矿工把他抬了起来。一个在“夹缝地带”和我们家隔几个门住的名叫丽薇的女孩，扶着我的胳膊。去年她弟弟出麻疹，妈妈救活了他。“需要帮忙把你搀回家吗？”她灰色的眼睛透着恐惧，但却很坚决。

“不需要，你能去找黑兹尔吗？把她叫来。”我问。

“是的。”丽薇说完，转身走了。

“丽薇！”我说，“别让她带孩子来。”

“好的，我会和他们待在一起。”她说。

“谢谢。”我抓起盖尔的夹克，跟在其他人后边快步走着。

“在上面糊点雪。”黑密斯扭头对我说。我抓起一把雪，按在脸上，减轻了一点疼痛。我的左眼在不住地流泪，视线模糊，在昏暗的光线下，我紧跟着前面的人走。

我们向前走着，盖尔的矿友布里斯托和索姆断断续续地讲着事情的经过。像以前一样，盖尔肯定去找克雷了，因为他知道克雷总会为火鸡付个好价钱。可是他却碰到了新来的警长，一个据说叫罗穆卢斯·斯瑞德的人。大家都不清楚克雷究竟是怎么回事，他今早还在霍伯黑市买酒喝，显然还统管着辖区的治安警，可现在哪里也找不到他。斯瑞德立即逮捕了盖尔，盖

尔当时手里就拿着火鸡，所以也没法为自己辩护。他的事在区里很快传开了，他被带到广场，被迫承认了他的罪行，被判鞭笞。他们说我出现的时候，他都被打了至少四十鞭了。打到三十鞭时，他就昏了过去。

“还好，他当时只拿着火鸡，”布里斯托说，“要是他拿的猎物跟平时一样多，那就更糟了。”

“他跟斯瑞德说他看到那火鸡在‘夹缝地带’边上晃悠，那火鸡越过围栏，他用木棍弄死了它。但还是判了罪。要是那帮人知道他拿武器在林子里打猎，肯定会弄死他。”索姆说。

“大流士是怎么回事？”皮塔问。

“打了二十鞭子，他站出来说够了。只不过他没有珀尼亚那么聪明，要是跟他说这是规定就好了。他抓住斯瑞德的胳膊，斯瑞德用鞭子柄打了他的头。恐怕等着他的也没好事。”布里斯托说。

“恐怕咱们都没什么好果子吃。”黑密斯说。

天开始下起了雪，纷飞的雪花又湿又冷，使我的视线更加模糊了。我磕磕绊绊地跟在其他人后面往家走，靠听觉而不是视觉来分辨道路。门开了，散射出一股金色的光亮，妈妈出现在门口。我一天都不知到哪里去了，妈妈正在焦急地等待。

“来了个新头。”黑密斯说道，冲她微微点了点头，好像其他的解释都是多余的。

此时的妈妈，从一个连蜘蛛都要我去打的女人，变成了一个无所畏惧的医生，我对她肃然起敬。我觉得，每当病人或垂死的人被送来的时候，也是妈妈唯一对自己的身份最确定的时候。很快，餐厅的桌子就清理干净，消过毒的白布铺在上面，盖尔被抬到桌子上。妈妈一边把开水从壶里倒到盘里，一边让波丽姆给她拿药箱，里面有干草药、酊剂和药店买的成瓶的药。我看着她不停地忙着，纤长的手指一会儿磨碎草药，一会儿在盆里滴入药液。她把一块布浸在很热的药水中，指示波丽姆准备第二次调制药液。

妈妈转向我，说："伤到眼睛了吗？"

"没有，只是肿得睁不开了。"我说。

"再多敷点雪。"她对我说。但妈妈现在显然顾不上我。

"您能救活他吗？"我问妈妈。她顾不上说话，把布拧干，然后打开稍微凉一凉。

"别担心，"黑密斯说，"克雷当警长之前，有很多人挨鞭子，我们总是把他们带到你妈这儿来。"

我记不得克雷当警长之前的事了，那时的警长也随意给人施加鞭刑。那时候妈妈肯定就像我这么大，还在娘家的制药铺里，那时她就能给人疗伤了。

她开始小心翼翼地清理盖尔后背绽开的皮肤。我真是忧心如焚，可我再着急也没有用。雪水从我的手套上滴滴答答地流到地上。皮塔让我坐在椅子上，然后用一块布裹着新拿来的雪给我敷在受伤的地方。

黑密斯叫布里斯托和索姆先回家，我看到他在他们俩的手里塞硬币。"不知你们班上的工人会怎样。"他说道。他们点点头，然后离开了。

这时黑兹尔气喘吁吁、满脸通红地跑了进来，头上满是刚落下的雪花。她一句话也不说，一屁股坐在桌子边的一张凳子上，她拉起盖尔的手，放在自己的嘴边。妈妈甚至没意识到她

的到来，她已经进入到一种只有她自己和病人，也许偶尔还有波丽姆的意识状态。我们其他人都在焦急地等待。

虽然妈妈清理伤口驾轻就熟，但也用了很长时间，她把破损的皮肤慢慢处理好，涂上药膏，轻轻打上绷带。当盖尔皮肤上的淤血被清理干净之后，我可以清楚地看到每一次鞭子落下的痕迹，我仿佛感到他正经受着和脸上的伤疤同样的彻骨疼痛，我试着想象自己的伤口在受到两次、三次直至四十次鞭打之后，会是什么感觉，我真希望盖尔不要醒来。当然，这是非分之想。最后打绷带时，他嘴里发出了轻轻的呻吟。黑兹尔轻轻抚摸着他的头发，在他的耳边轻语着。妈妈和波丽姆正在给他上所剩不多的止疼药，通常只有医生才能开到这种止疼药，这种药很贵，也很难得到，总是供不应求。妈妈要把最强力的止疼药留到他最疼的时候。可何时才是最疼的时候？对我来说，现在就一直是最疼的时候。要是我是医生，我一天就会把药用完，因为我最看不了别人受疼。以前妈妈总是尽量把药留给那些快死的人，好减轻他们离世前的痛苦。

盖尔正在渐渐恢复意识，所以她准备给他一些口服药。“那药不够，不够，我知道吃那药的感觉，连头疼都治不了。”我说，其他人都盯着我看。

“嗯，我们会和安眠糖浆一起用，凯特尼斯，他能挺过来。那些草药主要是为了消炎——”妈妈平静地说。

“给他吃药！”我冲她喊道，“给他吃药！你是谁，你怎么知道他能承受多大痛苦！”

盖尔听到我的声音，想挪动身体，他把手伸向我。但他一动就鲜血直流，浸湿了绷带，嘴里也不住地呻吟起来。

“把她带出去。”妈妈说道。黑密斯和皮塔把我架了出去，我嘴里不住地冒着脏话。他们把我带到另一间卧室，摁在一张床上，直到我不再挣扎为止。

我躺在床上，眼泪止不住地从我眼部肿起的缝隙里流出来。这时我听到皮塔在对黑密斯说起斯诺总统、八区暴动的事。“她想让咱们都逃走。”他说。可不管黑密斯是怎么想的，他却并没有立刻表态。

过了一会儿，妈妈进屋来给我处理伤口。之后她拉着我的手，为我揉胳膊。黑密斯把盖尔的事告诉了她。

“这么说又开始了？就像以前一样？”她说。

“看样子是，”他答道，“谁能想到我们这么不愿意看到老克雷离去啊。”

克雷经常身着警服在十二区招摇过市，所以他向来不招人喜欢，可真正让他背上骂名的原因却是他总用金钱引诱那些挨饿的女孩子上床。年景不好的时候，饥肠辘辘的女孩子在夜晚争相登门，出卖自己的肉体，想赚几个铜板，好让自己的家人不被饿死。要是爸爸去世时我也够大，也许我也在这些女孩的行列中。可是，我那时学会了打猎。

我不知道妈妈说**“又开始了”**是什么意思，可我此时又疼痛又生气，也懒得去问了。但我已做好最坏的打算，所以门铃一响，我立刻从床上跳了起来。都深夜了，这个时间谁会来呢？回答是，治安警。

“不能让他们把盖尔带走。”我说。

“也许他们是来找你的。”黑密斯提醒我道。

“或你。”我说。

“这不是在我家，”黑密斯指出，“我去开门。”

“不，我去。”妈妈平静地说。

说着，我们却一起去开门，门铃一直响个不停。妈妈打开门，看到的不是一队治安警，而是一个浑身是雪的人影，是马奇。她手拿一个被雪打湿的小盒子，伸手递给我。

“这些拿去给你朋友用。”她说。我打开盒盖，看到里面有六个装着透明液体的药瓶。“这是我妈妈的，她说我可以拿来给你，用吧，求你。”我们还没来得及拦住她，她就已经消失在风雪里了。

“疯了，这孩子。”我和妈妈扭身进屋，黑密斯在一旁咕哝着。

我说得没错，不管妈妈给盖尔吃的哪种药，都没起太大作用。他疼得牙齿打战，汗水直流。妈妈用注射器抽取了一只小瓶里的药液，打在他的胳膊上。很快，他脸上的肌肉就松弛下来。

“这是什么东西？”皮塔问。

“从凯匹特运来的，叫吗啡。”妈妈答道。

“马奇认识盖尔，这我以前还不知道。”皮塔说。

“我们过去经常卖给她草莓。”我没好气地说。可，我有什么好气恼的呢？肯定不是为她拿来药而生气吧。

“那她肯定吃过不少草莓吧。”黑密斯说。

瞧，我就是为这个而恼火。这话的意思好像盖尔和马奇之间有什么事，我不喜欢。

“她是我朋友。”我快快地说。

盖尔用了止疼药，渐渐睡去了，我们大家也稍微松了口气。波丽姆给我们弄了点炖菜和面包，每人吃了一点。我们给黑兹尔专门腾出一间屋子让她住，可她说还得回去照顾孩子们。黑密斯和皮塔都愿意留下来，但妈妈还是坚持让他们都回去了。妈妈知道劝我去睡觉也是徒劳，就留下我来照顾盖尔，她和波丽姆去休息。

现在餐厅里只剩下我和盖尔，我坐在刚才黑兹尔坐过的凳子上，拉着盖尔的手。过了会儿，我不由得抬起手，轻抚他的面颊，轻抚我以前从不曾有机会触碰的部位，他浓密的黑眉、轮廓分明的脸颊、他的鼻子、他脖根的凹窝、他略带毛茬的下巴，最后是嘴唇。虽有一点裂纹，但仍柔软而饱满，从他鼻中呼出的热气温暖了我冰凉的手指。

是不是每个人在睡梦中都显得年轻了？现在盖尔看上去就像我多年前在林子里遇到的那个人，那个骂我偷他的猎物的人。我们是何其相似的一对啊——都没了父亲，都很恐惧，但都很有责任心，都拼命地养活着自己的一家人。我们都曾绝望，但自那天以后就不再孤独，因为我们拥有了彼此。我们在林中度过了无数美好时光，在闲适的午后一起钓鱼，有时我教他游泳，那次我弄伤了膝盖，他送我回家。我们彼此依靠，为彼此警戒，彼此鼓励，使对方勇敢坚强。

第一次，我在心里把俩人的位置掉了个。我想象着盖尔在收获节仪式上代替罗里做志愿者，眼睁睁地看着他从我的生活中离开，为了生存成为一个陌生女孩的男朋友，和她一起回家，和她毗邻而居，答应去娶她。

想到这儿，我对他和那个假想女孩的仇恨油然而生，一切仿佛实实在在发生在我身边，这种感觉令我窒息。盖尔属于

我，我也属于他。任何其他的可能性都不存在。可，为什么只有在他被鞭笞、几近丧命的时候我才看到这一点?

因为我自私。我是个懦夫。我是那种女孩，一旦可能，就自己逃跑，以求生存，而把那些无力逃走的人丢弃，任其受苦，任其毙命。盖尔今早在林子里见到的就是那样的一个女孩。

难怪我赢得了比赛，任何光明正大的人都不会做到。

你救了皮塔。我在心里试图替自己辩解。

但现在，我对此甚至也产生了怀疑。我心里十分明白，如果我任凭那个男孩死去，我回到十二区的生活也不可想象。

我把头放在桌边上，对自己的鄙夷难以言表，我真希望已死在了竞技场，希望自己在举起浆果的那一刻——正如斯诺总统所说的，像塞内卡·克林一样被撕成了碎片。

那些浆果啊。我意识到，**“我是谁”**这个问题的答案就隐藏在那有毒的浆果中。如果说，当时我因为害怕自己回到十二区后会遭到冷遇，而把毒浆果拿给皮塔吃，那么我的动机是多么的可鄙。如果说我把浆果给他是因为我爱他，那么，尽管我是可以原谅的，但我还是自私自利。如果说，我给皮塔浆果是因为我蔑视凯匹特，那我的所作所为则是有价值的。问题是，我不清楚当时我内心究竟是怎么想的。

抑或，各辖区人们的看法是正确的?这是一种反抗的行为，尽管是无意识的?因为在我的内心深处，我清楚地知道靠逃避是无法让自己、让家人，或者让朋友活下去的。就算我能侥幸活下来，也不可能解决一切问题。人们还会受到伤害，正如盖尔今天所遭受的一切，我无法阻止。

十二区的生活与竞技场的日子没有太大的区别。在某些时候，你不能一味逃命，而应转过头来，去对付欲置你于死地的人。最难的是找到对付敌人的勇气。嗯，对盖尔来说，这并不困难。他生来就具有反叛的性格。而我却是逃避现实的人。

“对不起。”我喃喃自语。我靠上前，吻了盖尔。

他的睫毛忽闪了一下，睁开蒙眬的眼睛，看着我：“嘿，猫薄荷。”

“嘿，盖尔。”我说。

“以为你已经走开了。”他说。

摆在我面前的选择很简单，要么像被追捕的动物一样死在林子里，要么死在盖尔身边。“我哪儿也不会去的，我就待在这儿，一直给你捣乱。”

“我也是。”盖尔说。他勉强笑了笑，就又昏睡过去。

9 暴风雪

有人摇我的肩膀，我站了起来，刚才趴在桌子上已经睡着了，脸上印着白桌布的褶皱。被斯瑞德鞭打的半边脸疼痛难忍。盖尔此时正睡得很沉，可他的手指与我的紧紧交缠在一起。我闻到一股面包味，扭过僵硬的脖子，发现皮塔正看着我，一脸忧愁。我感觉他好像已经看着我们有一会儿了。

“去躺会儿吧，凯特尼斯。现在由我来照看他。”皮塔说。

“皮塔，我昨天说的，要逃走的事——”我说道。

“我知道，不要解释了。”他说。

在被雪映得惨白的晨光里，我看到了他端来的面包，他的眼圈黑黑的，我想他晚上或许根本没睡。不会再这样下去了。我想起了他昨天怎样答应了要和我一起走、在盖尔遭难时他又怎样毫不迟疑地站在我一边、他怎样舍弃自己的身家性命，而我却给了他如此少的回报。无论我做什么，都会有一个人受到伤害。“皮塔——”

“去睡吧，好吗？”他说。

我拖着沉重的脚步上了楼，盖上被子，立刻坠入梦乡。不多久，我梦到了格拉芙，那个二区的女孩，她在我身后拼命地追赶，把我按倒在地，拿出刀子割我的脸，割得很深，在脸上划开很宽的一道口子。然后，格拉芙开始变形，脸拉得像猪脸那么长，黑毛从她的皮肤里冒出来，她的长指甲变成了尖利的兽爪，可她的眼睛并没有变。她变成了野狗，一种凯匹特制造出来、在竞技场的最后一晚恐吓我们的狼形动物。她伸长脖子，发出长长的、怪异的嚎叫，引来了周围野狗的成片的嚎叫。格拉芙在我脸上的伤口舔血，每舔一下都刺痛无比。我开始大喊，可脖子被卡住喊不出来，我猛地醒了过来，满头是汗，不住颤抖。

我把肿胀的面颊捧在手里，想起来这伤口不是格拉芙割的而是斯瑞德打的。我真希望皮塔在这里，把我搂在怀里，可我想起我不能再这样希望了。我已决计选择盖尔，选择反叛；与皮塔携手未来是凯匹特的计划，不是我的。

眼周的红肿略微消下去些，眼睛可以微微睁开了。我拉开窗帘，屋外的雪下得更急了，变成了狂风暴雪。这里除了一片苍茫的皑皑白雪，就是狂风的怒号，这声音与野狗的嚎叫何其相似。

我喜欢这狂风暴雪，它来带着猛烈的狂风，裹挟着随风旋舞的大雪。这雪可以把真正的豺狼隔绝在外，也可以阻挡治安警的到来。还有几天的时间，可以用来思考，和盖尔、皮塔、黑密斯一起做出计划。这暴风雪是上苍赐予的礼物。

但在投入到这种新生活之前，我要花时间考虑清楚这究竟是怎样的一种生活。不到一天以前，我还在考虑与自己所关爱

的人一起在深冬逃到林子里去，后有凯匹特不断的追捕。这充其量不过是一种冒险，但现在，我要迎接更大的危险。与凯匹特对抗会立刻招致对方猛烈的反扑，我必须随时准备遭到逮捕，像昨晚一样随时可能有人敲门，我会被一队治安警拉走，我会被折磨，被毁誉，会被拉到广场，在头上挨上一枪——如果这惩罚来得足够快的话。凯匹特有无数杀人的新方法，我想到了这一切，我感到恐惧；但我要面对：事实上，我已经遭受过来自身后的威胁，我不曾是饥饿游戏的“贡品”吗？不是已经遭到总统的威胁吗？不是已经在脸上遭到了鞭打吗？我早已成了他们戕害的目标。

最难的在后边。家人朋友要遭受与我同样的命运。这是我不得不面对的现实。波丽姆，只要一想到波丽姆，我的决心立刻崩溃了。保护好她是我的职责。我用毯子蒙住头，可又觉得氧气缺乏，喘不过气来。我不能让凯匹特伤害波丽姆啊！

我忽然意识到，实际上她已经受到伤害。她的爸爸已死在肮脏的井下，她在快要饿死时，被弃之不顾，她被选做了“贡品”，她眼睁睁地看着自己的姐姐在饥饿游戏中为生存去搏杀。对于只有十二岁的她，遭到的伤害比我大得多。可与露露受到的伤害相比，却又轻微得多了。

我撩开毯子，呼吸着从窗户缝隙吹进来的冷空气。

波丽姆……露露……难道她们不正是我要去斗争的理由？不正是因为她们遭遇的命运太过错误、太过不公、太过邪恶，才使我们选择了反抗吗？难道那些人有权这样对待她们吗？

是的，在我即将被恐惧吞噬的时候，需要把这些事实牢记在心。无论我怎么做，无论她们还要忍受多少痛苦，这一切正是为了她们。对露露来说已经太晚了，但对于十一区广场上那仰视着我的五张小脸还不算晚。对罗里、维克和珀茜来说还不算晚。对波丽姆，也不会太晚。

盖尔说得对，如果人们有足够的勇气，这将是一次机会。如果我采取行动，我可以做的事情很多，虽然我现在也不清楚究竟该做什么。但，不再逃跑，是我采取行动的第一步。

我洗了个澡，今天早晨，我第一次不再为野外逃奔的给养列清单，我在想八区是怎样组织起暴动的？很多人很明确地蔑视和反抗凯匹特。是有计划的吗？还是多年仇恨与不满的积聚和爆发？我们在十二区该怎么办？十二区的人会加入到我们的行列还是会大门紧锁？昨天在盖尔遭受鞭刑之后，人群散得那么快。但，这不也是因为我们感觉自己软弱无力，不知该如何是好的缘故吗？我们需要有人给予我们指导，告诉我们自己能做到。我觉得我无法成为这个人，我只是暴动的催化剂，但一位领袖应该具有坚定的信心、非凡的勇气、清晰的思维、出色的说服力；而我却没有足够的信心，常在寻找勇气的边缘徘徊，也没有很好的口才。

口才．我想到口才，不由得想到了皮塔，想到人们是如何信服他所说的每一句话。如果他愿意，他可以用他的口才说服一群人去采取行动。对任何事，他都可以调动合适的词语，但我想他从未想到过这一点。

在楼下，妈妈和波丽姆正在照看虚弱的盖尔。从他的脸色可以看出药效正在减弱。我打起精神，准备再跟妈妈争辩，但我的声音却很平静。“您不能给他再打一针吗？”

“如果需要，我会的。可我们觉得还是先试试冷敷吧。”妈妈说道。妈妈已经把绷带拆掉了。几乎可以看到热气从他的背上冒出来。她在他的红肿的后背铺上一块干净的布，然后朝波丽姆点点头。

波丽姆走过来，在一个大碗里不停地搅着，那东西看上去像是雪水，但液体带着淡淡的绿色，散发出甘甜、清新的气味。是雪敷。她小心地把液体舀到他的背上，我仿佛听到盖尔绽裂的皮肤遇到这雪、药混合物时发出的咝咝声。他睁开眼睛，一脸迷惑，随后长舒了一口气。

“我们有雪还真够幸运的。”妈妈说。

我心想，要是在盛夏挨了鞭子，天气炎热、水管里的水都是温的，那该有多受罪。“天热时您怎么办？”我问。

妈妈皱眉时，眉心出了一道皱纹。“得想法子把苍蝇赶走。”

一想到夏天苍蝇围着伤口转，我就倒胃口。妈妈用药液把手绢浸湿，然后递给我，让我敷在脸上。疼痛马上减轻了。冰凉的雪水发挥了作用，妈妈的药液虽不知成分为何物，但也起到麻醉作用。“噢，太棒了。您昨天干吗不给他敷上这个？”

“我需要先让伤口闭合。”她说。

我不清楚她说的究竟是什么，但只要能起作用，我干吗要怀疑她？她知道自己在干什么，她是我妈妈。我为昨天的事感到愧疚，皮塔和黑密斯把我拽走时，我还对她大喊大叫。“对不起，我昨天不该对您吼。”

“我听到过比这更糟的，”她说，“也看到过人们在自己爱的人受苦时，他们会怎样。”

他们爱的人。这话让我的舌头好像被雪敷了似的僵在那里。当然了，我爱盖尔。可她说的是哪一种爱呢？我自己说爱盖尔时又是什么意思呢？我不知道。我昨晚确实吻了他，那一刻我感情激荡。但我肯定他一定不记得了。他还记得吗？我希望他忘记。如果他还记得，那所有的一切都会复杂得多，我不能一边策划暴动，一边又想着亲吻谁。我暗自摇头，否定了这种可能。“皮塔在哪儿？”我说。

“他听到你起来就回家了，他怕下暴雪时家里没人照料。”妈妈说。

“他安全到家了吧？”我问，在暴风雪中离开道路几码远就可能迷路，被大雪吞没。

“你干吗不打电话问问？”她说。

于是我来到书房给皮塔打电话。这个房间自从斯诺总统来过之后，我就没怎么进来过。电话铃响了几下，他来接电话。

“嗨，我想看看你是不是已经到家了。”

“凯特尼斯，我住的地方离你家只隔开三户。”他说。

“我知道，可雪下得那么大，再说又出了那么多事。”我说。

“啊，我很好，谢谢你打电话来问。”很长的停顿，“盖尔怎么样了？”

“挺好的。妈妈和波丽姆正在给他雪敷呢。”我说。

“你的脸呢？”他问。

“我也敷了，”我说，“你今天看见黑密斯了吗？”

“我去看了看他，醉得人事不知，我把火给他生起来了，还留了点面包。”他说。

“我想跟——你俩谈谈。”我不敢再多说了，电话肯定被人监听。

“最好等天好起来再说吧，”他说，“这之前不会有什么大事。”

“是啊，不会有什么事。”我附和着。

暴风雪持续了两天，下的雪高过我的头顶。清理胜利者村到广场的积雪又用了一整天。这几天我一直在帮忙照料盖尔，给自己雪敷，极力回忆八区暴动的一切细节，兴许对我们有帮助。我脸上的肿消了很多，正在愈合的伤口很刺痒，眼周围仍是黑青色。可是第一个机会来了，我问皮塔是不是愿意跟我去城里。

我们叫醒了黑密斯，硬拽着他和我们一起去。他埋怨我们，可没平时厉害。我们心里都明白需要好好聊聊前几天发生的事，但不能在胜利者村的家里，那里太危险了。事实上，我们走到了离胜利者村很远的地方，才开始讲话。我挺长时间仔细打量着堆在狭窄的道路两旁高达十英尺的雪墙，担心它会不会倒下来，把我们闷在里面。

最后，黑密斯打破了宁静。“这么说，咱们都要逃到那凶险莫测的林子里，哈？”他问我。

“不，”我说，“咱们不去了。”

“自己想过这计划的缺陷了，哈，亲爱的？”他问，“有什么好主意？”

“我想发起暴动。”我说。

黑密斯只是哧哧地笑着，他的笑不能算是鄙视或嘲笑，可这更让人心里没谱，这说明他甚至没把我的话当真。“噢，我想来杯酒。不管怎么说，你让我知道你是怎么想的啦。”他说。

“那，你有什么计划？”我反唇相讥。

“我的计划就是把你的婚礼办得完美无比。”黑密斯说，“我给他们打电话了，重新安排婚纱照时间，可没说太多细节。”

“你根本没有电话。”我说。

“艾菲把它修好了。”他说，“你知道吗？她问我是否愿意做婚礼上把你交给新郎的那个人，我说越快越好。”

“黑密斯。”我感觉我的声音不自觉地带有哀求的味道。

“凯特尼斯，”他也模仿着我的声调，“那样不行。”

一群拿着铁锹的人从旁边经过，朝胜利者村方向走去，我们立刻停止谈话。也许他们能把那十英尺高的雪墙铲平。等这些人离我们足够远的时候，我们离广场已经太近了。我们走进广场，不由得同时停住了脚步。

下雪的时候不会发生什么大事。这是我和皮塔的共同想法，可我们却大错特错了。广场周围发生了很大变化。一面绘有帕纳姆国徽的巨大旗帜高高地飘在法院大楼的楼顶，那些穿着一色白色制服的治安警在清理得干干净净的鹅卵石广场巡逻，在楼顶，更多治安警占据了高射点。最令人恐慌的是新添加的东西——新建的鞭刑柱，几处围栏，还有一个绞刑架——赫然矗立在广场中央。

“斯瑞德下手够快的。”黑密斯说。

离广场几条街远的地方，冒着熊熊火光，大家不消说，那肯定是霍伯黑市被点燃了。我立刻想到了靠黑市过活的人——格雷西·塞、瑞珀和我所有的朋友。

“黑密斯，你不觉得大家都还——”我说不下去了。

“噢不，他们聪明得很，这点事应付得了，换了你，在这

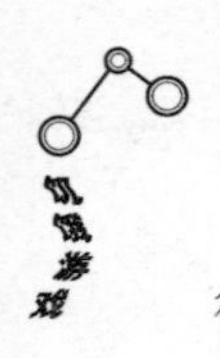

待久了，你也会变聪明的。”他说，“哎，我最好去看看从药师那还能弄到多少消毒酒精。”

他吃力地朝广场另一头走去，我看着皮塔说：“他要那玩意儿干吗?”接着我有了自己的答案，“我们不能让他再喝了，会要了他的命，最少也要弄瞎眼睛。我在家给他备了些白酒。”

“我也备了些，也许能帮着他度过这段时间，直到瑞珀找到做生意的办法。”皮塔说，“我得回家看看了。”

“我得去看看黑兹尔。”我开始担心起来。我原以为雪一停，她就该来我家，可到现在也没见她的人影。

“我也一起去，在回家的路上顺便到面包房看看。”他说。

“谢谢。”对于要看到的事，我突然恐惧起来。

大街上几乎没什么人，在这个时间，工人们在矿上，孩子们在上学，也稀松平常。可他们没上工，也没上学。我看到一张张的脸透过门缝和窗缝在偷偷窥视我们。

暴动。我心想。**我多么愚蠢。**十二区有其固有的缺陷，而我和盖尔却熟视无睹。要暴动就要打破现有的规矩，就会对当局予以反抗。虽然我们或我们家人一直在从事违法之事——偷猎、在黑市交易、在林子里嘲弄凯匹特。但对于十二区的大多数人，去黑市买东西都是冒险，我又怎么能指望他们拿着火炬和砖头在广场集会？仅仅看到我和皮塔就足以让他们把孩子拉开，把窗帘紧闭了。

我们到黑兹尔家见到了她，她正在照看珀茜，她病得很厉害，正在出麻疹。“我不能离开她不管，”她说，“我知道给盖尔疗伤的是最好的医生。”

“当然，”我说，“妈妈说，他再有一两个星期就可以回矿上干活了。”

“兴许到那个时候也开不了矿。”黑兹尔说，“有消息说，矿井要关闭一段时间，等贴出告示再说。”她说着，紧张不安地朝空空如也的洗衣盆看了一眼。

“你也没活了？”我问。

“说不好，”她说，“可大家现在都不敢用我了。”

“也许是下雪的缘故。”皮塔说。

“不，罗里今天早晨出去挨家挨户转了一圈，没活了，真的。”她说。

罗里搂着黑兹尔说：“我们会没事的。”

我从兜里掏出一把钱，放在桌子上。“我让妈妈给珀茜弄点药来。”

我们从黑兹尔家出来之后，我对皮塔说：“你回去吧，我想去黑市那边转转。”

“我和你一起去。”他说。

“不，我给你惹的麻烦够多了。”我对他说。

“不跟你去霍伯闲逛……我就没事了？”他冲我微笑着，拉起我的手。我们一起穿过“夹缝地带”的街巷，最后来到霍伯市场，那里正在燃烧，当局连治安警都没有派，因为他们很清楚没人敢来救火。

大火散发的热量融化了四周的积雪，黑水横流，连我的脚下都是。“都是煤灰，以前留下的。”我说。这里到处都是飘浮的煤尘，充满了每一个缝隙，从地面到地板。这里以前没着火，真是令人惊异。“我想去看看格雷西·塞怎么样了。”

“今天别去了，我觉得咱们今天去找他们未必能帮他们。”

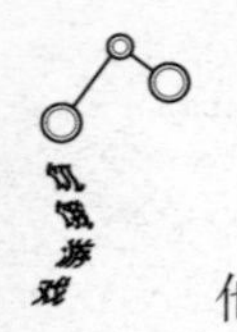

他说。

我们又回到了广场，我在皮塔爸爸的面包店买了些面包，他们父子谈论了会儿天气。大家都没有提起与家门口近在咫尺的丑陋的刑具。离开广场前我注意到，那里的治安警没有一张熟悉的面孔。

时间一天天过去，情势越来越糟。矿井已关闭了两个星期了，熬到现在，十二区已经有一半的人都在挨饿。登记领取食品券的孩子的数量在急剧增加，可他们也常常领不到谷物。十二区闹起了粮荒，甚至拿钱去商店购物的人也常常空手而归。矿井再次开工以后，工人的工资降低、工时延长、工人被送到危险的掌子面干活。大家等待已久的礼包节的礼物都是发霉的或被耗子咬的粮食。常有人触犯了刑法，被拉到广场遭到鞭笞，而这些所谓的违法行为早已被人们忽视，忘记是犯法的事了。

盖尔回家了，我们没再提起反叛的话题，但矿工在遭受着无尽的苦难、无辜百姓在广场遭到鞭笞、人们饿得面黄肌瘦，我想他所目睹的一桩桩一件件只能更坚定他反抗的决心。罗里已经登记了领取食品券，盖尔对这件事甚至不愿提起，可粮食经常领不到，食品价格也在不断飙升，仅靠食品券远远不够。

唯一令人高兴的是，我说服黑密斯雇用了黑兹尔做他的管家，不仅黑兹尔能挣到钱，黑密斯的生活也大为改善。每当进到黑密斯的房间，看到房间整洁、气味清新、火炉上放着热饭热菜时，还真有种怪怪的感觉。可黑密斯对这一切似乎并没有留意，他正在为另外一件事苦苦斗争。皮塔和我把以前存储的酒定量给他，但即使如此，酒也快喝光了；而我最后一次见到瑞珀，她的脚都被铐了起来。

走在大街上，我感觉自己像是遭到社会遗弃的贱民，大家在公众场合，对我避之唯恐不及，可家里的人却往来频繁，生病或受伤的人被不断地送到家里来，妈妈早已不再为她的治疗收费了。储备的药品也很快用光了，到最后，妈妈唯一能做的就是给病人雪敷。

进到林子，当然，是被禁止的。绝对禁止。毫无疑问。就连盖尔，也不敢贸然行事。可一天早晨，我却进入到林子里。并非因为家里到处是生病或将死的病人，也不是不愿看到血肉模糊的脊背，或面黄肌瘦的孩子，或者看到人们在吃苦受罪；而是因为一天晚上我的结婚礼服送来了，里面夹着一张艾菲写的字条，字条上说礼服是经斯诺总统亲自看过并确认了的。

婚礼。难道他真的会亲自过问每一个细节？他绞尽脑汁想要得到什么？是为了凯匹特人吗？他答应给我们举办婚礼，而婚礼也即将举办，之后他就会杀掉我们？从而对其他各区起到杀一儆百的作用？我不得而知。我想不出这是为什么。我在床上辗转反侧，直到我再也受不了了。我必须要逃出去，哪怕只有几个小时。

我在衣柜里翻来倒去，最后找到了西纳设计的冬装，那是为胜利巡演的娱乐场合准备的。防水靴、从头到脚裹得严严实实的防雪服、保温手套。虽然我更喜欢自己平常打猎时穿的衣服，可这身高科技服装也许更适合今天的林中的艰难跋涉。我蹑手蹑脚地下了楼，在打猎袋中装上吃的，悄悄溜了出去。我穿过偏僻的街道，绕过小巷，来到有缺口的隔离网旁边，这里离鲁巴肉铺最近。矿工上工时要经过这里，所以这里的积雪上

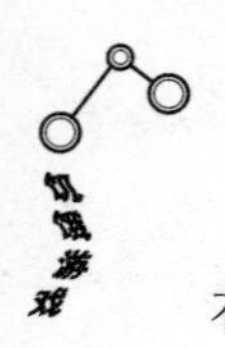

有散落着星星点点的足迹。矿井附近的区域不会引起治安警的注意。这里的安全系统早已升级，斯瑞德对这个地段的隔离网也不太注意，也许他认为严寒和野兽会使人们不敢再越过隔离网。即使如此，我从缺口爬出去时，也尽量不留痕迹，一直到浓密的树林掩盖了我的足迹为止。

当我拿到弓箭，顶着飘落的雪花向林子深处跋涉时，天已近破晓。我下决心，一定要走到湖边，自己也说不清为什么。也许要对这个地方告别，跟爸爸告别，跟我们一起度过的快乐时光告别；因为我知道我也许再也回不来了，也许只有这样我才能畅快地呼吸一次。只要我能够再见到这个地方，其实我也并不在乎他们是否会抓到我。

走到那里用了两倍于平常的时间。西纳设计的衣服很挡寒，我走到时，身上已被汗水浸湿了，可脸却冻得发木。冬日的阳光照在雪地上，使我视线模糊，加之我身体极度疲劳，内心十分失望，所以我没有注意到周围的变化——烟囱里冒出的袅袅青烟、地上的新脚印和烧松针的味道。我走到离水泥房子只有几码远的地方却突然停住了脚步，不是因为烟雾、脚印或烧松针的味道，而是我清楚地听到身后咔嗒一声子弹上膛的声音。

凭着我的第六感，我本能地急速转身，拉满弓，内心很清楚目前处境对自己不利。我看到一个身穿白色制服、尖下巴的女人正站在我身后，她浅棕色的眼睛正是我弓箭要瞄准的位置。一瞬间她的枪从手中滑落到地上，她正伸出另一只戴着手套的手把一件东西递给我。

“不要！”她喊道。

我一时不知所措，对眼前发生的一切未能及时反应过来。也许他们得到命令要将我活着带回去，之后折磨我，直到我把自己认识的每一个人都加上莫须有的罪名。**好吧，运气不错。**我思忖着。箭在弦上，就在我要把箭射出的刹那，我看到了她手里捧着的东西。那是一个小白扁面包圈，其实更像一块饼干，边缘已经有些潮湿了，颜色比别处也更深些。但饼干的中间位置却清晰地印着一个图案。

是我佩戴的胸针上的鸟——嘲笑鸟。

第二篇
世纪极限赛

特瑞尔和邦妮

把嘲笑鸟图案印在面包上，这么做的意义何在？它与我在凯匹特看到的时尚图案并不相同，这肯定不是某种时尚。“这是什么？你什么意思?”我厉声问道，手里的弓箭仍时刻准备着。

“这意思是我们站在你一边。”从我身后传来颤抖的声音。

我刚才走过来时并没有看到她，她一定是藏在屋子里，而我的目光一直盯着我的目标。也许这个人有武器，但我肯定她并不敢冒险让我听到子弹上膛的声音，因为当我得知自己受到死亡威胁时，就会立刻杀死她的同伴。“走过来，让我能看到你。”我命令道。

“她不能，她——”拿面包的女人说道。

“出来!”我喊道。

我同时听到踏步和拖着脚走路的声音，从声音可以听出她走起来很吃力。这时，一个女人——也许应该叫女孩，因为她和我年龄相仿，进入我的视线。她穿着治安警的制服，身披白色皮毛斗篷，但衣服比她娇小的身材大了好几号，看上去很不合体。看样子，她没有携带武器，她双手扶着用折断的树枝做的拐杖，尽力保持着身体的平衡，她穿着靴子的右脚抬不起来，所以她才拖着脚走。

我仔细打量着这个女孩的脸，她的脸由于寒冷而冻得红红的，牙齿参差不齐，棕色眼睛，在一只眼皮上有块草莓色的胎记。她不会是治安警，也不是凯匹特人。

“你是谁？”我警觉地问道，但语气缓和下来。

“我叫特瑞尔，”那个女人说。她的年龄要大些，三十五六岁。“这是邦妮，我们是从八区逃出来的。”

八区！那她们肯定知道暴动的事！

“你们的制服从哪儿来的？”我问。

“我从工厂偷的。”邦妮说，“我们那里做警服。这衣服是……是给别人做的，所以才那么不合身。”

“那枪是从一个死掉的治安警那儿弄到的。”特瑞尔说着，目光始终没离开我。

“你手里的饼干，有鸟的那个，是什么意思？”我问。

“你不知道吗，凯特尼斯？”邦妮表现出很吃惊的样子。

她们已经认出我来了。当然，她们认得我。我的脸又没有蒙起来，而我正手拿弓箭站在十二区外瞄准着她们。我还能是谁？“我知道，这和我在竞技场的那枚胸针图案一样。”

“她还不知道，”邦妮轻声说道，“也许她什么都不知道。”

突然，我觉得自己应该显得一切都在自己的掌控之中的样子。“我知道在八区发生了暴动。”

“是的，所以我们才逃了出来。”特瑞尔说。

“好，你们已经逃出来了，而且平安无事，下一步打算怎么办？”

“我们正要逃到十三区去。”特瑞尔答道。

“十三区？根本没有十三区，它早在地图上消失了。”我说。

“那是七十五年前的事啦。”特瑞尔说。

邦妮眉头紧蹙，靠拐杖的身体倒换了一下重心。

“你的腿怎么啦？”我问。

“我崴了脚脖子，鞋太大了。”邦妮说。

我咬住嘴唇。我的直觉告诉我她们说的是真话，在这些话的背后有很多我想了解的情况。我上前一步，拿起特瑞尔扔掉的手枪，手里的弓箭仍没有放下。然后我略微迟疑了一下。我想起来有一天在林子里我和盖尔看到一架直升机蓦地出现在天空，抓走了两个从凯匹特逃出的人。那个男孩被一支矛击中毙命，而那个红发女孩被变成了哑巴，成为一种叫做艾瓦克斯的女仆。这是我后来到凯匹特之后才发现的。

“有人跟踪你们吗？”

“我们觉得没有。他们可能以为我们在工厂的一次爆炸中丧命了。还好，侥幸我们没死。”特瑞尔说。

“好吧，咱们进屋吧。”我朝水泥房子点点头，示意让她们进去。我跟在她们后面，手里拿着枪。

邦妮直扑到壁炉旁，把斗篷铺在地上，坐在上面。壁炉里，原木的一头燃烧着，发出微弱的火苗，她伸手在上面烤着。她的皮肤苍白无比，好像已经是半透明的，火苗发出的光亮似乎已穿透了她的肌肤。特瑞尔把斗篷——应该是她自己的斗篷，围在冻得直打战的女孩身上。

一个罐头盒从中间被撕开，参差的铁皮危险地向外翻卷

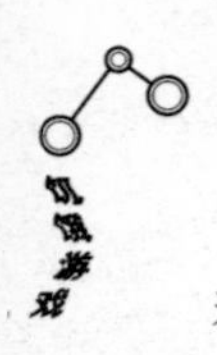

着。罐头盒放在壁炉的余烬中，里面有滚开的水和一些松枝。

“烧茶?”我问。

“我们也不懂，只记得几年前在饥饿游戏中有人这么弄，至少我们觉得那是松树枝。”特瑞尔皱着眉说道。

我想起了八区是一个冒着难闻的工业废气的辖区，人们住在破旧的房屋里。放眼望去，连一个草叶都看不到，因而人们也无缘认知自然。她们俩能这么做已经是奇迹了。

“没有吃的了吧?”我问。

邦妮点点头。“我们把能吃的都吃了，可粮食太少了，已经有一段时间了。”她颤抖的声音打消了我最后的一丝戒备之心。她只不过是一个要逃离凯匹特的杀害，一个营养不良的、受伤的女孩。

“那，今天你可走运了。”我说着，把装猎物的袋子放到地上。全区的人都在挨饿，可我们的食物却吃不完，所以我常常会接济别的人家。我也有首先需要考虑的：盖尔家、格雷西·塞，还有一些因黑市关闭而不能再做生意的人家。妈妈也会接济其他一些人，往往是她的病人。今天，我特意在袋子里多装了些吃的，妈妈看见厨房的食品拿走不少，就知道我又去接济别人啦。我实际上悄悄去了湖边，我不想让她担心。我本打算今晚回去时把食物分发出去，可依现在的情况看，这不可能了。

我从袋子里拿出两个上面有一层奶酪的圆面包。自从皮塔发现这是我最爱吃的，我们家就一直有这种面包。我拿起一个扔给了特瑞尔，然后又绕过去把一块面包放在邦妮的膝盖上。现在她的手眼协调能力值得怀疑，我不想把面包扔到火里。

“噢，”邦妮说，“噢，这都是给我的?”

我想起了另一个声音，在竞技场，露露的声音，心里一阵绞痛。当时我把一只大嘴雀腿放到她手里，她说："噢，我以前从未吃过一整条腿。"长期忍饥挨饿，使她们看到吃的都不敢相信眼前的一切。

"嗯，吃吧。"我说。邦妮举起面包，好像不敢相信是真的，然后大口大口地吃起来。"你要是嚼一嚼，味道会更好。"她点点头，尽力想慢下来，可我知道，腹中饥饿时，这有多难。"我想你们的茶煮好了。"我把罐头盒从火里拉出来，特瑞尔在她的背包里拿出两个锡碗，我把罐头盒里的"茶叶"弄出去，放在地上等着它凉。她们俩蜷缩在一起，边吃边吹茶，小口地喝着，我在一旁生火。我一直等她们吃完，已经开始嘬着手指头上的油脂时，我才开口问道："喏，给我说说你们的事吧。"这时她们才把自己的故事向我一一道来。

自从举办饥饿游戏以来，八区的不满情绪就越来越强烈。当然，这种不满是早已存在的。但渐渐地，人们已不满足于口头抱怨，而要采取行动，他们要把自己的意愿变为现实。八区的纺织厂整日轰鸣，而噪声是很好的掩护，大家只要把嘴凑近耳边，就可以安全传递消息，不被察觉，也不会被审查。特瑞尔在学校教书，邦妮是她的学生，下课以后，她们要到生产警服的服装厂上四个小时的班。邦妮在寒冷的服装检测车间干活，她花了好几个月的时间，才设法藏起了两套制服，又在其他地方藏起了靴子和裤子。这些是为特瑞尔和她丈夫准备的，大家心里明白，一旦发生暴动，能否把消息传递出去对于暴动能否成功、其他辖区能否响应至关重要。

那天，我和皮塔在八区进行的胜利巡演就为他们实施暴动

计划提供了绝好的演练机会。各暴动小组按计划进入各大楼的预定位置，暴动一旦开始，他们可以向所在目标进攻。计划是这样的：首先占领市内的重要机构所在地，如法院大楼、治安总部，还有位于广场的通讯中心，并夺取其他重要工厂和设施：铁路、粮库、电厂和兵工厂。

当皮塔在凯匹特单膝跪地，在摄像机前向我表白爱情的当晚，八区就发生了暴动。那晚的活动为他们提供了很好的掩护。凯撒·弗里克曼对我们的采访是政府要求必须观看的节目，所以八区的老百姓可以理所当然地在夜间外出，聚集在广场或其他有通讯设施的地方观看节目。如果是在平时，这样的行动就太可疑了。因此，大家在约定时间——八点钟，进入预定位置，当化装舞会气氛正浓时，一场天翻地覆的暴动也爆发了。

治安警大为震惊，他们被如此众多的暴动人群吓怕了，暴动者占了上风，很快占领了通讯中心、粮库和发电站。治安警丢盔卸甲，他们丢弃的枪支正好为暴动者提供了武器。当时大家心里都希望这不是一次疯狂的举动，如果消息能够传到其他区，他们就有可能推翻凯匹特的统治。

但是情势急剧恶化。数千名的治安警大批涌入八区，直升机投放炸弹，将暴动者占领的地点直接化为灰烬。接下来是一片混乱，人们能活着逃回家中就很不易。暴动不到四十八小时就被镇压下去。接下来是一个星期的严密封锁，没有食物、没有煤，任何人都禁止离开自己家门半步。唯一一次播放的电视节目就是暴动的煽动者被绞死的实况转播。一天夜晚，当所有的人都处于饿死的边缘时，上边下了命令：一切恢复正常。

这就是说特瑞尔和邦妮都要回到学校。由于一条她们上班的必经之路在暴动中被炸烂，因而她们未能及时赶到工厂上班。当她们走到离工厂只有一百码的时候，工厂突然发生了爆炸。厂里所有人都命丧黄泉——包括特瑞尔的丈夫和邦妮全家。

“一定有人向凯匹特告密，说暴动是从那里发起的。”特瑞尔声音低沉地说。

于是两个人逃回到特瑞尔家，制服还在那里，她们把所有吃的都装入包裹，又从死去的邻居那里偷了些东西，然后直奔火车站。在铁道旁的一间库房里，她们换上治安警的衣服，化了装，混上了一节火车车厢，车厢里装满了运往六区的纺织品。接着她们在火车加油时逃了出来，靠步行继续往前走。借助树林的掩护，她们沿轨道于两天前终于到了十二区边界，邦妮在那儿崴了脚，因而她们不得不停下来。

“我明白你们为什么要匆匆逃命，可干吗要去十三区，在那儿能找到什么？”我问。

邦妮和特瑞尔紧张地交换了一下眼色。“我们也不太清楚。”特瑞尔说。

“那里除了碎石什么都没有，”我说，“咱们都看过电视片啊。”

“没错，自从我们记事起，他们在八区也放同样的电视片。”特瑞尔说。

“真的吗？”我试图回忆起在电视上看过的十三区的样子。

“你知道电视片里有法院大楼吧？”特瑞尔继续说道，我点点头，我已经看过成百上千次。“如果你仔细看，你就能看到。在最右上角的位置。”

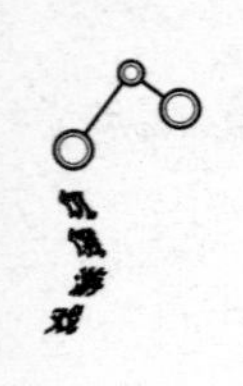

“看见什么?”我问。

特瑞尔又举起嘲笑鸟饼干:“有一只嘲笑鸟,一闪而过,每次都一样。”

“在家乡,他们还总是播放旧的电视片,因为凯匹特不能让人们看到现在的十三区是什么样子。”邦妮说。

我“啊”了一声,真不敢相信她们怎么能这么想。“你们要去十三区,就凭这个?一只嘲笑鸟?你们觉得会看到一个人们在大街上自由徜徉的新区?凯匹特会坐视不管?”

“不是的,”特瑞尔急切地说,“我们觉得虽然地面的一切被毁掉了,可人们却转到了地下。人们设法生存了下来。我们还觉得凯匹特也不会干涉他们,因为在‘黑暗时期’来临之前,十三区的主要工业是核工业。”

“他们的工业是石墨矿。”我说。说到这儿,我顿住了,因为这信息也是从凯匹特得到的。

“他们那里是有一些小矿,可也不足以养活那么多人啊。我猜,只有这一点是我们可以肯定的。”特瑞尔说。

我的心突突地跳起来。如果她们说的是真的呢?可能是真的吗?除了荒野,难道还有别处可以藏身?一个安全的地方?如果十三区真的有人,那么我去那里是不是比在这里等死要强?也许到那里还能做点什么。那么……要是十三区不仅有人,还有强大的武器的话……

“那他们为什么不帮助我们?”我愤怒地说,“如果这是真的,他们怎么能眼睁睁地看着我们生活这么苦,却不管呢?又是饥饿,又是屠杀,又是游戏的?”我心里突然对这个假想中的地下十三区,和那些眼看着我们去送死却袖手旁观的人感到无比愤慨。他们比凯匹特也好不到哪儿去。

“我们也不清楚，只是希望他们真的存在。”

说到这儿，我恍然醒悟。这些只不过是幻想和错觉。十三区不会存在，因为凯匹特从不允许它存在。她们说的电视片恐怕也是一种误解。嘲笑鸟跟地上的岩石一样随处可见，而且也很容易活。如果它们真的在最初轰炸十三区时存活下来，那么现在它们一定生长得非常茁壮了。

邦妮没有家。她的家人都死了，无论回到八区或在别的区安定下来都是不可能的。所以，独立而生机勃勃的十三区的幻想吸引着她。她在追寻一个如烟雾般虚无缥缈的梦幻，但我却不能对她直言。也许她和特瑞尔可以在林子里勉强谋生。可对这一点我也很怀疑，她们很可怜，我得帮助她们。

我把袋子里所有的食物都给了她们，主要是谷类食物和干豆子，这些吃得精心些，够她们坚持一段时间。然后我带特瑞尔到林子里，教她一些捕捉猎物的基本技巧。她有一件长期使用的武器，必要时可以把太阳能转化成致命光束。她用这件武器打第一只松鼠时，光束直对松鼠，可怜的松鼠几乎被烧焦了。我还教她怎么剥皮，怎么去内脏。勤加练习，她最终是能自己摸索着学会的。我又给邦妮做了一副新拐杖。回到屋里，我又脱掉一层袜子给了邦妮，告诉她走路时把袜子塞在靴子头里，晚上睡觉时穿在脚上。最后，我教她怎样生火。

她们也求我多说些十二区的情况，我把斯瑞德残酷统治下的十二区的生活向她们一一述说。看来她们认为这些情况很重要，要在逃往十三区之后，把这些情况告诉其他人。我不忍多说什么，免得她们希望破灭。时间不知不觉到了傍晚，天色不

早，我得回去了。

“我得走了。”我说。

她们拥抱了我，连连称谢。

邦妮的眼里噙着热泪：“我们不敢相信真能遇到你，大家一直在谈论你，自从——”

“我知道，我知道。自从我拿出那些浆果。”我疲惫地说道。

在回家的路上，天上飘起了雪花，又湿又冷，可我对这一切似乎毫无知觉，八区的暴动、十三区诱人的幻想始终在我的脑海里盘桓。

邦妮和特瑞尔的话至少证实了一件事，斯诺总统一直在欺骗利用我。世上所有的亲吻和温存也不足以平息八区的不满和愤恨。是的，我手持浆果的举动确是个导火索，但这星星之火所引起的燎原之势却是我无法掌控的。他自己肯定也很清楚这一点。那么他为什么要造访我家？为什么又命令我在人前证实对皮塔的爱？这显然是为了转移我的注意力，使我不致在各区巡演时煽动人们的反抗情绪。当然，同时也要愉悦凯匹特人。我想，婚礼也不过是这种策略的进一步延伸而已。

快到隔离网时，一只嘲笑鸟在树枝上轻快地跳来跳去，对我发出清脆的鸣啭。看到这只鸟，我突然意识到自己并不曾了解印在饼干上的鸟图案的真正含义，也不知它的象征意义。

“它的意思是我们站在你一边。”这是邦妮的原话。这么说，有人已经站在了我一边？我一边是什么意思？我是否已无意当中成为反叛的象征？我胸针上的嘲笑鸟成了反抗的标识？如果真是如此，那么情势对我可不怎么有利。只要看看八区的情况就一目了然了。

我把武器藏在一棵离“夹缝地带”的旧家很近的枯树里，然后朝隔离网走去。我一条腿跪地，准备钻进“牧场”，与此同时脑子里一直在想着白天发生的事。这时，一声猫头鹰的尖叫让我猛醒过来。

天色渐晚，在暮色中，铁丝网看上去如平时一样平静而安全。但一种类似杀人蜂发出的嗡嗡声却使我猛地把手缩了回来，这说明隔离网已经通了电。

通电的隔离网

我未及多想赶快后撤，借着暮色，隐藏到树林中，同时我用手套捂住嘴，免得呼出的白色气体被人发现。新的危险迫近，我的肾上腺素急剧分泌，白天发生的事从我的脑子里一扫而光。这是怎么回事？斯瑞德给隔离网通电，是为了加强防卫？还是已经知道我今天从这里钻出去了？他是否已决心将我隔绝在十二区之外，好找到理由来逮捕我？然后把我拖到广场，关在囚禁的犯人围栏，施以鞭刑或者绞刑?

我命令自己要镇静。我好像不是第一次被电网隔离在十二区之外，多年来，这样的事确实发生过几次，可那都是和盖尔在一起。那时我们俩干脆爬上一棵树上，舒舒服服地待着，一直等到断电，而那时电最终总会断的。有时我回去晚了，波丽姆就会习惯性地跑到“牧场”去看隔离网是否通了电，免得妈妈担心。

可今天，家人无论如何都不会想到我跑到林子里去了，我甚至还故意骗了她们。我没按时回家，她们一定很担心。恰恰在我钻进树林的这一天，隔离网就通了电，我不敢肯定这是否只是巧合，因此我也有些焦虑。我觉得没人看见我从隔离网下钻过去，可谁又能说得准呢？总有人被雇来做眼线。就在这个地方盖尔吻了我，不是已有人报告吗？当然，那是白天发生的事，我那时也不太审慎。会不会有监视摄像头呢？我以前曾怀疑过。斯诺总统是不是用这种办法来获知我们接吻的事？我今早钻出来时天还没亮，脸也裹在厚厚的围巾里，应该不会被发现；但是，敢于越过隔离网进入林子的人恐怕也没几个呀。

我透过树枝和隔离网向“牧场”看去，靠近“夹缝地带”的房屋里散射出星星点点的光亮，照在湿漉漉的雪地上，我眼前看到的只有这些，没有治安警，没有被跟踪的迹象。不管斯瑞德是否知道我今天离开了十二区，我意识到只能这么做：偷偷进入围障，假装我根本没离开过。

只要与隔离网或隔离网顶端的带刺铁丝网稍微一接触，人就立刻会触电身亡。我恐怕很难从网底下钻过去，更何况此时地面还冻得铁硬。那么就只有一种选择啦，不管怎样我得从这里翻过去。

我顺着隔离网往前走，仍不敢离开树林。我想找一棵高度适当的大树，从树杈上翻过隔离网。大约走了一英里，终于看到一棵高大的枫树，这树兴许能行。可树干粗大，树皮结了冰很滑，且树上也没有低矮的树枝，很难攀爬。于是我爬上邻近的一棵树，纵身一跃，跳到这棵枫树上，可树皮湿滑，我身体一晃险些失手。我尽量稳住身体，慢慢地爬到一根横在隔离网上方的树枝上。

爬到树上，我才明白了当时我和盖尔为什么宁肯等到断电

也不愿翻越隔离网的原因。要想不被电击，就要爬到足够高的地方，而那里距地足有二十英尺，我估摸着现在爬的这个树杈有二十五英尺高。从这么高的地方跳下去，就算对有多年爬树经验的人也很危险。可我又有什么别的办法呢？我可以再找一根树杈，可现在天已经几乎完全黑了。不断飘落的雪花也会使月光昏暗不明。在这个地方，至少我可以看到地上有一个小雪堆，可以减弱我撞击地面的冲击力。就算我还能找到一根树杈——天晓得我是否能找得到，我也不知道要跳下去的地面会是什么情况。我把空猎物袋挎在肩上，然后慢慢地向下移动，用双手吊在树杈上。我略停了停，给自己鼓鼓劲，之后就松开了抓住树杈的双手。

我咣当一下跌落在地上，触地的瞬间，一股强烈的震荡顺着我的脊椎而上，之后，我屁股着地。我躺在雪地里，思量着自己摔得到底有多重。我还没站起来，从左脚后跟和尾骨的疼痛就知道自己受伤了。唯一问题是摔得有多重？我希望只是摔得青红片紫，可当我强撑着站起来时，我觉得一定有根骨头摔断了。不管怎样，我还勉强能走，所以我慢慢地向前挪动身子，尽量不显出自己一拐一拐的样子。

妈妈和波丽姆不可能知道我在林子里，我还得找个托辞，不管这托辞有多么不可信。广场上有些商店还没关门，所以我进了一家商店买了些绷带。正好家里的绷带也快用完了。在另一家商店，我给波丽姆买了一袋糖果。我往嘴里放了块糖，嗯，是胡椒薄荷味的，这时我才意识到自己一天没吃东西了。我本想到湖边时再吃点什么，可当我看到特瑞尔和邦妮饿得那样，我一口都不忍再吃了。

当我走到家时，我的左脚后跟一点劲都使不上了。我准备就跟妈妈说是在修理旧家的房顶时不小心摔了下来。至于那些吃的，我尽量不提都送给谁了。我吃力地拖着脚进了门，准备立刻倒在壁炉前，可眼前的事却让我吃了一惊。

两个治安警，一男一女，正站在厨房门口。看到我时，那女人面无表情，可那男人脸上却掠过一丝吃惊的表情。他们没有料到我会出现。他们知道我在林子里，应该被困在了那里。

“你们好。”我不温不火地说道。

这时妈妈出现在他们身后，但仍与他们保持着一段距离。“您瞧，她回来了，正好回来吃晚饭。”她说得很轻松，可我早就错过饭点了。

我本想像平常回家时那样脱掉靴子，可我怀疑这么做会暴露出我的伤痛。因此，我只是摘掉了头上的湿头巾，拂掉头上的雪花。“我可以帮您做什么吗?”我问治安警。

“我们的头，斯瑞德，派我们来给你捎个信儿。”那女的说。

“他们等了有几个小时了。”妈妈加了一句。

他们一直在等着，等着听到我不能回来的消息。等着确认我在隔离网触电了，或者被困在林子里，这样他们就能把我的家人带走，进行盘问。

“这信儿肯定挺重要的吧。”我说。

“我们能问你去哪里了吗，伊夫狄恩小姐?”那女的问。

“要是问我没去哪儿会更容易些。”我不无恼怒地答道。我走进厨房，走路时尽量显得若无其事，尽管每走一步都疼得要命。我从两个治安警中间穿过去，直接走到一张桌旁。我扔掉背袋，转向僵硬地站在壁炉边的波丽姆。黑密斯和皮塔也在，他们正坐在两张摇椅上下棋。他们是碰巧来我家，还是被治安警“邀请”来的？不管怎样，我很高兴见到他们。

“嗯，你到底去哪儿了？”黑密斯无比平淡地说道。

“唉，我没能把波丽姆的羊怀孕的事告诉养羊的老头，有人把他住的地方完全搞错了。”我冲着波丽姆大声说。

“不，我没搞错，”波丽姆说，“我告诉你的一点没错。”

“你说他住在矿井口的西边。”我说。

“东边。”波丽姆纠正我道。

“你明明说的是西边，我还说，‘是在矿渣堆旁边吗？’然后你说，‘是。’”我说道。

“我说矿渣堆的东边。”波丽姆锲而不舍地坚持自己的说法。

“不对。你什么时候说的？”我也一再坚持。

“昨天晚上。”黑密斯插进来。

“绝对是东边。”皮塔说。他看着黑密斯，两人大笑起来。我瞪了一眼皮塔，他装出后悔的样子。“对不起，我一直都这么说，别人说话时，你从来都不好好听。”

“我敢肯定有人告诉你说他现在不住那儿了，你只不过没听见罢了。”黑密斯说道。

“你闭嘴，黑密斯。”我说，显然在说他说得没错。

黑密斯和皮塔哈哈大笑起来，波丽姆也笑了。

“好吧，找别人给那该死的羊接生吧。”我说，他们听了笑得更厉害了。我暗想，**黑密斯和皮塔，还真有他们的，他们什么都能应付得了。**

我看着治安警。那个男的也在笑，可那女的还不太信。“袋子里装着什么?”她尖声问道。

我明白她是想找到猎物或野菜什么的,一些显然能给我定罪的东西。我随即把袋子里的东西倒在桌子上。

“喏,自己看吧。”

“噢,太好了。”妈妈看到绷带后说,“我们的绷带正好快用完了。”

皮塔来到桌旁,拿起糖果。“噢,胡椒薄荷糖。”说着,把一块糖塞进嘴里。

“那是我的。”我伸手想把糖抢过来,可他把糖袋扔给了黑密斯,黑密斯往嘴里塞了一大把糖,之后又扔给咯咯笑的波丽姆。“今天你们谁也不配吃糖!”我说。

“什么,就因为我们说得没错?”皮塔走上来,用他的胳膊环住我,这时尾骨的疼痛让我不由得“哟”了一声。我尽量掩饰,好像因为生气才喊的,可我从他的眼神可以看出他知道我受伤了。“好吧,波丽姆说西边,我明明听的是西边。我们都是傻瓜。这么说还行吧?”

“这还差不多。”我说着,接受了他的亲吻。之后我看着治安警,好像突然想起他们还在场的样子。“你们捎信儿给我?”

“是警长斯瑞德的信儿。”那女的说,“他想让你知道十——二区的隔离网以后将二十四小时通电。”

“不是早已通电了吗?”我问道,装作全然不知的样子。

“他觉得你兴许愿意把这信儿告诉你的表兄。”那女的说。

“谢谢你,我会告诉他的。我想隔离网通了电我们大家都可以睡得安稳些。”我说的话很过头,可这么说,我有种满足感。

那女人仍然绷着脸。一切都没能按他们的计划进行，可她也没有其他命令要执行了。她向我微点了下头，然后就离开了，那个男的紧跟在她后面。当妈妈把门关上以后，我一下子趴倒在桌旁。

“怎么啦?”皮塔问道，他紧紧地抱着我。

“噢，我摔着我的左脚了，脚跟，我的尾骨也特别难受。”他扶着我走到一张摇椅旁，我慢慢地躺到软垫上。

妈妈小心翼翼地脱掉我的靴子：“发生了什么事?”

“我滑倒了，摔了一跤。”我说。四双眼睛不信任地看着我。“在冰上。”可我们都知道房间肯定安了窃听装置，谈话很不安全。在此时、此地，一切都不能说。

妈妈脱掉我的袜子，用手试探性地摸摸我的左脚后跟，我不禁疼得皱眉。“可能骨折了。”她说。接着她又检查了另一只脚。“这只脚看来没事。”她又看看我的尾骨，青肿了一大块。

妈妈叫波丽姆去拿我的睡衣和睡袍。我换好衣服后，妈妈把我的脚支在椅垫上，给脚跟冷敷。我坐在那儿，吃了三大碗炖菜和半块面包，其他人在餐桌上吃饭。我呆呆地盯着壁炉里的火苗，一边想着邦妮和特瑞尔，内心希冀湿冷的大雪能掩盖我的足迹。

波丽姆走过来，坐在我身旁的地板上，头靠着我的膝盖。我们吃着胡椒薄荷糖，我把她柔软的金色头发捋到耳后。“在学校还好吗?”我问。

“挺好的，我们学到关于煤炭的副产品的知识。”她说。我们眼睛盯着壁炉的火苗。过了一会儿，她说：“你要试试婚纱吗?”

“今晚不行了，兴许明天吧。”我说。

“等我回家再试，好吗？”她说。

“一定。”**要是他们没有在这之前就把我抓起来的话。**我心想。

妈妈给我倒了一杯黄春菊茶，里面掺进了催眠糖浆，我的眼皮很快就打起架来。她为我包扎了脚上的伤口，皮塔自告奋勇要扶我上床。开始，他扶着我，而我倚在他肩膀上，可我走起来摇摇晃晃，皮塔干脆把我抱起来，送到楼上。他给我掖好被子，向我道了晚安，刚要离开，我却一把抓住他的手，抱住了他。睡眠糖浆的副作用之一就是使人不再羞怯，它的作用就像酒精；可我清楚我必须管住自己的嘴。我不想让他走，事实上，我想让他上床来躺在我身边，今晚当噩梦袭来时他就在这里。可出于某种原因，我不能对他提出这样的要求。

“别，等我睡着了再走。”我说。

于是，皮塔坐在我床边，把我的手放在他的两只手里暖着。“你今天吃饭时没在，我还以为你已经改变主意了。”

我睡意蒙眬，但我知道他的意思。隔离网通了电，我没按时回来吃饭，他以为我跑了，没准还跟着盖尔。

“不，我会告诉你的。”我说。我把他的手拉近些，把脸贴在他的手背上，闻到他手上淡淡的肉桂和莳萝的香气，一定是他烤面包时沾在手上的。我想把邦妮、特瑞尔、暴动以及十三区的事告诉他，可现在说不安全，而我也快进入梦乡了，我只迷迷糊糊地说了一句：“别走。”

当睡眠糖浆最终发挥作用，把我带入睡梦中时，我听到他对我轻声说了句话，可我却没听清。

妈妈让我一直睡到中午，然后才叫醒我，为我检查脚跟。她命令我卧床休息一周，我也没有反对，因为我觉得很乏很倦，不仅脚跟和尾骨很疼，整个身体也觉得疲乏无比。所以，我就安心地让妈妈为我治病，连早餐都在床上吃，她又拿来一床被子给我围上。然后我静静地躺在床上，呆呆地看着窗外冬日的天空，设法在心里捋顺所发生的一切。我想到了邦妮和特瑞尔、楼下的白色婚纱，想到斯瑞德如果得知我是怎么回来的，就会来逮捕我。不管怎样，我以前犯的罪也足以让他把我抓起来。但可笑的是也许他要找到确凿的证据才能把我带走，毕竟我已经是饥饿游戏的胜利者了。我纳闷斯诺总统是否一直跟斯瑞德有联系。我想他可能根本不知道老警长克雷的存在，可现在我已经全国有名，也许他要小心谨慎地指示斯瑞德究竟该怎么办？或者，斯瑞德完全按自己的意志行事？我敢肯定他们两人都同意不惜代价把我封闭在十二区的隔离网之内。就算我知道怎样逃出去——也许我把绳子套在那棵枫树上，可以从树杈上爬出去——可我的家人和朋友却逃不出去。但是，不管怎么说，我也跟盖尔说了，我要留下来和他们一起斗争。

随后的几天，只要一听到敲门声，我就会惊得从床上跳起来。但并没有治安警来抓我，渐渐地，我就松弛下来。当皮塔告诉我工人在加固隔离网底端的铁丝，有些地方已经断电时，我就更放心了。斯瑞德肯定认为即使通了致命的电流，我也能从底下钻过去。但不管怎么说，这对区里的人来说可以暂时喘一口气，因为治安警除了惩罚百姓，还要忙于修理隔离网。

皮塔每天都过来看我，给我带来奶酪面包，同时他开始帮助我完成我们家传的草药书的编写工作。这本书已经很旧了，是用羊皮纸和皮革做的。妈妈家的草药医生很多年前编的这本书。书上一页一页画着植物速写，同时有这种植物的药用价值的文字说明。爸爸在这本书里加入了可食用植物的内容，正是这些内容在他死后帮助我们活下来。很长时间以来，我就想把自己积累的知识加进去，包括从盖尔那里学来的东西，以及在参加饥饿游戏训练时学到的东西。但这件事我一直没做成，因为我不是艺术家，而植物的图画要细致而精确。现在正好皮塔可以帮忙。在需要画的植物中，有些他已经认识，另外一些有标本，再有一些要靠我的描述。他先在纸上打出草稿，直到我认为他画对了，满意为止，然后他再把图画到书上。

工作时，我们很安静，很专注，我也把烦心事都搁在一旁。皮塔画画时，我很喜欢看他的手，正是这双手使一张白纸充满了各种线条，又使原本黑黄的书页铺满色彩。他专心做事时，脸上有一种特殊的神情，平时表情轻松，现在却那么地凝神专注，仿佛整个世界都被锁在了外面。我以前也见过他这样：在竞技场时，在他对人群讲话时，还有那次在十一区他把治安警的枪口从我这里推开时，都曾有过。我不知道该用怎样的语言来形容。我又凝视他的睫毛。平时他的睫毛不太引人注意，那是因为颜色很浅。但从近处看睫毛很长，窗户射进的斜阳映出了它金黄的色调，我真纳闷他眨眼时睫毛为什么不会绞缠在一起。

一天下午，皮塔停下手里的活，突然抬起头来，我一惊，好像在窥视他时被抓了个正着，也许我就是在窥视他。但他平静地说："你瞧，我觉得这还是第一次咱们在一起做一件正常的事。"

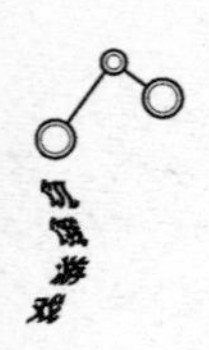

“是啊。”我也这么想。我们的关系一直以来都被蒙上了饥饿游戏的色彩。“正常”永远都未包含在内。“这种改变确实不错。”我说。

每天下午，他都背我下楼，换换环境，每当我打开电视时，大家又都挺烦的。一般地，我们只在有强制观看的节目时才打开电视，因为那些对凯匹特强权的宣传和吹捧着实令人厌恶，这些内容中也包含七十四届饥饿游戏的片段。可现在，我想看到些特殊的东西，想找到邦妮和特瑞尔寄予了所有梦想的嘲笑鸟。我知道这多半是愚蠢的想法，但这想法果真愚蠢，我也想找到证据，从而将其排除，并把存在一个繁荣的十三区的想法从我的脑中永远清除。

我一打开电视所看到的是有关“黑暗时代”的电视片。我看到了十三区法院大楼燃烧后的余烬，一只嘲笑鸟黑白相间的翅膀从屏幕的右上角一闪而过。这不能说明任何问题，这不过是一个过时的故事中的一段过时的影像。

然而，几天之后，一件事吸引了我的注意力。播音员正在广播一条消息，内容是石墨的短缺正影响到三区某些产品的生产。电视中出现了一位女记者，身着防护服，正站在十三区法院大楼前的废墟中，现场报道。她透过面罩报道说，很不幸，一项研究表明十三区的矿井仍然有剧毒，因而不能靠近。在报道的最后，我清楚地看到那同一只嘲笑鸟的翅膀在屏幕上一闪而过。

这位记者只不过通过剪辑，进入了旧的电视片中，她根本就不在十三区。那紧接着出现的问题是，那么十三区到底有什么？

12 世纪极限赛

看到这段新闻后，我已不能静静地躺在床上。我希望能做点什么，了解更多关于十三区的事情，能参与到推翻凯匹特的过程中去。可相反，我却无所事事地坐在那里，给自己的肚子里填满奶酪面包，看着皮塔画画。黑密斯偶尔也过来，把城里的消息带来，而这些往往都是坏消息。更多的人遭到惩治，或者慢慢等着饿死。

等到我的脚差不多能到处走动的时候，冬天已经快过去了。妈妈让我练习走路，有时也让我自己走走。一天晚上我上床时暗下决心，第二天一定到城里去看看，可当我早晨醒来时，却发现维妮娅、奥克塔维亚和弗莱维正冲着我笑呢。

“给你个惊喜！”他们尖声叫道，“我们早到了！”

自从我的脸部遭到鞭打之后，黑密斯设法把他们的行程推迟了几个月，直到我的伤口长好。我以为他们三个星期以后才会到。但终于可以拍婚纱照了，我还是尽量要表现得高兴些。妈妈已经把所有的婚礼服装都挂了起来，所以用起来很现成。

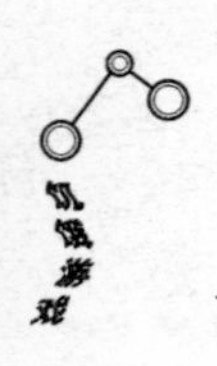

可说实话，我一件都还没试过呢。

在照例对我越来越糟的皮肤状况进行一番抱怨之后，他们马上行动起来。他们最关心的是我的脸，尽管妈妈已经精心护理，尽量不留下疤痕，但颊骨上还是有一道淡粉色的痕迹。鞭打不是人人都懂的常识，所以我告诉他们我在冰上滑了一下，割了道口子。之后，我意识到这同样可以作为我摔伤脚后跟的理由，这就是说，穿高跟鞋走路会很困难。好在弗莱维、奥克塔维亚和维妮娅不是那种好怀疑的人，我在他们这里倒是安全的。

这次我的体毛只需刮掉而不用再拔了，因为拍照只需要几个小时而非几个星期。我还要在一种浴液中浸泡一段时间，不过也还好，我们很快就到了化妆和弄头发的程序。我的化妆师们，如平常一样，喋喋不休地报告着各种新闻，通常我尽量不去听。可奥克塔维亚随意提到的一句话却引起我的注意，她说在一次晚宴上没有虾吃。

“为什么吃不到虾？是过季了吗？”我问。

“噢，凯特尼斯，我们已经几个星期吃不到海鲜了！”奥克塔维亚说，“你知道的，因为四区的天气一直很糟哦。”

我马上在心里盘算起来。没有海鲜。几个星期。来自四区。我们在四区时群众几乎压制不住的愤怒情绪。突然，我几乎肯定四区已经起来反抗了。

我开始漫不经心地问起他们今年冬天还有哪些困难，他们不习惯于物品短缺，所以一些供货的小小中断就会使他们不适。到了我该穿婚纱的时候，他们的抱怨已经成堆了——从螃蟹到音乐盘，再到丝带，不是缺这就是少那——这有助于我大致推断出哪些区发生了叛乱。海鲜来自四区，电器元件来自三区，而，当然了，纺织品来自八区。一想到这么多区可能都出现了反叛，我感到既兴奋，又害怕。

我想再多问些，但此时西纳进来了，他拥抱了我，然后检查给我化的妆。他一下子就注意到我脸上的印痕。不知怎的，我觉得他不会相信我在冰上摔了一跤的托辞，但他并没有问。他只是把我脸上的粉又重新补了补，那道淡淡的印痕便消失了。

楼下的起居室已经打扫干净，灯火通明，为拍照做好了一切准备。艾菲指挥大家就位，一切按计划进行，井然有序。一共有六套婚纱，每套又要求有配套的头饰、鞋子、首饰、发型、化妆、布景、灯光。奶油色饰带配粉红色的玫瑰和卷发。象牙色缎带配金色文身和绿色植物。钻石饰品和镶宝石的面纱要在月光下熠熠发光。长袖坠地的重磅真丝婚纱要配珍珠饰品。拍完一套婚纱，我们立刻开始准备下一个。我感觉自己像一个面团，被别人捏来捏去，塑成不同形状。妈妈在我忙碌的空隙，喂我吃点东西，喝点茶水。最后婚纱照拍完之后，我已经又饿又累。我希望能跟西纳单独待会儿，可艾菲却把所有人都赶出了门，没办法，我只好跟西纳说以后给他打电话。

夜幕已经降临，我穿了一天那些该死的鞋子，脚真是疼死了，去城里的念头也只好打消了。我上楼，洗掉了厚厚的化妆品、润肤霜、染料，然后下楼到壁炉边烘干头发。波丽姆放学回家后正好看到我拍最后两套婚纱照，此时她坐在一边正和妈妈聊着这些事。她们对拍婚纱照都兴奋异常。我上床之后才意识到，她们之所以这么高兴是因为她们觉得我已经安全了，凯匹特已经不会在意我参与了鞭打盖尔的事件，因为不管怎样，

他们不会对一个即将被处死的人费这么大工夫。没错，是这样的。

夜晚，噩梦中，我穿着已经撕破、满是泥浆的真丝婚纱，奔跑在林间，长袖不断被荆棘挂住。一群变成野狗的“贡品”向我一步步逼近，最后将我扑倒在地，向我脸上呼哧呼哧喘着粗气，尖利的牙齿即将刺入我的身体，我尖叫着醒来。

已近破晓，再睡也没有必要了。再说，今天我一定要出门，跟人聊聊。盖尔在井下，找他不行。自从上次去湖边后，发生的一切一直闷在我心里，我需要找黑密斯、皮塔或别的什么人来分担内心的烦恼。非法逃跑者、电网、独立的十三区、凯匹特的物资短缺等，一切的一切。

我和妈妈、波丽姆一起吃了早饭，之后就出门了，我需要找个人说说这些事。外面微风和煦，已有了春的气息。春天应该是发起暴动的好时机。严冬已过去，大家的心也逐渐坚强起来。皮塔没在家，我猜他已进城去了。到了黑密斯家，看到他这么早就在厨房里走动，我还是很惊讶。我没有敲门，直接走了进去。我能听到黑兹尔在楼上忙碌着，正在打扫已收拾得纤尘不染的房间地板。黑密斯没有酩酊大醉，但他走路还是摇摇晃晃的。有传闻说，瑞珀又干上了私酒买卖，我猜这是真的。我正想着是不是应该劝他上床睡觉，他却说要去城里走走。

现在黑密斯和我之间已经很默契，无需多言便可彼此达意。只用了几分钟时间，我就把所有的事告诉了他，而他也把有关七区和十一区暴动的事告诉了我。如果我预料得没错的话，至少一半的辖区正准备奋起反抗。

“你还是觉得在我们区干不成?”我问。

“干不成。其他的几个区要大得多，就算有一半的人缩在家里不出来，他们仍然有获胜的机会。可是，在这儿，十二区，我们大家都得行动起来，不然什么也做不成。”他说。

我们人数不够，这个我以前没想过。“可在某种程度上，我们也许能行。”我坚持道。

“或许吧，可我们区很小，我们的力量也很弱，我们也不生产核武器。”黑密斯说着，带着嘲讽的口吻。他对于我所说的十三区的消息也不太兴奋。

“你觉得他们会怎样做，黑密斯？怎么对付那些反叛的辖区？”我问。

“喏，你已经听说他们怎么对付八区的啦，你也看到他们在这里的所作所为，这还是在没有激怒他们的情况下呢。”黑密斯说，“如果事态真的失控，我想他们会毫不犹豫地消灭掉一个辖区，就像他们对十三区那样。这是杀鸡儆猴，你明白吧？”

“那么，你真的认为十三区被摧毁了？我是说，邦妮和特瑞尔说的电视片中嘲笑鸟的猜测可是对的呀。”我说。

“好吧，就算是，可那又能说明什么？什么也说明不了。他们用旧电视片，可能有很多原因。也许这使片子看上去更真实，而且做起来也省劲多了，不是吗？在编辑室按几个按钮比飞到那里拍片子简单多了吧？”他说，“十三区又复活了，而凯匹特不闻不问？这听上去很像那些绝望者的凭空幻想。”

“我明白，可我还是希望……”我说。

“没错，因为你也很绝望。”黑密斯说。

我没再争下去，因为，当然，他是对的。

波丽姆放学了，兴奋异常，因为老师说今晚有官方规定必看的电视节目。“肯定是你拍婚纱照的节目！”

“不可能，波丽姆。他们昨天才拍的。”我对她说。

“嗯，有人都听说了。”她说。

我真希望她说的不是真的。我还没时间告诉盖尔，让他对这一切做好心理准备。自从上次他被鞭打以后，只有在他来家里让妈妈检查伤口时我才见过他，他常常一连七天都在矿上。只有在我步行送他回城的几分钟时间，才能单独和他在一起，我推断十二区的暴动可能因为斯瑞德的镇压而夭折。他知道我不会再逃跑了。并且他也清楚，如果十二区不发生暴动，那我注定会成为皮塔的新娘。当他看到我身着华丽的婚纱、慵懒地倚在沙发里的照片时，他又会作何感想呢？

七点半，我们按时聚在一起看电视，原来波丽姆说得没错。和以往一样，这种场合肯定少不了凯撒·弗里克曼，他在训练中心前广场上，对一群满怀欣喜的观众宣布了我即将举办婚礼的消息。观众很拥挤，只有站立的空间。凯撒同时向观众介绍了因设计我的服装而一夜成名的西纳。在一分钟的轻松谈话之后，他让大家把注意力转移到一个巨大的屏幕上。

我在大屏上看到了昨天我拍婚纱照的情形，也看到今晚的特别节目的整个准备过程。最初，西纳设计了二十四套服装。此后，便开始了不断筛选婚纱设计图案、制作服装以及设计配套的饰品的过程。显然，在凯匹特，人们可以于筛选婚纱的各个阶段为自己喜爱的服装设计投票，最后，选出最精彩的六套服装，这六套服装的婚纱照用很快的速度在节目当中播放。在放映婚纱照时，观众反应非常强烈。遇到自己喜爱的婚纱时，他们就会尖叫、欢呼，遇到不喜欢的，则会发出嘘声。大家要投票，甚而对最后胜出的作品打赌下注，因而观众的情绪非常投入。在拍照之前我甚至没有试过这些婚纱，现在观看时，有种怪怪的感觉。凯撒最后宣布，感兴趣的观众必须在第二天中午之前，投最后一票。

“让我们为凯特尼斯·伊夫狄恩挑选出最漂亮的婚纱吧！”他向观众喊道。我正要关掉电视，这时，凯撒让大家留在电视机旁，准备收看今晚的另一个重要新闻。“是的，今年将举办第七十五届饥饿游戏，也就是说要举办第三次饥饿游戏世纪极限赛！”

“他们要干什么？”波丽姆问道，“离比赛开始还有好几个月呢。”

我们转向母亲，她神情冷峻，脸上没有一丝表情，思绪似乎又回到了遥远的过去。“一定到了要读卡片的时候了。”

国歌响起，斯诺总统走向前台，我的心提到了嗓子眼。他身后跟着一个穿白色西服的小男孩，手里拿着一个很普通的木盒子。国歌结束后，斯诺总统开始讲话。他提醒大家要牢记“黑暗岁月”，正是在那时开始了饥饿游戏，也是在那时制定了饥饿游戏的规则，即：每二十五年，就要举办一次饥饿游戏的“世纪极限赛”，极限赛要比以往任何一届比赛都更隆重盛大，以铭记被叛乱夺去生命的人们。

没有任何话题比这个更敏感了，我怀疑最近几个区确实发生了叛乱。

斯诺总统继续回顾以往的几届“世纪极限赛”的情形。“在第二十五届饥饿游戏世纪极限赛中，为了提醒那些反叛者，正

是由于他们自己的暴行，他们的孩子才为此付出生命的代价，每个辖区要进行选举，投票选出参加比赛的贡品。”

我不知道那会是什么样的感觉，挑选赴死的孩子，我想，让邻居把你交出去，比从玻璃球里抽签更令人难以接受。

“在五十届饥饿游戏极限赛上，”总统继续说道，“为了提醒反叛者每死两个反叛者就有一名凯匹特公民献出了生命，因此要求每个辖区选出两倍于平时的贡品。”

我设想着在竞技场面对四十七个，而不是二十三个选手的情形。那一定会带来更大的死亡威胁，活下来的希望更加渺茫，最终的结果是，更多的孩子在比赛中丧命。而这就是黑密斯获胜的那一年……

“那年我有一个朋友参加了比赛，”妈妈轻声地说，“梅丝丽·多纳，她父母开了糖果店，那以后他们把她的鸟送给了我，一只金丝雀。”

波丽姆和我交换了一下眼色。我们第一次听到梅丝丽·多纳的名字，也许妈妈以前不敢告诉我们，是怕我们打听她是怎么死的吧。

“现在，我们要开始隆重的第三次世纪极限赛。”总统说道。身着白色西服的小男孩手举着木盒，上前一步，总统把盒子打开。我们可以看到盒子里整齐码放着一排排黄色的信封。无论是谁设计了世纪极限赛，他已经为游戏做好了几个世纪延续下去的准备。总统拿起了一个清楚地标有七十五的信封，用手指划过信封的封盖，从里面抽出一张小方卡片。之后，没有丝毫停顿，他念道：“为了提醒反叛者，即使他们中最强壮的人都无法战胜凯匹特，七十五届饥饿游戏世纪极限赛男女贡品将从现有的胜利者中选出。”

妈妈轻叫了一声，波丽姆把脸埋在双手里，可我感觉自己更像在电视里观看节目的观众。我有点没听明白。这是什么意思？现有的胜利者？

之后我明白了，明白了是什么意思。至少，对我而言，是这样。十二区只有三个胜利者，两男，一女……

我又要重返竞技场。

13 重返竞技场

我大脑还没有完全反应过来，身体就做出了反应，瞬时，我已冲出了房间，穿过胜利者村的草坪，把自己淹没在黑暗中。从阴冷的地面泛上的潮气打湿了我的鞋袜，寒风像刀子一样割在我的脸上，可我却没有停下来。往哪儿跑？哪里？树林，当然是。我跑到隔离网边，听到了嗡嗡的声音，才意识到自己已如困兽一般被囚禁了起来。我心慌意乱地向后退去，又急忙转身，向前跑去。

当我意识稍微清醒时，我发现自己身在胜利者村一间空房的地下室里，两手扶地，跪在那里。微弱的月光透过头顶的天窗洒在室内。我又冷又湿，呼吸急促，尽管我试图逃脱，但这丝毫无助于抑制我内心的癫狂情绪，它会把我吞噬，除非把它释放出来。我把衬衫揪成一个团，塞进嘴里，之后开始大叫。我这样做了多久，不得而知；但当我停下时，我已几近失声。

我侧身蜷缩在地上，怔怔地看着投射在水泥地上的月光。回到竞技场，回到那噩梦般的地方。那就是我新的去处，闪现在我眼前的不是竞技场，而是其他的一切：在众目睽睽之下被侮辱、被折磨、被杀死，在荒野中逃生，被治安警和直升机追逐，和皮塔结婚，然后我们的孩子被强迫送入竞技场。我永远不要再回到竞技场去。为什么啊？以前从没发生过这样的事情，胜利者可以终生不再参加抽签仪式。这是赢得比赛的约定。可现在，一切都发生了改变。

地上有一块布，是以前刷油漆时用过的，我把它拉过来，当毯子盖在身上。远处，有人在喊我的名字。可现在，即使我最爱的人，我也不再去想，我只想到我自己，和等待着我的一切。

那块布很硬，却给我带来温暖。我的肌肉渐渐松弛下来，心跳缓慢下来。那个拿盒子的小男孩浮现在我眼前，斯诺总统从里面拿出有些泛黄的信封。这真的是七十五年前为世纪极限赛所写下的规则？似乎不大可能。这对于凯匹特目前的不利处境似乎是一个太过标准的答案了。除掉我，把所有辖区归到它的统治之下。

斯诺总统的话在我的耳边回荡，**“为了提醒反叛者，即使他们中最强壮的人都无法战胜凯匹特，七十五届饥饿游戏世纪极限赛男女贡品将从现有的胜利者中选出。”**

是的，胜利者是强者。他们在竞技场逃过一劫，又摆脱了压得老百姓喘不过气来的贫困的烦扰。如果说哪里还有希望的话，那么他们，或者说我们，就是希望的化身。而此时，我们中的二十三个人要被杀死，这表明即使是这一点点希望也不过是个泡影。

我庆幸自己只是去年才赢得了比赛，否则我就会结识其他

胜利者，这不仅因为我会在电视上看到他们，而且因为他们每年都被极限赛组织者邀请为嘉宾。即使并非所有人都会像黑密斯一样做指导老师，他们中的多数人也会回到凯匹特参加活动。我想，他们中的许多人已经成为了朋友。而我所要担心被杀死的朋友只有皮塔和黑密斯。**皮塔和黑密斯！**

我兀地坐了起来，扔掉盖在身上的布单。我一直想什么呢？我永远都不会杀死皮塔或黑密斯，但他们中的一个将会和我一起进入竞技场，这是事实。他们甚至已经商量好了谁去。无论先抽中哪一个，另一个有权作为志愿者去替换他。无论怎样，皮塔会要求黑密斯允许他和我一起进入竞技场，去保护我。

我开始在地窖里徘徊，急切地寻找着出口。我是怎么进来的呢？我慢慢摸到通向厨房的台阶，看到门上的玻璃已经被打碎了。我的手黏乎乎的，似乎在流血，肯定是玻璃划的。我终于冲到黑夜中，直奔黑密斯的住处。他正独自坐在厨房的桌旁，一手握着一只半空的酒瓶，另一只手握着匕首，喝得醉醺醺的。

“瞧瞧，谁来啦。折腾够了吧。终于想清楚了，亲爱的？终于弄明白你不是一个人去竞技场？瞧，你是来问我的……什么事？”他说。

我不回答。窗户大开着，凛冽的寒风抽打着我，就好像我在室外一样。

“我得承认，这对那男孩要容易些。他刚才就来了，那会儿我还没来得及把酒瓶上的封条撕开。他求我再给他一次机会，好进到竞技场。可你会说些什么呢？”他学着我的声音说，

“代替他，黑密斯，因为机会是均等的，我更希望皮塔而不是你在后半生能有一次机会，嗯?”

我咬住嘴唇，没吱声。既然他点到了，恐怕这也就是我想说的。让皮塔活下来，即使这意味着黑密斯得死。不，我不会这么说。当然，他有时挺讨厌的，可他已经成了我家庭的一员。**我到底干吗来啦?** 我思忖着，**我到底想要怎样?**

“我来要点喝的。”我说。

黑密斯哈哈大笑起来，把瓶子甩到我面前。我拿袖子蹭了蹭瓶口，咕咚咕咚喝了几大口，然后喀喀地咳嗽起来。过了好几分钟我才平静下来，可还是鼻涕眼泪直往下淌，酒精在我的胃里像火焰在燃烧，我喜欢这种感觉。

“也许该去的是你。”我一边拉椅子，一边实话实说，“反正，你也仇恨生活。”

“一点没错。”黑密斯说，“上次我光想着怎么让你活下去……好像这回我该救那男孩子了。”

“这也是一个理由。”我说着，边擦鼻子，边再次举起酒瓶。

“皮塔一直觉得，既然我选择了你，那我就欠他一个人情。我得答应他的任何请求。而他的请求是给他机会进入竞技场，好去保护你。”黑密斯说。

我早知道会是这样。在这方面，皮塔的想法不难预料。当我躺在地窖的地板上沉湎于自怜之中时，他却来到这里，心里想的只有我。羞耻一词已不足以形容我此时的感受。

“你就算活一百次，也不抵他活一次，这你是知道的。”黑密斯说。

“没错，没错。”我没好气地说道，“没说的，他是这三人组合中最高贵的。那么，你准备怎么办？”

“我也不知道。”黑密斯哀叹了一声，“兴许和你一起回去，如果能的话。如果我的名字被抽中，这没有关系，他会自愿代替我的位置。”

我们默然地坐了一会儿。“回到竞技场一定很糟吧？你认识其他所有人吗？”我说。

“噢，我这人无论在哪，感觉都很糟，这点我敢肯定。”他冲着酒瓶点点头，“现在可以把那个还给我吗？”

“不行。”我说，一边把瓶子抱在怀里。黑密斯从桌子底下拿出另外一瓶，拧开了盖子。我突然意识到自己到这儿来不是为了喝酒，而是要黑密斯答应我件事情。“噢，我想起我该说什么啦，这次如果是我和皮塔都进了竞技场，我们要设法让他活下来。”我说。

在他布满血丝的眼中一闪而过的，是痛苦。

“就像你说的，无论你怎么看，这都很糟。无论皮塔要求什么，都轮到他被救了。我们俩都欠他的。”我说，语气中带着恳求，“再说了，凯匹特特别恨我，我现在就跟死了差不多，可他兴许还有机会。求你，黑密斯，说你会帮我的。”

他对着酒瓶子拧起了眉头，心里掂量着我的话。“好吧。”最后他终于开口说道。

“谢谢。”我说。我本该去看皮塔了，可我不想动。喝了酒，我头晕目眩，而且身心俱疲，谁能说得准见了他，他会不会强迫我做出什么承诺？现在，我要回家去面对妈妈和波丽姆。

当我摇晃着身子走上台阶，准备回家时，大门突然打开了，盖尔一下子把我拉到他的怀里。“我错了，我们应该逃跑。”他轻声说道。

“不。”我说。我头脑昏沉，酒从摇晃着的酒瓶里流出来，洒在盖尔的后背上，但他似乎并不在意。

“还不算太晚。”他说。

我趴在他的肩上，看到妈妈和波丽姆在门口拥抱在一起。如果我跑掉，她们就会死。而且现在我还要去保护皮塔。无需多言。“是的。”我两腿酸软，他用力扶着我。当酒精最终发挥它的威力，将我击垮时，我听到瓶子啪的一声摔碎在地板上。这瓶子摔得正是时候，显然，此时的我对一切已经失去控制。

我醒过来时，还没来得及冲到卫生间，白酒就从胃里反了出来。呕吐出来的酒精和喝下去时一样辛辣刺鼻，可味道却比喝下时难闻得多。呕吐完后，我满头大汗，浑身颤抖，好在，大部分东西已经从我胃里倒了出来；可进入到血液里的酒精已经足够多了，我觉得口干舌燥、胃部灼烧、头疼欲裂。

我打开淋浴器，站在喷洒下来的热水里冲了一分钟，这时才发现自己还穿着贴身内衣。妈妈肯定刚把我的脏外衣脱掉，然后把我拖上了床。我把湿内衣扔到水盆里，把香波倒在头发上。我的手很疼，一看才知道一只手的掌心和另一只手掌的侧面均匀地布满了划伤。我隐约记得昨晚曾打碎了一扇玻璃窗。我把自己从头到脚使劲搓洗，直到再次呕吐时才停下来。这次吐出来的基本上都是胆汁，苦涩的胆汁混杂着馥郁的浴液流入排水口里。

最后我终于冲洗干净，披上睡袍，一头扎到床上，也不理会湿淋淋的头发。我钻到毯子底下，觉得中毒一定就是这种感

觉。楼梯上传来了脚步声，我像昨晚一样再次紧张起来。我还没有准备好见妈妈和波丽姆。我要打起精神，显出镇静、自信的样子，就像上次收获节仪式那天跟她们道别时一样。我要坚强。我挣扎着坐起来，挺直了腰板，把湿头发从剧烈作痛的太阳穴旁掠到脑后，等着妈妈和波丽姆的到来。她们来到门口，手里端着茶水和土司，脸上表现出无限的关切。我刚张开嘴，想开句玩笑，但却忍不住大哭起来。

别再想什么坚强的事了。

妈妈坐在床边，波丽姆上床坐在我身旁，她们抱着我，轻声说着安慰的话语，一直等着我哭完。之后，波丽姆拿了一条毛巾，擦干我的湿头发，梳理通顺，妈妈哄着我喝茶、吃土司。她们又帮我穿上温暖的睡衣，在我身上多盖上几条毯子，然后轻轻走出了房间。

等我再次醒来时，室外的光线告诉我已经到了傍晚。床边的桌子上放着一杯水，我一饮而尽。我的头还是昏昏沉沉，胃里也不舒服，但比之前好多了。我从床上爬起来，穿上衣服，梳好辫子。下楼前，我在楼梯旁停下来，为自己听到世纪极限赛消息时所做出的反应感到有些尴尬。当时我疯狂地四处乱窜、和黑密斯一起狂饮、大哭失声。在这种绝望的情况下，我想可以有一天的时间来放纵自己吧；还好，这里没有摄像机。

到了楼下，妈妈和波丽姆又一次拥抱着我，可她们的情绪并不激动。我明白，她们在抑制自己的感情，好让我觉得好受些。看着波丽姆的脸，很难相信她就是九个月前收获节那天我离开家时那个孱弱的小姑娘。经过了这一切痛苦和不幸的折磨——十二区残酷的生活现实、妈妈不在时她独自处理受伤生病的普通人——这所有的一切都让她迅速地长大了。她的个头也长了不少；实际上，我们俩已经一般高了，可这并不是让她看上去长大的原因。

妈妈给我盛了一碗肉汤，我又给黑密斯要一碗。然后我穿过草坪来到他家。他刚睡醒，也没说什么，接过了我手里的肉汤。我们俩坐在那儿，可以说很平静地喝着肉汤，看着窗外的落日。我听到有人在楼上走动，以为是黑兹尔。但几分钟后皮塔却走了下来，他二话没说，把一个装着许多空酒瓶子的盒子往桌子上一扔。

"行啦，该结束了。"他说。

黑密斯强打起精神，死盯着那些酒瓶子。我说："什么要结束了？"

"我把所有的黄汤都倒在了下水道里。"皮塔说。

听到这话，黑密斯的酒立刻醒了一半，他抓着酒瓶子，不敢相信自己的眼睛。"你什么？"

"我把那玩意都倒了。"皮塔说。

"他还能买更多。"我说。

"噢，他不会的。"皮塔说，"今天早上我找到了瑞珀，告诉她要是再敢卖酒给你们俩，我就扭送她去警察局。另外，我还付给了她钱。我想她不会急着想再进到局子里去。"

黑密斯举起刀子要刺皮塔，可他身体软绵，皮塔一挥手就把刀子挡开了。我也生气地说："他爱干什么，关你什么事？"

"这和我有关。无论结果怎样，咱们得有两个人进竞技场，另一个要做指导老师。咱们中间不能有醉鬼，特别是你，凯特尼斯。"皮塔对我说。

“什么?”我气不打一处来，要不是昨晚喝醉，我说话就更理直气壮了。“我不就昨晚醉过一次吗?”

“没错，可瞧你变成了什么样子。”皮塔说。

再次参赛的消息宣布后，我不知道与皮塔相见时，他会做出什么样的反应，也许他会把我拥入怀中，也许会给予我热切的亲吻，说些安慰的话语，但我无论如何都没料到他会像现在这样。我转向黑密斯，说道：“别急，我会给你弄到更多的白酒。”

“那我把你俩都送进局子，让你们戴着足枷子好好清醒一下。”皮塔说。

“干吗要这样?”黑密斯问。

“我这么做，是因为咱们中的两个人要从凯匹特回家，一个胜利者和一个指导老师。”皮塔说，“艾菲已经把所有还活着的胜利者的录像带给我了，咱们得看他们的比赛录像，了解他们的生存技巧，咱们得增加体重、强健身体，得像职业选手那样参赛。不管你们俩怎么想，咱们得有一个人得胜。”

他的一番话像一记重锤敲在我和黑密斯身上，说得我俩哑口无言。

“我不喜欢自以为是的人。”我说。

“那你喜欢什么?”黑密斯说着，一边咂着空瓶里残剩的酒滴。

“你和我，他计划让咱们俩回家。”我说。

“喔，那他的玩笑可开到自己身上去了。”黑密斯说。

但几天之后，我们达成一致，要像职业选手那样参赛，因为这是让皮塔做好准备的最好办法。每晚，我们都观看活着的胜利者以往参赛的录像。我发觉在胜利巡演时，这些人一个都没见过，回想起来觉得真奇怪。我跟黑密斯提起这事，他说斯诺总统最不愿看到皮塔和我——特别是我——和其他具有潜在危险的辖区胜利者联合起来。胜利者都是拥有特殊地位的人，如果他们对我的反叛态度表示支持的话，会给凯匹特带来政治上的冒险。我们还注意到了胜利者的年龄，发现有一些已经上了些年纪。这很可悲，但也让我们宽心。皮塔做了大量记录，黑密斯自愿收集有关他们性格的信息，渐渐地，我们开始了解这次比赛。

每天早晨，我们跑步、举重来锻炼身体，强健体魄，每天下午练习抛刀子、空手搏击、格斗等技巧；我甚至教会他们爬树。理论上讲，“贡品”是不允许训练的，可也没人来干预我们。在以往的比赛中，一区、二区和四区的选手甚至掌握了抛矛和击剑的技能，相比之下，我们的这点练习算不了什么。

在经历了多年自暴自弃的生活之后，黑密斯的体能已很难恢复。当然，他仍很强壮，但是跑很短一段距离，他都会气喘吁吁。本以为一个拿着刀子睡觉的人肯定出刀很快，可他的手抖得厉害，光练习这一项，就花了几周的时间。

我和皮塔在这种新的训练方式下进步飞快。我们终于可以积极应对，而不是坐以待毙。妈妈给我们制定了特殊的食谱，以增加体重；波丽姆为我们按摩酸疼的肌肉；马奇从她爸爸那里偷来凯匹特的报纸，根据预测我们是获胜的热门选手；盖尔甚至也出现在周日的报纸上，尽管他不喜欢皮塔或黑密斯，但他也教会我们下套的方法。同时跟皮塔和盖尔说话，让我有种怪怪的感觉，但他们似乎已经把与我有关的一切问题抛在了

脑后。

一天晚上，在我送盖尔回城的路上，盖尔甚至也承认，“要是他招人恨，事情可能还好办些。”

“你还说呢，要是我在竞技场时就能恨他，我们现在就不会有这一大堆麻烦了。他会死去，而我会成为快乐的胜利者。”

“那我们将来又会怎样，凯特尼斯？”盖尔问。

我嗫嚅着，不知如何作答。如果没有皮塔，盖尔就不会成为我的“表兄”；如果没有皮塔，那我和这个假冒的“表兄”之间又会发生什么呢？那样的话，他还会吻我吗？如果我有选择的自由，我也会吻他吗？作为一个胜利者，在任何情况下都会得到金钱、食物、安全的保障，在这一切的麻痹下，我还会对他敞开心扉吗？然而，无论怎样，我们和我们的孩子，都会永远笼罩在饥饿游戏的恐惧之中。不管我们想或不想……

“去打猎，就像现在的每个星期天一样。”我说。我知道他问的不是这个意思，可这是我所能作出的最诚实的回答。盖尔知道如果我逃跑的话，会选择他而不是皮塔。可对我来说，谈论可能发生的事毫无意义。即使我在竞技场杀死了皮塔，我也不愿和任何人结婚，我只愿挽救人们的生命。可结果却事与愿违。

我害怕，对盖尔任何的情感刺激都会促使他采取激进的行动，比如在矿井掀起暴动。可就像黑密斯说的，十二区暴动的条件并不成熟，在宣布世纪极限赛之后，情况更是如此，因为在宣布消息的第二天，火车又运来了一百名治安警。

我不再指望自己能第二次活着回来，盖尔对我越早放手，就越好。事实上，在抽签结束后，我应该有一个小时的时间与

家人朋友告别，我本想对盖尔说些什么，我想告诉他这么多年来他对我一直都是很重要，认识他、爱上他——即使在有限的条件下，也让我的生活变得十分美好。

但，我从未得到这样的机会。

抽签的那一天天气闷热，十二区的人们在等待着，汗流浃背，默不作声。广场上很多枪口对准了他们。我，孤零零地站在被绳索围起来的小圈子里，皮塔和黑密斯也站在类似的圈子里。抽签只用了一分钟。艾菲戴着一个金色闪亮的假发，却没有了平时的活力。她在装女孩名字的玻璃球里抓挠了半天，才拿出了大家都清楚写有我名字的纸条，之后她又抓到了黑密斯的名字，他还没来得及朝我投来悲凉的眼神，皮塔就自愿代替了他的位置。

我们很快被押送到了法院大楼，警长斯瑞德正等在那里。“新程序啊!”他面带微笑地说道。我们被从后门带出去，带到一辆车里，然后被送到火车站。站台上没有摄像机，没有欢送的人群。黑密斯和艾菲在治安警的护送下，也来到车站。治安警催促我们赶紧上车，然后砰地关上了车门。车轮开始转动……

我向窗外望去，看着十二区从我的视线中消失，可许多告别的话还没来得及说出口……

黑密斯的录像

我久久地站在窗边，看着渐渐远去的家乡，淹没在丛林的深处。这次，我对于回家已不抱任何希望。上次参赛前，我答应波丽姆要尽一切可能赢得比赛，但这次我发誓要尽一切可能让皮塔活命。我不会再踏上回家的路。

临走前，我已经想好了与家人朋友道别的话语。先与他们话别，再将大门关上、锁牢，他们虽然心情忧伤，但却可以安全地留在家里，这该有多好。然而，即使是这一点愿望，也被凯匹特剥夺了。

“咱们给家里写信吧，凯特尼斯。”皮塔站在我身后说，“这样会好一些，给他们留下一点我们的记忆。黑密斯会给咱们送信……如果需要送的话。”

我点点头，然后转身径直回到我的房间。我坐在床边，心中暗自思忖，我永远不会写那些信，那就如同在十一区为纪念露露和萨里什要写的讲演稿。该说的话装在我脑子里，想得很清楚，甚至能讲得很清楚。但，一旦诉诸笔端，就会词不达意。再说，我要给他们的不仅是话语，还有拥抱、亲吻、要抚弄着波丽姆的头发、抚摸着盖尔的脸庞、握住马奇的手；我要给他们的不是一封信，一封伴随着我冰冷僵硬的尸体送回的信。

我已心痛到不想再哭，只想蜷缩在床上，直到明天早晨到达凯匹特。可，我还有一项任务，不，不仅仅是一项任务，是临终前的遗愿——**要让皮塔活下去**。在凯匹特盛怒之下，这是一项多么难以完成的任务，因此我要在比赛中保持最佳状态。如果为了家乡每一个所爱的人哀伤忧虑，就不可能做到这一点。**让他们去吧**，我对自己说，**跟他们说再见，忘掉他们**。我竭尽全力，在心中一个个默念着他们，然后像鸟儿一样，把他们从我心灵的深处释放，之后将心门关闭，再也不让他们回来。

艾菲敲门叫我去吃饭时，我的心已得到全然的释放，我感到轻松，还不赖。

饭桌上的气氛很压抑，只有上菜时的杯盘交错，才打破了长时间的寂寞。今天的饭是冷蔬菜汤、奶油酸橙鱼肉饼、橘汁烤小鸡配野生大米和豆瓣菜、装点着樱桃的巧克力奶油蛋糕。

皮塔和艾菲东一句西一句地搭着话，但很快也不出声了。

“我喜欢你的新发型，艾菲。”皮塔说。

“谢谢。我专门做了这发型来配凯特尼斯的胸针，我在想给你找一个金色的护腕，也许也给黑密斯找个金色手链什么的，这样我们看上去就是一个团队了。”艾菲说。

显然，艾菲不知道我的胸针现在已成为反叛者的象征，至少在八区是这样的。在凯匹特，嘲笑鸟仍然是令人兴奋的饥饿

游戏的吉祥物。它还能有什么别的意义呢？真正的反叛者是不会把这种秘密符号刻在类似珠宝这样的物品上的。他们会把它烤在面包上，在必要时，几秒钟就能把它吞掉。

“我觉得这主意真不错。”皮塔说，“你觉得呢，黑密斯？”

“是啊，什么都行。”黑密斯说。他没有喝酒，可我看得出他很想喝。艾菲看到黑密斯在努力克制自己，就让人把她的酒也拿走了。黑密斯很痛苦。如果他是“贡品”，他就不欠皮塔的情，也就可以尽情欢饮。而现在，他要不遗余力，让皮塔在竞技场—— 一个到处都是他的老朋友的地方——存活下来；而他很可能做不到这一点。

“也许我们也该给你弄个假发。”我试着调侃他一下。他仅瞥了我一眼，意思是说，**让我一个人待会儿**，所以我们也就默不作声地吃起蛋糕。

“咱们看看以前的录像怎么样？”艾菲边用白尼龙餐巾轻擦嘴角，边说道。

皮塔回去拿胜利者信息笔记本，其他人都到客车厢观看比赛录像。大家就座后，国歌响起，电视上呈现出十二个区每年一度的抽签仪式。

在饥饿游戏的历史上，共产生了七十五个胜利者，仍健在的只有五十九个，他们以前参加比赛或做指导老师时，我在电视上看见过他们，我最近又看过以前的录像，所以大部分人我都能认得。一些胜利者已经年老力衰，另一些疾病缠身，还有的饮酒吸毒，不一而足。可以想见，来自一区、二区、四区的胜利者最多，但每个区都选送了男女胜利者至少各一名。

从录像中看，抽签仪式进行得很快，皮塔认真地在各区选出的选手名字旁加了星号。黑密斯面无表情，默默地看着，看着他的老朋友一个个地登上舞台。艾菲在一旁低声地做着评论，“噢，不要选茜茜莉亚。”“唔，查夫总是爱打架。”话语忧郁，还不停地叹息。

我尽量把那些选手的信息记在脑子里，但就像去年一样，只有几个人给我留下清晰的印象。一对具有古典美的兄妹来自一区，他们在连续两届饥饿游戏中获胜，那时我还很小。布鲁托，来自二区的志愿选手，他看上去至少四十岁，已经迫不及待地要进入竞技场。芬尼克，来自四区的英俊金发小伙，他十年前在十四岁时赢得了比赛。一个留着棕色长发，来自四区的神经质女人也被抽中，但她很快被一个八十岁的老妇作为自愿者而代替，这位妇人要拄着拐杖才能登台。接着上台的是约翰娜·梅森，她是七区唯一活着的女胜利者，她数年前靠假装成弱者赢得了比赛。来自八区，被艾菲称作茜茜莉亚的女人，看上去三十来岁，在上台前三个孩子拉着她不放，她不得不把他们扯开。查夫，来自十一区，我知道他是黑密斯的特殊朋友，也在选中的人之列。

我的名字被叫到，之后是黑密斯，然后皮塔作为自愿者代替他。一位“贡品”发布人眼睛甚至都湿润了，因为我们这对十二区的“明星恋人”似乎处境不佳。之后，她镇静一下，宣布道：“我敢说这将是有史以来最精彩的比赛!”

黑密斯一声不响地离开了车厢，而艾菲，说了些不着边际的话之后，也和我们道了晚安。我只是坐在那里，看着皮塔把没有被抽中的选手名单从本子上撕掉。

“你干吗不去睡会儿?”他说。

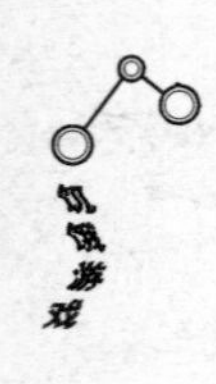

因为我对付不了那可怕的噩梦，没有你我不行。我暗想。我今晚一定会做噩梦，我想要皮塔陪我一起睡，可我张不开口。自从盖尔被打那天起我们就谁也没碰过谁。

“你准备干什么?”我问。

“再看会儿笔记。弄清楚我们在比赛中的情况。明天早晨我会找你一起看。去睡吧，凯特尼斯。”他说。

无奈，我只好上床了。正如我所料，几个小时后我从噩梦中惊醒，那个四区的老妇人变成一只巨大的啮齿动物，她冲着我扑过来。我知道自己肯定尖叫了，但没人过来。皮塔没来，甚至凯匹特侍者也没过来。我披上睡袍，尽力平静下来，好让一身的鸡皮疙瘩落下去。待在自己的包厢已经不可能了，我想喊人来给我弄点茶或热巧克力或别的什么。兴许黑密斯还没睡，嗯，他肯定没睡。

我从侍者那里要了热牛奶，这是我知道的最有镇静作用的饮品。听到放电视的车厢传来的声音，我走过去，发现皮塔在那里。他身旁放着艾菲找来的以往比赛的录像带。我认出其中一盘是布鲁托获胜的那一年的录像带。

皮塔看到我，站起来，关了录像。

“睡不着?”

“睡不了太长。”我说。想起那个老妇变成的动物，我不禁又拉紧了睡袍。

“想聊会儿天吗?”他问。有时聊天确实有用，可我只是摇了摇头，一想到还没开赛就被对手困扰，我感到自己很脆弱。

皮塔向我伸出双臂，我立刻扑到他的怀里。自从宣布世纪极限赛以来，皮塔还是第一次对我有亲昵的举动。前一段时间，他更像一个严厉的教练，很严厉、很坚持。黑密斯和我跑得越来越快，吃得越来越多，对自己的对手也越来越了解。恋人？算了吧，他甚至懒得假装成我的朋友。趁他还没有命令我要继续加油干，我用双臂紧紧地搂着他的脖子。他把我拉得更近，脸埋在我的头发里。他的嘴唇触到了我的脖颈，一股暖流从他触及的一点散开，传遍了我的全身。那感觉真好，太好了，我知道，我绝不会先放开他。

为什么要这么做？我已经跟盖尔道了别，很肯定，我再也不会见到他了。我现在所做的一切都不会伤害到他。他要么看不到，要么以为我是在摄像机前的表演。这么想，至少，我的心里还轻松些。

一个凯匹特侍者拿着热牛奶走了进来，我们只好分开。他端着一个托盘，上面的一只瓷壶盛着热气腾腾的牛奶，旁边放着两只杯子。“我多拿了一只杯子。”他说。

“谢谢。”我说。

“我在牛奶里加了一点蜂蜜，甜一点，还放了一点调味料。”他说道，一边看着我们，似乎还有话要说，然后轻轻摇了摇头，走出了房间。

“他怎么啦？”我说。

“他为我们难过，我想。”皮塔说。

“没错。”我边说，边倒了些牛奶。

“说真的，凯匹特人也并非都愿意看到咱们或其他胜利者再去参赛。”皮塔说，“他们已经爱上他们的冠军了。”

“我猜，血腥搏杀一开始，他们就不再想什么爱不爱的啦。”我平淡地说道。是啊，如果说还有什么事情是我没时间

想的，那便是世纪极限赛会如何影响凯匹特人的情绪。

“怎么，你还要把所有的录像再看一遍?”

“说不上，我只想再粗略地看一遍，熟悉一下各个选手的生存技能。”皮塔说。

“下一个是谁?”我问。

“你选吧。”皮塔手里举着盛录像带的盒子对我说道。

磁带上标着比赛的年份及参赛选手的名字。我翻来翻去，突然发现一盘没看过的录像带，上面标的年份是五十，也就是第二届世纪极限赛，而胜利者的名字是黑密斯·阿伯纳瑟。

“咱们从没看过这盘。”我说。

皮塔摇摇头：“不，我知道黑密斯不想让咱们看。跟咱们不想看自己的比赛录像一个道理。既然咱们是一个团队的，我想看看也无所谓吧。”

“有第二十五届饥饿游戏的录像带吗?”我问。

“恐怕没有。不管那人是谁，现在肯定已经作古了，艾菲只把可能出现的对手的录像带拿了过来。”皮塔拿着黑密斯的录像带，在手里掂量着，“怎么？你觉得咱们应该看看这个?”

“这是唯一一次世纪极限赛的录像，也许咱们能找到点有用的东西。”我说。这么说着，我的心里觉得挺别扭，好像在窥探黑密斯的隐私。我也不知道为什么会这么觉得，不管怎么说，这些都是公开的秘密。可我就是有这种感觉。我得承认，我对此很好奇。

“可以不告诉黑密斯咱们看过。”

“好吧。”皮塔表示同意。他放好录像带，我手里端着牛奶，坐在沙发上，蜷缩在他身边。我一边喝着加了蜂蜜和调味料的牛奶，一边沉入到五十届饥饿游戏中。国歌奏完之后，录像中的斯诺总统抽出一个信封，里面的卡片写有第二届世纪极限赛的规程。那时的斯诺总统显得年轻些，但却一样令人反感。他用跟我们说话时同样沉重的语调宣布卡片上的规程，为了隆重纪念“世纪极限赛”，本届极限赛选手将是往年的两倍。电视编导立刻将画面切换到抽签仪式现场，画面上，主持人宣布了一个又一个入选选手的名字。

录像播放到了十二区，看到那些被选中的孩子即将赴死，我感到心痛。一个女人，不是艾菲，负责宣读着十二区入选孩子的名字，可她和艾菲一样，也说了“女士优先”。她念出了一个女孩的名字“梅丝丽·多纳”，这个女孩来自“夹缝地带”，从她的长相可以看得出。

“噢！”我不由得喊出来，“她是妈妈的朋友。”摄像机搜寻到了人群中的她，她正紧挨着另外两个女孩站着，她们都长着金黄色头发，显然都是商人的孩子。

“我想正在拥抱她的一定是你妈妈。”皮塔轻声说道。他说得没错。当梅丝丽·多纳勇敢地走向台子时，我瞥见了那时和我年龄相仿的妈妈，没有夸张，她确实很美。另一个与梅丝丽长得很像的女孩拉着她的手不停地哭泣，可她长得也更像另一个我认识的人。

“马奇。”我说。

“那是她妈妈，她和梅丝丽好像是双胞胎，”皮塔说，“我爸爸曾经说起过。”

我想起了马奇的妈妈，安德塞市长的妻子。她患有疼痛症，大半辈子都瘫痪在床，与外面的世界隔绝开来。我从来没

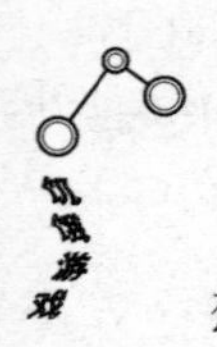

想到过她和妈妈还有这样的关系，难怪马奇在风雪之夜为盖尔拿来止痛药。我现在终于明白了我的嘲笑鸟胸针所拥有的特殊含义，这胸针原来的主人是马奇的姨妈梅丝丽·多纳—— 一个在竞技场被夺去生命的“贡品”。

最后一个念到黑密斯的名字。我看到他那时的样子，甚至比看到妈妈还吃惊，他年轻、健壮，甚至算得上英俊。他的头发乌黑卷曲，那双“夹缝地带”的灰眼睛明亮有神，即使在那时，已透出咄咄的杀气。

“噢，皮塔，你不会觉得是他杀死了梅丝丽吧？”我脱口而出。不知怎的，对这种猜测，我不能容忍。

“那时有四十八个人参赛，我觉得可能性不大。”皮塔说。

参赛者的彩车进入场地，十二区的选手穿着煤矿工人难看的工作服，镜头一闪而过，每个选手在录像中出现的时间都不长。由于黑密斯是胜利者，所以片中完整展示了他和凯撒·弗里克曼对话的场面。在片中，凯撒穿着他一贯穿着的金光闪闪的深蓝色晚礼服，不同的是，他的头发、眼睫毛和嘴唇是深绿色的。

“那么，黑密斯，你对于比赛选手超过平时的一倍是怎么想的？”凯撒问。

黑密斯耸耸肩：“我看这没什么不同。他们会和以前一样愚蠢，所以我想我获胜的几率和以前的比赛没有太大区别。”

观众发出一阵笑声，黑密斯也冲他们苦笑了一下，他的笑既傲慢、狡黠又冷漠。

“他毫不费力就能赢得比赛，对吧？”我说。

第二天早晨，比赛开始，镜头从一名“贡品”的视角切入，观众看到她从地下室出发上升到地面，接着进入竞技场。竞技场里的景象真是令人叹为观止，各选手的脸上也露出惊异的表情，甚至黑密斯也眼前一亮，但他很快又眉头紧锁。

跃入人们视线的是一个美丽无比的地方，金色的宙斯之角矗立在花团锦簇的绿色草坪上，蓝蓝的天空飘着朵朵白云，美丽的鸣鸟在天空中舞动着翅膀。从空中俯瞰，草坪绵延数英里。顺便说一下，一些选手在翕动鼻翼，看得出，空气中一定飘散着清新的花香。在竞技场的一侧，密密的树林隐隐呈现，另一侧，巍峨的雪山高耸入云。

这美景迷住了一些选手，当锣声响起，他们才如梦初醒。但，黑密斯却不同。他像箭一般冲到宙斯之角，抢到了武器和一背包供给品，在其他人还没来得及离开所站立的圆盘时，他已经奔向丛林。

第一天就有十八名选手死于血腥的搏杀。其他人也在慢慢死去，随着时间的推移，一切渐渐明了，在这个美丽的地方，几乎所有的东西——垂挂在枝头的鲜嫩水果，清澈的小溪中奔流的溪水——都带有致命的毒性，甚至花儿的芳香，如果直接吸入肺中，都是有毒的。只有雨水和宙斯之角的食物是安全的。除此之外，职业选手结成多达十人的联盟来捕杀对手。

黑密斯在丛林中也遇到了麻烦，金色绒毛松鼠竟然是食肉动物，它们会成群地袭击人类；蝴蝶的毒针即使不置人死地，也会给人带来极大痛苦。但他一直坚持向前走，始终把雪山远远地甩在身后。

梅丝丽·多纳也是一个足智多谋的女孩，她在离开宙斯之角时只拿了一个小小的背包。背包里有一个碗、一些牛肉干和

一个带二十四支镖的吹箭筒。她物尽其用，把镖浸在现成的毒汁中，不久就把吹箭筒变成了致命武器。她将毒镖射入对手体内，致其死命。

四天之内，美丽如画的雪山成为火山，又夺去了十二个人的生命，职业选手也只有五个人活了下来。雪山在喷射岩浆时，草地也无处藏身，这就迫使剩下的十三名选手躲进丛林，这里包括黑密斯和梅丝丽。

黑密斯似乎很喜欢朝一个方向走，那就是远离火山的方向。但一些由密集的树篱组成的迷宫迫使他又回到了丛林地的中心地带，在那里他遇到三个职业选手，并拔刀与他们搏斗。那几个职业选手身材高大魁梧，但黑密斯却非常灵活，他杀死了两个人，而第三个人却夺了他的刀子。当第三个职业选手正要割断他的喉咙时，却被射来的毒镖击中，倒地身亡。

梅丝丽·多纳从树林里走出来，她说："咱们两个一起干，能活得长些。"

"我想你刚刚证实了这一点。"黑密斯一边揉着脖子，一边说道，"我们联手？"梅丝丽点点头。他们很快结成了同盟，一个人如果还想回到家乡去面对父老乡亲，那么，这个联盟就不能打破。

正像我和皮塔，他们在一起干得很棒。他们可以更好地休息，想出办法收集更多雨水，并肩作战，分享从死去的对手那里获取的食物。黑密斯仍一直坚持前行。

"为什么？"梅丝丽总是在问，而他一直对她不予理睬，直到她得不到答案就拒绝再往前走时，他才回答。

"因为这地方总得有个边际啊，对吧？"黑密斯说，"竞技场不可能没边没沿啊。”

“那你想找到什么?”梅丝丽问。

“我也说不清，也许有什么我们可以利用的东西。”他说。

他们利用一个死亡的职业选手留下的喷灯，终于穿过了树篱，来到一片平坦、干燥的地方，这里一直通到一处悬崖。悬崖下，可以看到嶙峋怪石。

“这就是你要找的地方，黑密斯，咱们往回返吧。”梅丝丽说。

“不，我要待在这儿。”他说。

“好吧。现在只剩下五个人，也许现在咱们也该道别了。”她说，“我不想最后在你我之间决胜负。”

“好吧。”他同意了。情况就这样，她走了，他没有主动跟她握手，甚至没看她一眼。

黑密斯继续绕着悬崖边沿前行，似乎要找出某种破绽。他的脚踢到一块鹅卵石，石头掉进了深渊，石头本应该消失在悬崖深处。但一分钟以后，在他坐下休息时，鹅卵石又弹了回来，落在他身旁。黑密斯盯着石块，一脸迷惑，接着他眼前一亮。他又把一块拳头大的石头投下悬崖，然后等待。当石头弹回，落在他手上时，他哈哈地笑起来。

这时远处传来梅丝丽的呼喊，他们的结盟关系在她的提议下已经终止，此时黑密斯不再伸出援手也无可厚非。但黑密斯却向她呼喊的方向跑去。他跑到那里时，正看到一群粉色鸟用尖利的长喙啄她的脖子。她临死时，他拉着她的手。这时我想起了露露，当时我同样也是晚了一步没能救成她。

同一天，另一个选手在搏斗中丧命，还有一个被食人松鼠

吃掉，剩下黑密斯和一区的一个女孩进行最后的厮杀。她比他高大，和他一样敏捷。他们进行了激烈而血腥的搏斗，两人都受了致命伤，黑密斯最终被夺去了武器。他用手捂着即将流出体外的肠子，在美丽的丛林中跌跌撞撞，拼命奔逃，而她，虽然同样步履艰难，但手里拿着斧头，在他身后紧追不舍；这斧头将给他最后致命的一击。黑密斯朝悬崖边奔去，恰在他来到悬崖边时，她的斧头便朝他飞过来。他倒在地上，斧头飞下了深渊。此时，两人都没有了武器。那女孩站在那里，试图止住从她塌陷的眼窝汩汩流出的鲜血。而黑密斯已经躺在地上，浑身抽搐。也许她在想，她可以比黑密斯坚持得更久，从而活下来。可她不知道、但黑密斯非常清楚的是那把斧头还会弹回来。斧头最后弹回来，正好砍在她的前额上。炮声响起，她的尸体被拖走，胜利的号角吹响，黑密斯最终获胜。

皮塔关上录像机，我们静静地坐在那儿，一言不发。

终于，皮塔开口说道："那悬崖跟咱们在训练中心楼顶看到的一样，就是那面防止人跳楼、把人弹回的玻璃墙。黑密斯发现了这个秘密并把它变成了一件武器。"

"这不仅成了针对其他贡品的武器，也成了针对凯匹特的武器。要知道，他们也没想到会发生这样的事，这不是饥饿游戏的一部分，他们从没想要把悬崖当作一种武器。黑密斯破解了这个秘密，使他们显得很愚蠢。我敢说，他们为这事也没少伤脑筋，这就是咱们以前在公开播映时没看到这段录像的原因。这和咱们吃浆果的情况一样糟！"我说。

我禁不住大笑起来，这是几个月来第一次发自内心的笑声。皮塔只是无奈地摇头，好像我已经疯了；是啊，没准我真有点疯了。

“差不多吧，但也不尽然。”黑密斯站在我们身后说道。我急速转身，真怕他会因为我们看了有关他的录像而生气，可他只是呵呵地笑着，又拿起葡萄酒瓶喝了一大口。别指望他是清醒的啦。看到他又开始喝酒，我本该感到有些不安，可我现在却产生了另外一种想法。

这几个星期，我一直在尽力熟悉自己的竞争对手，没太多在意自己的团队。而此时，我的内心燃起了新的希望，因为我终于了解了黑密斯是什么样的人。我也开始认识到自己是什么样的人。那么，可以肯定，两个给凯匹特带来大麻烦的人可以想出让皮塔活命的办法。

燃烧的精灵

已经和我的化妆师弗莱维、维妮娅和奥克塔维亚合作多次，我本以为再次与他们合作应该是稍加忍耐就过去的事。可我没料到的还有可怕的感情折磨在等着我。在化妆的过程中，他们每个人至少大哭过两次，而奥克塔维亚整个上午都在嘤嘤哭泣。没想到他们已真的喜欢上我，看到我要再回到竞技场，他们便垮掉了。加之，失去我就等于失去了进入所有重要社交场合的门票，特别是我的婚礼，他们更觉难以忍受。要为了别人而坚强，这种念头从没在他们的脑子里出现过，因而，我反倒成了安慰他们的人。可要去赴死的人却是我，这么一想，不禁令人恼火。

想起皮塔在火车上曾对我说过，那个侍者不愿看到胜利者再回到竞技场，凯匹特人也一样不愿意；可我认为只要一听到锣声，所有人就会把这一切忘掉。但有趣的是，凯匹特人确实在乎我们，这是一个新发现。当然，每年观看儿童互相厮杀，他们决没有问题，但兴许他们对那些胜利者太熟悉了，特别是那些多年前就已出名的人，观看这场比赛，就跟观看自己的老朋友故去一样。那么，这场比赛不如说是给辖区的老百姓看的吧。

我一直不停地安慰他们，西纳到来时，我已经极度疲乏和恼怒，他们的眼泪使我想起家人，她们也一定在为我伤心流泪。我穿着薄薄的长袍站在那里，皮肤刺痛，心情难过，我知道自己再也不愿看到别人脸上表露出哪怕只是一点点遗憾的表情。所以他一进门，我就大声说道："要是你哭，我发誓，我马上杀了你。"

西纳只是笑笑，说："今天早晨湿度很大，啊？"

"你可以把我拧干。"我回答。

西纳把手搭在我肩上，拉我去吃午饭。"别担心，我经常通过工作来疏导自己的情绪，这样我伤到的只有自己，而不会是别人。"

"我再也受不了了。"我警告他说。

"我知道，我回头跟他们谈谈。"西纳说。

吃完午饭，我的情绪稍微好些。午饭的主菜是缤彩果冻野鸡、黄油汁蔬菜丁、土豆沤芹泥，甜点是水果热巧克力。西纳又为我要了份甜点，因为我一开始就用大勺吃，几口就吃完了。

"我们在开幕式上穿什么？"我把第二份甜点吃完后，开口说道，"头灯配火焰？"在开幕式上，要求我和皮塔都穿上和煤炭有关的服装。

"可以说，和这有关吧。"他说。

开幕式开始前我要做最后的准备，这时我的化妆师们又出

现了，西纳夸赞他们上午的工作干得很棒，现在已经没什么事了，借此把他们支开了。他们到一旁去稳定情绪，谢天谢地，现在只留下了我和西纳。他先把我的辫子编起来，样子跟妈妈以前编的一样，然后给我化妆。去年的淡妆使我进入场地时观众能一眼就认出我。可这次，我的脸被深浅不一的颊彩涂得几乎看不出模样。眉毛画成高挑的弧形、颧骨用颊彩突显出来、眼部用烟熏妆、嘴上涂深紫色唇膏。服装看上去也很简单：就是一件从脖子到脚腕的紧身黑色套头装。之后，他给我戴上类似去年得胜时所戴的王冠，材质是深黑色金属而非黄色金属。他调整室内光线，使之类似黄昏，然后他按动了隐藏在我袖口里的一个按钮。我低头一看，真是太奇妙了，我全身的衣服渐渐亮起来，闪动着缤纷的色彩，先是柔和的金黄色，逐渐变成橘红色，我看上去像是被炭火包裹了起来，啊，不，我就是一块壁炉里燃烧的炭火。色彩忽明忽暗，跳动闪烁，跟煤炭燃烧时发出的光亮一样。

“你是怎么做到的?”我惊奇地问道。

“波西娅和我花了很长时间观察火苗。”西纳说，“喏，你瞧瞧。”

他把我转向一面镜子，好看到整体效果。我在镜子里看到的，不是一个女孩或一个女人，而是一个居住在火山里的神秘精灵，那火山就是黑密斯的世纪极限赛中出现的摧毁一切的火山。黑色的王冠此时呈现出红色，似在燃烧，在我涂彩妆的脸上映出奇幻的影像。凯特尼斯，燃烧的女孩，她已经抛弃了熠熠跳动的火焰、珠光闪闪的长袍、烛光般柔和的上衣。她是一团火，一团正在熊熊燃烧的致命的火。

“我想……我正需要把这样的形象展示在大家面前。”我说。

“是的，我想你涂粉色口红、扎丝带的时光已经过去了。”西纳说。他又按了一下我手腕上的按钮，把灯光熄灭。“别把电用光了。这次你在彩车上不要挥手，也不要微笑。我要你直视前方，好像所有的观众都已远离你的视线。”

“终于轮到我擅长的了。”我说。

西纳还有事，所以我决定先到一楼的预备中心，所有的“贡品”和彩车都在那里集合，等待开幕式开始。我在人群中搜索着皮塔和黑密斯，可他们还没来。去年，所有的贡品都被安排在彩车旁等候，可今年不同，大家可以进行交流。那些胜利者，不管是今年的“贡品”或指导老师，三三两两地围成一圈，在谈论着什么。当然，他们之间都认识，可我却不认识他们，而我也不是那种愿意到处走走，进行自我介绍的人。因而我只是抚弄着我的马脖子，尽量不引人注目。

可这么做也没用。

一阵嘎吱嘎吱嚼东西的声音在我耳边响起，我一扭身，看到芬尼克·奥迪尔的那双著名的海水般澄澈的绿眼睛，离我只有几英寸远，我甚至没意识到他已经走近我。他靠在我的马身上，嘴里正嚼着一个糖块。

“你好，凯特尼斯。”他说，那口气好像我们已是多年的朋友，而实际上，我们以前从没见过面。

“你好，芬尼克。”我说。他离我这么近，尤其是他的衣着很暴露，让我觉得很不自在，但我仍尽力显得自然。

“想吃糖吗？”他边说，边伸出手来，他的手里抓了一大把糖。“这糖应该是给马吃的，可谁在乎？它们已经吃了好多年糖

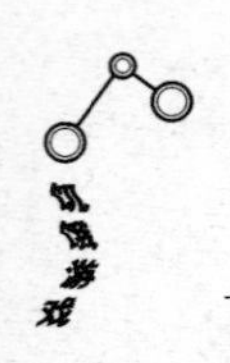

了，可你和我……咳，要是看到糖果，最好赶快下手。”

芬尼克·奥迪尔可是帕纳姆国的传奇人物。他十四岁时赢得第六十五届饥饿游戏桂冠，现在算来，他仍是最年轻的胜出者之一。他是来自四区的职业选手，因而他获胜的几率就比较大。但无论如何训练者都无法给予的是他英俊的容貌，他高大而健壮，长着棕色皮肤和深棕色的头发，最值得夸耀的是那双漂亮的眼睛。那年，当其他选手为了得到一些谷物或者火柴而拼命争抢时，他却什么都不需要，不需要食物，不需要药品或者武器。他的竞争对手在一周后才意识到他是真正的杀手，可是已经太晚了。他已经能够熟练使用在宙斯之角得到的长矛和刀子，成为一个厉害的杀手。当他收到银色降落伞送来的三叉戟时——那是我见过的送到竞技场里最贵重的礼物——比赛已接近尾声。四区以渔业为主，许多年来他都在船上过活，三叉戟是他们常使用的工具，也成为他的武器。他用自己找到的藤条织成网，把对手缠住，再用三叉戟杀死他们，只用了几天时间，胜利的桂冠就已到了他的手里。

从那时起，凯匹特人就开始对他垂涎了。

头一两年，因为他年龄太小，还没人敢碰他。但他一到十六岁，在饥饿游戏举办期间，他的身后就跟随着无数疯狂的爱慕者。他对任何人的喜爱都为时不长，每年在凯匹特期间，他都会和四五个女人交往，这些人的年龄或大或小，或可爱或平常，或富有或极富有，他与她们交往，索取她们昂贵的礼物；但不久就会离她们而去，他一旦离去，就绝不回头。

我不能否认芬尼克是世界上最漂亮、最给人以美感的人之一，但坦率地讲，他从来都不吸引我。或许因为他太漂亮了，或许因为他太容易被得到，也或许因为他太容易被失去。

“不，谢谢。”我看着他手中的糖说，“我倒是很想借你的外衣穿穿。”

他穿着一件金色渔网状的衣服，衣服在前身很狡黠地打了个结，所以从技术上讲，不能说他是裸体，但已十分接近。我敢肯定，他的设计师认为芬尼克裸露得越多就越好。

“你穿这身真的吓了我一跳，那些可爱女孩的装束哪里去了？”他一边问，一边用舌头轻舔着嘴唇。这个动作也许可以让许多人癫狂，可不知怎的，在我脑海里出现的只是老克雷对贫穷的年轻女孩垂涎欲滴的样子。

“我长大了，那些衣服不适合我了。”我说。

芬尼克拈起我的衣领，用手指在它的边缘划过。“这极限赛真是糟糕透顶，在凯匹特，你应该像强盗，夺掠一切，珠宝、钱、一切。”

“我不喜欢珠宝，我的钱够多了，你的钱都用在什么地方，芬尼克？”我说。

“噢，我已经好多年没碰过钱这种庸俗的东西了。”芬尼克说。

“那么，为了得到你这样好伙伴的陪伴，他们拿什么付给你？”

“秘密，”他一边轻柔地说着，一边把脸凑过来，嘴唇和我的几乎要挨上了。“你呢，燃烧的女孩？你有什么秘密值得我来花时间听吗？”

不知怎的，我的脸刷地红了，真愚蠢，我仍尽力保持镇静，说：“不，我是一本打开的书。”我也轻声说，“每个人在我

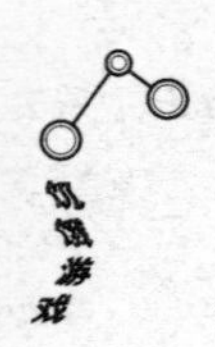

没来得及认识他们时就已经知道我的秘密了。”

他狡黠地笑着，“不幸的是，恐怕事实确实如此。”他向旁边扫了一眼，“皮塔来了，很遗憾你的婚礼被取消了，我知道这对你有多糟。”他又往嘴里扔了块糖，然后不慌不忙地走开了。

皮塔站在我身边，穿着一身和我类似的衣服。“芬尼克·奥迪尔想干什么？”他问。

我转过身，学着芬尼克的样子，垂下眼皮，把嘴凑近皮塔，说：“他请我吃糖，想探听我所有的秘密。”我用最具诱惑的声音说道。

皮塔大笑起来：“唷，不会吧。”

“是真的，”我说，“等我鸡皮疙瘩下去以后，我再跟你说。”

“要是咱们俩有一个赢了，也会变成这个样子？行为古怪无常？”他说着，眼光扫视着周围的胜利者。

“没错，特别是你。”我说。

“噢，为什么特别是我？”他笑着问道。

“因为你有喜欢漂亮东西的弱点，可我不会。”我以一种高高在上的姿态说道，“他们会诱使你陷入凯匹特的生活方式，而你也会沉迷于其中，完全迷失自我。”

“对美的东西独具慧眼并不等于就是弱点。”皮特一针见血，“也许轮到你，就不同了。”音乐响起，我看到大门洞开，为第一组彩车入场做好准备，人群的喧嚣从门外传来。“上车吧。”他伸出一只手扶我上彩车。

我先上彩车，然后把他拉上来。“站稳了。”我说，又把他头上的王冠扶正，“你看见过衣服点着的样子吗？咱们还会很出彩的。”

“绝对。不过波西娅说咱们要摆出傲视一切的样子，不要挥手，什么动作也别做。”他说，“走到哪儿了？”

“我不知道。”我看了一下游行的彩车，“也许咱们可以直接把灯打开。”我们说着，打开了灯。我看到人们在对我们指指点点，议论纷纷。我知道，这次我们会再次成为开幕式上议论的焦点。当我们的彩车快到门边时，我扭头搜寻着波西娅和西纳，可是却看不到他们的身影，去年他们可是陪我们走到最后的哦。“咱们今年要拉手吗？”我问。

“看来他们让咱们自己定了。”皮塔说。

我抬头看着皮塔碧蓝的眼睛，这双无论多浓的彩妆都不可能使其狞厉的眼睛。我去年曾决计要杀死他，我确信他也想杀死我。而今年，一切都反了个。我决意要让他活下去，哪怕付出自己的生命。我真高兴站在我身边的是皮塔而不是黑密斯，不然我未必能如我希望的那样勇敢。我们没再讨论就把手拉到了一起。毋庸置疑，我们要携手并进，踏上这荆棘满布的旅程。

已到傍晚，光线越来越暗，我们进入场地时，观众的喊声已经响成了一片，但我们两个谁也没动，只把目光投射到远方，就好像周围没有观众，也没有疯狂的喊叫。我忍不住扫了一眼场地周边的大屏幕，在屏幕上，我们不仅漂亮，而且深黑的颜色使我们显得强健有力。不，远不止这些。我们，来自十二区的明星恋人，遭受了巨大的苦难，却没能享受胜利带来的回报；我们不需要追随者的仰慕，无需对他们报以优雅的微笑，无视他们飞来的吻。我们不愿意原谅他们的所作所为。

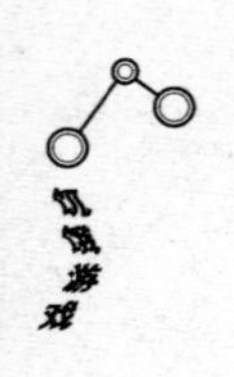

我喜欢这样。我终于做回了自己。

在城市广场的转弯处，我看到另外一对选手的着装，他们的设计师显然想模仿西纳和波西娅的设计理念，给自己的选手设计了发光的服装。如果说来自出品电子元件的三区的选手穿着发光的服装还有一定道理的话，那么来自以畜牧业为主的十区的选手，穿着奶牛造型的服装，却配着一条燃烧的腰带又有什么意义呢？把自己烤熟吗？不可思议！

而皮塔和我穿着的仿佛燃烧的煤炭般忽明忽暗的服装却光彩夺目，其他的选手都在盯着我们看。六区的一对脸色蜡黄、骨瘦如柴的选手是众所周知的吗啡瘾君子。他们目不转睛地看着我们，眼光里不无艳羡，甚至当斯诺总统站在月台上，为世纪极限赛致开幕词时，他们都没能把眍瞜的大眼睛挪开。最后，国歌响起，我们在城市广场绕行最后一圈。难道我看错了？我明明看到斯诺总统也在注视着我，是真的吗？

皮塔和我姿势不变，直到训练中心的大门在我们身后关闭才放松下来。西纳和波西娅在那里等候着我们，他们对我们的表演很满意。黑密斯今年也露面了，只不过他不在我们的彩车旁，而是和十一区选手在一起。我看到他朝我们这边点头，两名选手跟在他身后来向我们问候。

我一眼就认出了查夫，多年来，我在电视上经常看到他和黑密斯推杯换盏。他皮肤黝黑，约六英尺高。他在饥饿游戏中失去了一只手，因而一只手臂是残肢。他是在三十年前赢得的比赛，当时应该有人准备给他安义肢，就像皮塔截去小腿时那样，但他一定是拒绝了。

那个女的，希德尔，长着橄榄色的皮肤，夹杂着几缕银丝的黑色直发，很像“夹缝地带”的人，只有她浅褐色的眼睛才显示出她来自另一个辖区。她应该有六十来岁了，但看上去仍很强健，在她身上没有任何酒精、吗啡或其他化学药剂上瘾的迹象。没等我们开口，她就走上前来拥抱了我。我心里明白，这一定是因为露露和萨里什的缘故。我不由得说道：“他们的家人怎么样啦?”

“还活着。”她在我耳边轻声说道。

查夫用他的好胳膊拥抱着我，然后在我的嘴上使劲吻了一下。我吃了一惊，赶紧后退，而他和黑密斯却哈哈大笑起来。

我们闲聊的时间十分短暂，之后凯匹特服务人员赶紧示意我们往电梯方向走。我有一种感觉，他们对重感情的胜利者在彼此之间传递友情感到很不舒服。我朝电梯走去，仍牵着皮塔的手。这时一个女孩从我身旁走过来，她摘掉头上的树叶头饰，一把扔到身后，也不管它掉在哪里。

约翰娜·梅森，来自七区的选手。她戴着树叶头饰是因为七区生产木材和纸张。当年她把自己伪装成孱弱无助的样子，根本不引人注目。但后来，她却露出了邪恶的杀人技巧。此时，她把自己尖耸的头发弄乱，骨碌着棕色的大眼睛说道：“我的衣服真糟糕，不是吗？我的设计师是凯匹特最要命的傻瓜。她让我们都当了四十年的大树了。真希望我们能有西纳那样的设计师。你看上去真是太棒了。”

女孩儿们的闲谈，谈论衣服、头发、化妆品之类，我最不擅长这个。所以我撒谎道：“是啊，他一直在帮我设计服装。你应该看看他使用天鹅绒的本事。”天鹅绒，那是我脑子里出现的唯一一种面料。

“在你胜利巡演的时候我看到过。是你在二区穿的那件无吊带晚礼服吗？那件深蓝色镶钻石的衣服？真是太棒了，我真想透过屏幕直接把它从你的身上扒下来。”约翰娜说。

你肯定愿意，我暗想，连着我的一块肉。

我们等电梯时，约翰娜拉开她的大树造型衣服拉链，直接把它脱在地上，然后无比厌恶地一脚把它踢开。此时的她，除了脚上的绿色拖鞋，身上一丝不挂。“唉，这样还好点。”她说。

电梯来了，我们和她一起上了电梯。到七楼下电梯之前，她一直在和皮塔谈论着他的画，皮塔衣服上的灯光映在她裸露的胸脯上。约翰娜下电梯后，我没理睬皮塔，但我感觉到他在笑。查夫和希德尔最后也下了电梯，就剩下我和皮塔。电梯门刚一关上，我就一下子把皮塔的手甩开，而皮塔却忍不住大笑起来。

“怎么啦？”我说着，已到了我们的楼层，我们走出电梯。

“都是你，凯特尼斯。你难道看不出来吗？”他说。

“我什么？”我说。

“他们为什么这个样子，芬尼克拿糖块让你吃，查夫吻你的嘴，约翰娜脱掉了她的衣服。”说话时，他想尽力显得严肃一点，但却不成功，“他们在逗你，因为你太……你知道的。”

“不，我不知道。”我说。我真的不明白他在说什么。

“这就好像那次在竞技场，我快死的时候，你还不敢看我裸露的身体。你就是太……纯了。”他终于说了出来。

“我不是！去年一年，只要是在摄像机前，我都在和你调情！”我说。

“是的，可是……我是说，对于凯匹特人来说，你太纯了。”他说道，显然是为刚才的话打圆场，好平息我的火气。“对我来说，你很完美。可他们都在逗你。”

“不，他们在嘲笑我，你也是！”我说。

“不。”皮塔摇着头，脸上尽力保持着微笑。我气得又要认真地重新考虑是谁该从这次的饥饿游戏中活着回来的问题。这时另一个电梯门开了。

黑密斯和艾菲从电梯里走了出来，他们看上去好像有什么高兴事。但黑密斯的脸色瞬时又严肃起来。

刚才我怎么能那么想呢。我差点说出来。可我看到黑密斯并不是在看我，而是看着我身后餐厅的入口处。

艾菲也朝那边看去，之后她以欢快的口气说道：“好像今年他们给你们弄来了一对侍者。”

我转过身，看到去年饥饿游戏期间一直服侍我的红发艾瓦克斯，觉得有一个朋友在这里真好。同时我也注意到她身边有一个男艾瓦克斯，也是红头发，我想这就是艾菲说的“一对侍者”吧。

可是，我不禁打了个寒噤。这个人我也认识，不是在凯匹特，而是在霍伯市场，多年来我与他闲话家常、拿格雷西·塞的汤开玩笑，最后一次见他是在十二区的广场上，他失去了知觉，躺在盖尔身旁，当时盖尔也被打得血肉模糊，几近半死。

我们的新艾瓦克斯是大流士。

寻找同盟

黑密斯赶紧抓住我的手腕，好像料到我下一步要干什么。可我却惊得一句话都说不出来，就像遭受凯匹特折磨后的大流士一样。黑密斯曾告诉过我凯匹特人把艾瓦克斯的舌头割掉，这样他们就再也不能说话了。在我的心里，我仍能听到大流士的话语，轻松、顽皮，在霍伯市场跟我开玩笑逗我。他的玩笑和其他胜利者拿我寻开心不同，我们真诚地对待彼此。假如盖尔看到了他，又会怎么想呢……

此刻，只要我对大流士做出任何表示，表示我认识他或别的什么，都会使他遭受惩罚，这点我很清楚。因此，我们只是注视着彼此。大流士，现在成为哑巴奴隶；而我，即将进行生死的搏杀。我们又能说什么呢？为彼此的命运惋惜？为对方难过？我们很高兴认识了彼此？

不，认识我，大流士不该高兴。如果我当时在场，去制止斯瑞德，那他就不必站出来救盖尔，不会成为艾瓦克斯，特别是不会成为我的艾瓦克斯。显然，斯诺总统是有意把他安排来服侍我的。

我挣开黑密斯的手，跑回到我以前居住的房间，把门锁上。我坐在床边，胳膊肘支在膝盖上，用手托着前额，在幽暗的房间看着身上闪烁着光亮的衣服。我想象着自己正待在十二区的家中，蜷缩在壁炉旁。衣服上的光亮渐渐退去，直至电量全部用完，灯光消失为止。

艾菲终于来敲门叫我去吃饭，我站起身，脱掉衣服，把它叠整齐，和王冠一起放在桌子上。在浴室，我洗掉了脸上的一道道的浓妆，穿上朴素的衬衣、裤子，穿过大厅走向餐厅。

吃饭时，我心绪不宁，脑子里只想着我们的侍者——大流士和红发女孩。艾菲、黑密斯、西纳、波西娅、皮塔，所有的人都似乎在餐桌旁讨论着开幕式的事情。我故意将一盘豌豆打翻在地，趁着还没人拦我，我赶快弯下身去捡。吃饭时，我一直心不在焉，只有这个动作是有意识的。我打翻盘子的当儿，大流士就站在我身旁，在俯身捡豆子时，我们并排蹲在地上，但我没敢正眼看他。在一个短暂的瞬间，我们的手握在一起。菜里的黄油汁溅了他一手，我可以感觉到他的皮肤很粗糙。在我们不顾一切紧握着的手指间蕴含着一切未能吐露的话语。这时，我听到艾菲在我身后大声说："这不是你该干的，凯特尼斯！"随即，他松开了我的手。

随后我们回到大厅，观看开幕式录像，我挤在西纳和黑密斯中间，因为我不想坐在皮塔身边。大流士的事让我难过，可这事属于盖尔和我，也许还有黑密斯，但却和皮塔无关。他也许认识大流士，已对他点头致意，但皮塔不像我们，在霍伯黑市混的人之间有着特殊的联系。另外，他和其他胜利者一起嘲

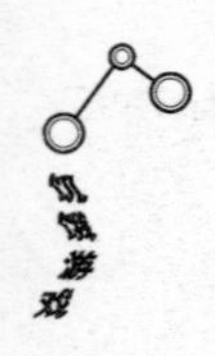

笑我也让我生气，我最不需要别人的同情和安慰。我决计在竞技场保住他的想法没有变，可除此之外，我也不欠他什么。

当我看到游行的彩车驶向城市广场的画面时，我觉得每年都让我们穿着彩装在街市穿行十分糟糕。如果说孩子们穿着彩装很傻的话，那么让年龄很大的胜利者穿着彩装则令人同情。一些稍微年轻些的人，例如约翰娜和芬尼克，或者一些形体没有发生太大变化的人，像希德尔和布鲁托，还没有失去尊严。可大多数人，那些毒品上瘾、疾病缠身的人，装扮成奶牛、大树、面包，就显得很怪异。去年我们仔细讨论每一个参赛者，而今晚，仅有一两句简单的评论。难怪我和皮塔出现时人们会如此疯狂，因为我们穿上服装后显得那么的年轻、健美，符合选手应有的形象。

录像一结束，我就站起来，感谢西纳和波西娅所做的一切，然后我回到卧室。艾菲定了早叫醒服务，以便第二天早餐时大家碰头，商量训练计划。可即使艾菲的声音都显得空洞无力。可怜的艾菲。她终于遇到我和皮塔这样的好选手，露了把脸；可现在一切都乱成一团糟，她想都不敢往好处想。用凯匹特的话说，这就是真正的悲剧。

我上床后不久，听到轻轻的敲门声，我没理睬。我今晚不想皮塔来，特别是在大流士就在附近的时候。这就跟盖尔在身边感觉差不多。噢，盖尔。大流士就在外面，我怎么可能不想起他呢？

我梦里出现的净是舌头。一开始，我惊悚而无助地看着戴胶皮手套的手把血淋淋的舌头从大流士的嘴里取出来。之后，我来到一个晚会上，每个人都戴着面具，一些人的面具上有上下摆动的湿乎乎的舌头。一个人悄悄走近我，在梦中，我觉得这个人就是芬尼克，他抓住我并摘下面具，可出现在我面前的却是斯诺总统，他肥厚的嘴唇正滴着血红的口水。最后，我出现在竞技场，我的舌头干得像砂纸，想来到水塘边，可每当我快要靠近时，水塘却总是向后退去。

我从梦中醒来，跌跌撞撞地冲到盥洗室，对着水龙头狂喝，直到我再也喝不下去为止。我脱下浸满汗水的衣服，光着身子躺回到床上，迷迷糊糊地又睡着了。

第二天早饭时我尽量拖着不想下楼，实在不想讨论训练计划了。有什么可讨论的？每一个胜利者都清楚其他人有什么技能，或者至少过去有什么技能。皮塔和我还要扮作恋人，不过尔尔。不知怎的，我就是不想谈论这些，特别是在哑然无声的大流士站在一旁时。我洗了个长长的澡，慢条斯理地穿上西纳为我准备的训练服，然后通过对讲话筒定了早餐。一分钟后，香肠、鸡蛋、土豆、面包、果汁和热巧克力送到了我的房间。我吃了个饱，一点点地消磨时间，想尽量拖到十点钟，这是我们到训练中心集合的时间。九点三十分，黑密斯砰砰地敲我的门，他显然已经等烦了。他命令我赶快到餐厅集合。马上！可是，我还是不慌不忙地刷了刷牙，之后才慢腾腾地来到大厅，又成功地拖延了五分钟。

餐厅里除了皮塔和黑密斯已经没人了。黑密斯喝了酒，再加上生气，脸涨得通红。在他的手腕上戴着一个纯金手镯，上面绘着火焰花纹，显然，他对艾菲的“配套饰品计划”做出了让步。他很不自在地扭动着手腕。那手镯还真挺漂亮，可他不停地扭动手腕，好像挺别扭，手镯看起来也就更像手铐而非首

饰。“你迟到了。”他冲我吼道。

“对不起，我做了一晚上割舌头的噩梦，所以起不来了。”我本来想显得凶点，可我的声音到了末尾就变小了。

黑密斯开始时板着脸，之后又变温和了。“好吧，没关系。今天的训练，你们有两个任务，第一，要像恋人。”

“肯定。”我说。

“第二，交一些朋友。”黑密斯说。

“不，”我说，“我不信任任何人，多数人让我不能忍受，我宁愿就我们两人合作。”

“我开始也是这么说的，可是——”皮塔说。

“可这不够。”黑密斯坚持说道，“这次你们需要更多的盟友。”

“为什么？”我问。

“因为你们处于绝对弱势。你们的对手彼此认识已经多年了。那么，你觉得他们会首先把谁当作目标？”他说。

“喔，那无论我们怎么做都不可能打破他们多年的友谊。”我说，“所以，干吗费这个神？”

“因为你有能力搏杀。你在他们中很吃香。他们还是愿意和你结盟的。只要你让他们知道你愿意和他们结盟就行了。”黑密斯说。

“你是说今年你想让我们跟职业选手联手？”我问，掩饰不住内心的厌恶。传统上，来自一区、二区、四区的选手会结成同盟，往往还会带上几个特别好的选手，一起捕杀力量弱的选手。

“这一直就是我们的策略，不是吗？要像职业选手一样训练?”黑密斯反驳道,“谁属于职业选手同盟往往都在赛前决定,皮塔去年刚好在他们里面。”

回想起去年的情形,当我发现皮塔和其他职业选手在一起时内心有多么厌恶。“所以我要尽量和芬尼克、布鲁托联合起来,你是这个意思吧?”

“也不一定。每个人都是胜利者。自己组成自己的联盟,如果你愿意的话。我建议你们跟查夫、希德尔联合。当然,芬尼克也不可忽视。”黑密斯说,“找到对你们有用的人,和他们联合起来。记住,竞技场里并不都是蹒跚学步的孩子,不管这些人外表看起来如何,他们都是老练的杀手。”

他说得也许没错,可问题是我该信任谁?也许希德尔吧。但是,如果我最终不得不与她厮杀,我还愿意和她建立盟约吗?不。可是,我在同样情况下曾和露露达成盟约。我告诉黑密斯我会尽力,尽管我清楚自己这么做感觉很糟。

艾菲来了,要我们到楼下集合。今年艾菲定的集合时间比去年早,因为去年我们虽然没有迟到,但却是最后到的。但黑密斯说他不会陪同我们一起到训练场,因为其他选手都没有保姆陪同。另外,作为最年轻的选手,更应该显得独立。所以,只好由艾菲带我们到电梯旁,她一路上还不停地替我们整理头发,又替我们把扣子扣好。

训练场近在咫尺,几分钟就到了,我们也没时间说话。当皮塔拉住我的手时,我也没把他的手甩开。也许昨晚我冷落了他,但在训练场,我们要摆出不离不弃的样子。

艾菲不用担心我们落到最后了,来到训练场时,只有布鲁托和二区的女选手伊诺贝丽在那里。伊诺贝丽三十来岁,在我

的记忆中，她在一次徒手搏斗时用牙齿咬断了对方的喉咙。她因此成名，在成为胜利者后，她特意修整了牙齿，使之成为狼牙的形状，并镶了金。她在凯匹特可不乏追捧者。

到了十点钟，选手只有一半到场。负责训练的女教员阿塔拉也不管训练人数的多少，开始训话。也许她早想到会这样。我也松了口气，这样我也就不用假装着跟他们交朋友了。阿塔拉宣布了所有训练站的名称，其中包括搏击和生存技巧，然后让我们自由训练。

我告诉皮塔我们最好分开训练，这样我们就能接触更多的训练项目。于是他与布鲁托、查夫一起练习掷矛，而我去练习打绳结。这里几乎没什么人。我很喜欢这位教员，而他也还记得我，并对我有良好印象，说不定去年我就跟他练习过。我仍记得如何设计圈套，这种圈套可以将逮住的人一条腿吊在树上，他看到后十分高兴。显然，他对我去年设计圈套的情况做过记录，很高兴看到我取得了进步。所以，我想让他帮我复习所有便于使用的打绳结的方法，再教会我一些不太常用的方法。我心想，整个上午都能单独向教员学习，我也很满意。可是，约一个半小时后，我正在满头大汗地打一个很复杂的绳结，这时一个人从我身后伸出手来，毫不费力地就把绳结打好了。当然，这人是芬尼克，我猜，他肯定从小就在摆弄三叉戟、为织网打各种各样的绳结。我在一旁观察了一分钟，他拿起一截绳子，打成一个套索，然后为了逗我乐，装成自己被勒死的样子。

我垂下眼皮，没理睬他。然后朝一个学习取火的空训练站走去。对取火的技巧，我已经很熟练，但我对火柴的依赖性也很强。所以，教员教我用打火石、铁块、烧焦的棉布进行点火训练。这比看上去的难得多，我全神贯注地用心学，也用了差不多一个小时才把火点着。我脸上露出胜利的微笑，抬起头来，却发现自己身边还有别人。

三区的两个选手站在我旁边，正在努力学习用火柴点火。我想离开，可又很想再试用一下打火石。再说，要是回去给黑密斯汇报，我告诉他跟这两个人交朋友也勉强说得过去。这两个人都个头不高，皮肤苍白，头发黝黑。那个女的，名叫韦莉丝，和我妈妈年龄相仿，说话时显得平和而聪慧。但我很快又发现她习惯话说到一半就停下来，好像忘记了听话者的存在。那个男的，名叫比特，年龄比她要大些，好像总是坐立不安的样子。他戴着眼镜，但多数时候却从眼镜的下方看东西。他们有些怪，但我肯定他们至少不会在我的眼前脱得精光，让我感到不舒服。而且他们是三区来的，也许能帮我证实三区发生了暴动。

我在训练场扫视了一圈。皮塔正站在一群言语粗俗的选手中间，练习抛刀子；六区的两个吗啡瘾君子正在学习迷彩，在彼此的脸上画了些亮粉色的旋涡形线条；五区的男选手正在击剑训练区呕吐；芬尼克和他们区的老年女人正在进行箭术训练；约翰娜·梅森又裸露着身体，正在全身抹油，为摔跤课做准备。我决定还是留在原地。

看来，韦莉丝和比特是不错的伴儿。他们似乎很友好，也并不随便探听他人的隐私。我们谈起了才艺，他们告诉我他们俩都喜欢发明，这使得我的服装设计的小伎俩相形见绌。韦莉丝谈起她正在发明的缝纫装置。

“它可以感知织物的密度，从而控制——”她说，这时她的注意力转移到一撮干草上，把话停了下来。

“缝纫的力度。”比特继续解释道，“完全是自动的，它避免了人为的错误。”之后他谈起最近成功发明的一种体积很小的芯片，这种芯片可以藏在一片闪光纸屑里面，但却能储存长达几个小时的歌曲。我想起来奥克塔维亚在我拍婚纱照时，曾提起过这种东西。我瞅准这个机会，想把谈话慢慢引到暴动的话题上。

“噢，对啊，我的化妆师说几个月以前他们因为买不到这种东西，特别着急。”我假装不经意间提起这事，“从三区订的好多货都当作备用品了吧，我猜。”

贝特从眼镜下面看着我，“是啊，你们今年也有煤炭储备吗?”他问。

“没有，嗯，今年他们派来新警长，耽误了几周时间，不过也没什么大问题。”我说，“我是说生产方面。可是老百姓两周待在家里不干活，就要挨两周的饿。”

我想他们明白我说的话，我们区没有暴动。“唔，真是的。”韦莉丝用略显失望的口气说道，“我发现你们区很……”她的话说了半截，被脑子里想的其他事打断了。

“有意思。”贝特补充道，“我们这两个区都是这样。”

我知道他们区比我们区更苦，心里真不是滋味。“唔，十二区的人并不多，”“至少不能从治安警人数的多少来判断，可我觉得我们确实挺有意思。”我说。

当我们朝建房训练站走去时，韦莉丝一直盯着极限赛组委所在的看台，他们有的在溜达，有的在喝酒、吃肉，也有的在看着我们。“瞧。”她说，头朝他们的方向轻点了一下。我抬起头，看到普鲁塔什·海文斯比穿着华丽的紫色长袍，毛皮镶边的领口，这身装扮表明了他赛组委主席的身份，他正坐在桌旁吃火鸡腿。

我不明就里，可我还是随口说道：“嗯，他今年刚被提拔成赛组委的头。”

“不，不。那，看桌子角。你可以……”韦莉丝说。

比特也从眼镜后面斜着眼看：“你仔细看。”

我朝那个方向看去，还是不明白。可，随后，我看清楚了。在桌子角，有一块大约六英寸见方的地方好像在振动，似乎有气体从里面吹出来，桌布在微微颤动，桌布下面桌子的棱角已经不明显了，在那个位置刚好放着一个高脚杯。

“是电磁力场，它把我们和赛组委员隔开了，不明白他们为什么这么做。”比特说。“可能是因为我吧。”我说，“去年在单独训练时，我朝他们射了一箭。”比特和韦莉丝充满好奇地看着我。“那时我给惹急了，所有的电磁力场都有那么振动的一小块吗?”

“一条缝。”韦莉丝含混地说道。

“‘盔甲上的裂缝’，也就是它的缺陷。”比特补充道，“它最好是看不见的，不是吗?”

我还想再问，但这时中饭时间到了。我四处看寻找皮塔，他正跟其他的十来个胜利者在一起，所以我决定就跟三区的这两个人一起吃。兴许我能把希德尔也叫来跟我们一起吃。

我们朝餐厅走，却发现皮塔的那伙人又在搞新花样。他们把小桌拉到一起，拼成一张大桌子，让大家一起吃。这下子我不知该怎么办才好了。即使在学校，我也不愿和大家挤在一张桌子上吃饭。说实话，要不是马奇习惯跟我凑在一起，兴许我就会一直一个人吃。我倒是有可能跟盖尔一起吃，不过我们差两个年级，开饭时间从来不可能碰到一起。

饭菜放在餐车上，绕屋子一圈，我拿着托盘取餐，走到炖菜前面时，皮塔走了上来。“怎么样？”

“不错，挺好。我喜欢三区的胜利者。”我说，“韦莉丝和比特。”

“真的吗？”他问，“别人都觉得他们很可笑嘞。”

“我怎么也不觉这有什么了不起的。”我说。我回想起在学校时，皮塔周围总是围着一帮朋友。我以为他只会觉得我怪，没想到他还挺注意我，真是不可思议。

“约翰娜给他们起的外号是‘坚果’和‘伏特’，我想女的叫‘坚果’，男的叫‘伏特’。”他说。

“所以，我认为他们有用是很愚蠢的喽，就因为约翰娜·梅森在参加摔跤训练时，一边给自己的胸脯抹油一边心不在焉地说的那些话。”我反唇相讥。

“说实话，他们的外号已经叫了很多年了，我这么说也并不是想侮辱他们，只不过大家传递一种信息罢了。”他说。

“其实，韦莉丝和比特挺聪明的。他们会发明，他们看一眼就知道在赛组委和咱们之间设置了防暴装置。如果我们还想跟人联手的话，我宁愿选他们。”我说着，把勺子往炖菜里一扔，溅了我们俩一身的肉汁。

“你干吗这么生气？”皮塔问，边把肉汁从衬衫上擦掉，“就因为我在电梯上逗了逗你？对不起，我以为你笑笑就得了。”

“别提了，”我边说边摇头，“好多事呢。”

“大流士。”他说。

“大流士，比赛，黑密斯让咱们和别人联手。”我说。

“不行就咱们俩也可以，你知道。”他说。

“我知道，可也许黑密斯说得没错。别告诉他这是我说的，只要是和饥饿游戏有关的事，一般他说的都没错。”我说。

“那好吧，和谁联手最终你说了算。可就目前来看，我倾向于希德尔和查夫。”皮塔说。

“我觉得希德尔还可以，可查夫不行。”我说，“不管怎么说，现在还不行。”

“过来咱们一起吃吧，我保证这回不会让他再亲你啦。”皮塔说。

查夫吃饭时表现还不错。比较冷静，他大声说话，开了很多玩笑，但多数都是自我调侃。我明白了为什么他跟黑密斯相处那么好，因为黑密斯心情阴郁。可我还是不敢确定是否要跟他联合。

我尽量表现得随和一些，不仅对查夫，对其他人也一样。吃完饭，我和八区的选手一起在食用野生昆虫训练站训练。一个是茜茜莉亚——三个孩子的母亲，另一个是伍夫，上了年纪，听觉很差，他对于眼前的训练似乎不大熟悉，总想把有毒的昆虫往嘴里塞。我很想跟他们提起在林子里见到特瑞尔和邦妮的事，可又不知该怎么说。一区的兄妹凯什米尔和格鲁兹邀请我一起练，我们鼓弄了一会儿吊床。他们彬彬有礼，但也很冷漠。去年我杀死一区的格丽默和马尔夫的事一直在我的脑子里盘桓，兴许他们认识这两个人，没准还是他们的指导老师

呢。我心不在焉，床搭得一般，和他们联手的愿望也不强烈。在剑术训练站，我碰到了伊诺贝丽，说了几句话，可显然，我们俩都不想跟彼此联手。在我学习捕鱼技巧时，芬尼克又出现了，这回，他把同样来自四区的玛格丝介绍给我认识。玛格丝有浓重的本区口音，口齿含混不清，我想，她很可能得过中风，她每说三四句话，我还拼不成完整的一句话。但她很灵巧，可以把任何东西做成鱼钩——骨头、荆棘、耳环。不一会儿，我就不再理睬培训教师在说什么，而是一心一意地学起了玛格丝的手艺。最后，当我用弯钉做了一个挺不错的鱼钩，并把它拴在我的头发上时，她咧开没牙的嘴朝我笑着，边对我叽里咕噜地说着什么，好像是在表扬我。我突然想起来她自愿替代了本区那个歇斯底里的年轻女人，她肯定不是觉得自己能赢，而是为了救她，就像我去年自愿救波丽姆一样。于是，我决定选她做盟友。

太好了。现在我可以回去，对黑密斯说我选择了一位八十岁的老太太、“坚果”和“伏特”作为盟友。他肯定高兴。

所以，为了自己心智健康，我放弃了选择朋友的念头，跑到箭术区练起射箭。这里真是太棒了，可以试用各种各样的弓和箭。培训教师泰格斯看到固定箭靶已经不能满足我的需求，就干脆把假鸟发射到空中，给我做活动箭靶。起先，这主意看上去并不怎么样，但很快，我发现这么做很好玩，跟射活物差不多。我箭无虚发，箭箭射中目标，他也干脆不断增加数量。我忘记了自己是训练场，忘了其他的选手，忘了自己的不幸，完全沉浸在射箭的快乐中。我开始尝试一次射击五只鸟，这时候我突然感觉周围太静了，静得每只假鸟落地的声音都清晰可辨。我转过身，发现大多数的选手都停下手里的活，盯着我看。脸上表情各异，有嫉妒，有厌恶，也有艳羡。

训练结束后，我和皮塔随便溜达着，等着黑密斯和艾菲来，一起去吃饭。黑密斯一见面便兴冲冲地对我说："瞧，有一半的选手都跟他们的指导老师说要选你做盟友。我知道，大家这么做肯定不是因为你性格开朗。"

"他们看见她射箭了。"皮塔笑着说，"事实上，我也看见她射箭了，第一次这么真切地看到。我自己都要正式提出要求了。"

"你有那么棒吗？"黑密斯问我，"就连布鲁托都想和你联手？"

我耸耸肩："可我不想和布鲁托联手。我想要玛格丝，还有三区的两个人。"

"你当然会选他们。"黑密斯叹了口气，点了瓶葡萄酒，"我会告诉他们你还没拿定主意。"

在我射箭表演之后，还时不时会有人拿我调侃，但我已经不觉得那是讽刺了。事实上，我觉得自己已经开始被列入胜利者的小圈子。在接下来的两天里，我几乎和所有的选手都有接触，甚至吗啡瘾君子。他们和皮塔一起，把我画成了田野里黄色的花朵。甚至芬尼克也花了一小时教我使用鱼叉，作为交换，我也用了一小时教他箭术。而我对这些人的了解越深入，情况就越糟。因为，总的来说，我不讨厌他们，有些人我挺喜欢；而多数人自身情况很糟，甚至激发了我要保护他们的本能。但是，要想救皮塔，他们都不得不毙命。

最后一天训练，要进行个人测试。我们每个人允许有十五

分钟时间，在极限赛组织者面前展示自己的技能。可我不清楚大家究竟要展示什么。吃午饭时，大家都不停地拿这事开玩笑。我们能干什么呢？唱歌、跳舞、跳脱衣舞、讲笑话。玛格丝——我对她了解得也多点了——竟然说干脆睡上一觉。我不知道自己要做什么。射箭吧，我琢磨着。黑密斯说尽量让他们吃一惊，可我真的没什么好想法。

因为是十二区的选手，我最后一个上场。选手们一个接一个上场，餐厅里也越来越静。在人多的时候，大家很可以表现出一贯的玩世不恭、无所畏惧。但，当人们一个个在门口消失的时候，我能想到的一切就是，他们只有几天时间，就要魂归西天了。

最后只剩下皮塔和我。他越过桌子，伸出手来握住我的手："想好要展示什么了吗？"

我摇摇头："今年我不能再拿他们当练习靶了，那里有电磁防暴区。也许制作个鱼钩什么的吧。你呢？"

"没想好呢。我一直希望能烤个蛋糕什么的。"他说。

"再弄个迷彩吧。"我建议。

"要是吗啡瘾君子还给我留有余地的话。"他狡黠地说，"训练一开始，我就一直被黏在那个训练站里。"

我们一言不发地坐了一会儿，我突然把我们俩的心思说了出来："咱们怎么杀死这些人呢，皮塔？"

"我不知道。"他低下头，把额头抵在我们交叉在一起的手上。

"我不想和他们联合。黑密斯干吗要咱们和他们认识啊？这次情况就比上次复杂多了。当然，露露是个例外。当时就算有可能，我猜我永远都不可能杀死她。她和波丽姆太像了。”我说。

皮塔抬起头来，看着我，眉头紧皱，“她死得太惨了，不是吗?”

“每个人死得都很惨。”我说。脑子里出现了格丽默和加图死时的情形。

有人叫到皮塔的名字，现在只剩下我一个人。十五分钟过去了，半个小时，过了将近四十五分钟，才有人来叫我。

一进去，就闻到强烈的清洁剂的味道，有一只垫子被拉到了训练场中央。去年的此时，看台上的极限赛组织者喝得醉醺醺的，心不在焉地从桌上的盘子里挑选着美味珍馐。而此时的氛围明显与上次不同。他们低声耳语着，脸上露出愠怒之色。皮塔究竟干了什么？他惹恼他们了吗？

我的心突然揪成了一团。这不是好兆头。我不想让极限赛组织者因为恼火而把皮塔作为唯一清理的目标。我要把皮塔从他们的怒火中拯救出来。可是，他怎么惹恼了他们？换了我，我只会做得有过之而无不及。对于那些绞尽脑汁把杀死我们当乐事之人，我多想撕破他们自鸣得意的假面具，让他们也知道在凯匹特残忍的杀人手段面前，我们很脆弱，而他们也同样不堪一击。

你们知道我有多恨你们吗？我暗想，**你们这些挖空心思设计饥饿游戏的家伙？**

我眼睛直视着普鲁塔什·海文斯比的眼睛，但他似乎有意避开我，在整个训练期间，他一直如此。我回想起他当时怎样邀请我跳舞，怎样兴致勃勃地给我看他表上的嘲笑鸟。可在这

里，他的友好举止已经无处展示。怎么可能呢？我是一个“贡品”，而他是赛组委主席。如此权重位高、如此遥不可及、如此安全无忧……

突然，我有了主意。只要我这么做，无论皮塔做了什么大逆不道之事，都是小巫见大巫，我也就可以救他于水火之中。我走到结绳训练站，拿起一截绳索，打起了绳结。以前只看过芬尼克灵巧的手指快速地弄过，而我没打过这种结，所以挺费力气。大约十分钟之后，我把绳结打好了，还可以。我把假人拖到场地中央，借助双杠，把它从脖子那吊起来。如果能把假人的手反剪效果更好，可我想时间恐怕不够了。我又快速跑到迷彩训练站。看来这里有人来过，肯定是吗啡瘾君子，他们把这里弄得一团糟。我找到一个坛子，里面盛着血红的浆果汁。我用手指蘸上果汁，小心翼翼地把字写在假人身上，同时用身体遮住不让评委看到，包裹假人的肉色的布料很吸水，字很好写。写好后，我快速走开，然后观察评委们的反应。假人的身上写着：

塞内卡·克林。

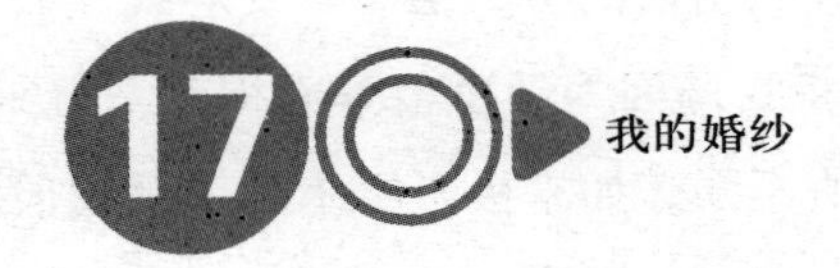

这一招立刻产生了效果，而且很令人满意。有几个评委发出了轻声的呼喊，有的手里的酒杯掉到了地上，发出音乐般清脆的响声，两个人好像要晕过去了。每个人脸上都露出了无比震惊的表情。

此时，我终于引起了普鲁塔什·海文斯比的注意。他死死地盯着我，果汁从他手里捏烂的桃子里挤出来，顺着手指往下流。最后，他清了清嗓子说："你可以走了，伊夫狄恩小姐。"

我尊敬地点点头，转身走开。但在离开前的最后一刻，我忍不住又把坛子里的浆果汁朝身后扔去。我听到果汁泼洒在假人身上的声音，混杂着几只酒杯落地的声音。直到电梯来时，我都没看到任何人挪动身体。

这让他们大吃一惊，我想。我很鲁莽，很冒险，无疑我要付出十倍于此的代价。可此时此刻，我感觉到的是兴奋和快乐，那就先让我品尝快乐的滋味吧。

我想马上找到黑密斯，然后告诉他这事，但周围没有人。

我想他们可能正在准备吃饭。那么，好吧，我先回去洗个澡，反正我弄得满手都是果汁。我洗澡时，开始思考今天自己的做法是否明智。我一直在想的问题是“这对皮塔获得生存的机会有帮助吗？”间接地讲，不会。训练的情况是高度保密的，所以，如果没人知道我干了什么出格的事，也没必要对我采取进一步的行动。事实上，去年我还因为做事鲁莽而得到了好处。当然，这次的行为性质有所不同。如果极限赛组织者对我很生气，决定在竞技场惩罚我，那么，皮塔也会遭受同样的境遇。也许我今天太冲动了。可是……我内心还是不会为此后悔。

吃饭时，我发现皮塔刚洗了澡，头发还是湿的，但他的手上还是沾满染料。那么，他还是用了迷彩。汤一上来，黑密斯单刀直入，说：“好，你们今天的个人测试怎么样？”

我和皮塔交换了一下眼色。不知怎的，今天的事，我还不想马上说出口。在安宁的餐厅，这事听上去太过激了。“你先说。”我对他说，“肯定很特别吧，我等了四十多分钟才进去。”

皮塔好像和我一样，也不太愿意说。“唔，我——我使用了迷彩，听了你的建议，凯特尼斯。”他吞吞吐吐地说，“严格说，不是迷彩。我是说，我用了染料。”

“干了什么？”波西娅问。

我回想起自己进到现场时，评委有多么的不快。还有清洁剂的味道，以及拖到场地中央的垫子。是不是为了盖住冲洗不掉的痕迹？“你画了什么，对吗？一幅画？”我说。

“你看到了吗？”皮塔问。

“没有，他们特意遮住了。”我说。

“嗯，这很正常，他们不会让一个‘贡品’看到另一个

‘贡品’做了什么。”艾菲漫不经心地说道，“那你画了什么，皮塔?”突然，她眼睛有些湿润了，“是凯特尼斯吗?”

“他为什么要画我呀，艾菲?”我问，有点气恼。

“表示他要做出一切去保护你啊。不管怎样，在凯匹特每一个人也都是这样期望的。难道他不是自愿来到竞技场保护你的吗?”艾菲说道，好像这是世界上最显而易见的事情。

“事实上，我画了露露。”皮塔说，“凯特尼斯拿花放在她身上时她的样子。”

饭桌上出现了长时间的沉默，大家在内心思量着这件事。“那么，你想要达到什么样的效果?”黑密斯字斟句酌地说道。

“我也不肯定，我只是想提醒他们应对自己的所作所为负责任，哪怕只是眼前的一小会儿。”皮塔说，“对杀死的那个小女孩负责。”

“这太糟了。”艾菲的话带着哭腔，“这种想法……是不允许的，皮塔，绝对不允许。你只会给凯特尼斯和你自己惹来更多麻烦。”

“在这点上，我不得不同意艾菲的说法。”黑密斯说。波西娅和西纳沉默不语，可他们表情严肃。当然，他们是对的。尽管皮塔的做法令我担心，但我得承认，他这么做太令人吃惊了。

“虽然说这话不是时候，可我也得说我吊起了一个假人，在他身上写上了塞内卡·克林的名字。”我说。此话一出，立刻引起预想的效果，大家先是不相信，接着，反对之声雨点般落在我身上。

“你……啊……塞内卡·克林?”西纳说。

“嗯，我本想展示打绳结的技巧，可快打好时，就变成了那样。”我说。

“噢，凯特尼斯，”艾菲压低声音说，“这事你是怎么知道的?”

“这是秘密吗？看斯诺总统的样子，可不像啊。事实上，是他急于让我知道呢。”我说。艾菲离开座位，用餐巾捂住脸。“瞧，我让艾菲不安了，我该撒谎，说我射了箭。”

“人们肯定以为我们是计划好了这么做的。”皮塔说道，脸上露出不易察觉的微笑。

“难道不是吗?”波西娅问道。她用手指捂住眼睛，好像在挡住刺眼的光线。

“不，”我说着，一边用欣赏的眼光看着皮塔，“我们在进去之前根本不知道彼此要干什么。”

“哦，黑密斯?”皮塔说道，“我们已经决定在竞技场不要任何盟友。”

“好吧，那你愚蠢地杀死我的任何朋友我都不负责任。”他说。

“我们正是这么想的。”我对他说。

我们静静地吃完了饭，但当我们起身去客厅时，西纳站起身搂住我，说：“来吧，咱们去看看成绩吧。”

我们都坐在电视机旁，把红着眼的艾菲也叫了过来。“贡品”的脸一个个出现在画面上，测试分数打在屏幕下方。从一到十二。可以想见，凯什米尔、格鲁兹、布鲁托、伊诺贝丽、芬尼克都会得高分，其他人分数从中到低。

“以前打过零分吗?”我问。

“没有，但任何事都有第一次。”西纳答道。

结果证明他是对的。我和皮塔都得了十二分，这是饥饿游戏前所未有的。但我们都没有庆祝的心情。

“他们为什么这么做?”我问。

“这样其他人别无选择，只能把你当靶子。”黑密斯平淡地说，“去睡吧，你们俩我一个也不愿看到了。”

皮塔默默地陪我走到房间门口，没等他道晚安，我就用胳膊搂住了他，头抵在他胸前。他用手抚摸着我的后背，脸颊贴着我的头发。“要是我把事情弄糟了，实在对不起。”我说。

“没有我糟。你究竟为什么要那么做呢?”他说。

“我也不知道，也许想让他们知道我不是游戏中一颗任人摆布的棋子吧。”我说。

他轻笑了一下，无疑，他又回想起去年饥饿游戏前夜的情形。我们谁也睡不着，于是爬上楼顶。皮塔当时说了些类似的话，可我没能理解他。现在，我理解了。

“我也是。”他对我说，“我并不是说我不会努力，我会努力让你活着回去。可是，如果事实是……”

“如果事实是，你认为斯诺总统已经直接给他们下了命令，一定要在竞技场要了我们的命。”我说。

“我是这么想过。”皮塔说。

我也这么想过，反复地想过，我想，如果我无法离开竞技场，那么我还希望皮塔能活着。不管怎么说，拿出那些有毒浆果的不是他，是我。没有人怀疑过皮塔的反叛精神是出于对我的爱。所以，斯诺总统也许愿意选择让他活着，遍体伤痕、伤心欲绝地活着，作为对其他人的警示。

“可就算事实真的如此，那么人们也会知道咱们确实和他们斗争了，对吧？”皮塔问。

“是的，每个人都会知道。”我答道。此时此刻，我不再只顾及个人的悲惨遭遇，自从宣布举办世纪极限赛以来，这还是第一次。我想起了十一区被他们打死的老人，想起了邦妮、特瑞尔，还有传说中的暴动。是的，各辖区的每一个人都在看着我们怎样对待这种生死的判决，怎样对待斯诺总统的强权。他们要找到某种迹象，去表明他们的斗争并非徒劳。如果我公开地蔑视凯匹特并坚持到最后，凯匹特可能会夺去我的生命……但却无法摧毁我的精神。还有什么比这更能给予反抗者以希望呢？

这种想法太好了，我牺牲自己，去挽救皮塔的生命，这种行为本身就是对凯匹特的蔑视，是对凯匹特制定的游戏规则的抗拒。我个人的计划与公开的日程不谋而合。如果我真的能救出皮塔，对于发动一场革命是理想的选择。那样，我的死便具有了更大价值，人们会把我当作一项高尚事业的殉难者，会把我的脸绘在旗帜上，这将比我活着凝聚更多的力量。而皮塔活下去才具有了更大价值，他会将个人的哀痛转化成语言，去激励更多的人们。

如果皮塔知道我在这方面的任何想法，他最终就不可能做到。所以我只是说：“咱们最后几天干点什么？”

“我愿意将生命的最后时光与你一起度过，每分每秒。”皮塔回答。

“那么，过来吧。”我说着，把他拉到了我的房间。

我能跟皮塔睡在一起，是多么奢侈的享受。直到此时，我才意识到自己多么渴望与人亲密接触，多么渴望在黑暗中有皮塔陪伴在我身边。我希望自己不要浪费生命的最后几个夜晚，将他关在门外。我躺在他温暖的臂弯里，渐渐沉入了睡眠。当我睁开眼时，晨光已穿透了玻璃窗。

“你没有做噩梦。”他说。

“没有。”我肯定地说道，“你呢？”

“没有，我都快忘了香甜的睡眠是什么滋味了。”他说。

我们在床上躺着，并不急于开始新的一天。明晚要进行电视访谈，所以，今天艾菲和黑密斯要对我们进行指导。**还要穿高跟鞋，还要听他们的嘲讽**。我心里暗自想着。但这时，红发艾瓦克斯捎来了艾菲的条子，上面说鉴于我们最近已做了胜利巡演，所以她和黑密斯一致同意我们自由处理在公众前的访谈。培训取消。

“真的吗？”皮塔说。他把字条从我手里拿过去，仔细地看着。“你知道吗，这就是说咱们有一整天的时间归自己支配。”

“咱们哪儿也不能去，也不怎么好。”我满心渴望地说道。

“谁说不能？”他问。

楼顶。我们要了些吃的，随手拿起几张毯子，来到楼顶。我们一整天都待在铺满鲜花的楼顶花园，伴随着叮叮咚咚的风铃声，快乐地野餐。我们吃东西，晒太阳。我揪下垂吊的藤蔓，利用我新学的知识，编织起网子，打起了绳结。皮塔给我画像。我们还利用楼顶四周的电磁防暴墙做起了游戏—— 一个人把苹果扔过去，另一个人把它接住。

没有人打扰我们。傍晚，我把头枕在皮塔的膝头，编着花冠，而皮塔用手指缠绞着我的头发，说是要练习打结。过了一

会儿，他的手突然不动了。“怎么啦?”我问。

“我真希望能让这一刻凝固，此时、此刻，直到永远。”他说。

以前，每当他说起这样的话，对我表白他永远不变的爱时，我都有种负疚感，很不舒服。可这次，我感受到的却是阵阵的暖意，我不再为根本不存在的未来担心忧虑。这么想着，我的话脱口而出：“好吧。”

我听到他在笑，“那你同意了?”

“我同意。”我说。

他的手指又回到我的头发里，我也迷迷糊糊地睡过去了。可他摇醒了我，叫我看日落。美丽的晚霞染红了凯匹特的天边，“你一定不想错过这美丽的景色吧。”他说。

“谢谢。”我说。我能看到的晚霞已经屈指可数了，我不想错过任何一个。

我们不想去吃饭，不想见到其他人，也没有人叫我们。

“我在这儿很开心。我已经厌倦了让自己周围的人为我而难过。”皮塔说，“每个人都在哭。噢，黑密斯……”他无需再说下去了。

我们在楼顶一直待到上床的时间，之后我们悄悄地溜到我的房间，路上也没碰到任何人。

第二天一早，我的化妆师们来叫醒我。奥克塔维亚一看到睡在一起的我和皮塔马上就受不了了，忍不住大哭了起来。“你要记住西纳的话。”维妮娅厉声说。奥克塔维亚点点头，哭着跑了出去。

皮塔回到自己房间化妆，剩下我和维妮娅、弗莱维待在屋子里。通常他们在一起时叽叽喳喳的闲聊已经消失了。除了在化妆时让我抬头、说说化妆技法，他们几乎没说话。快到午饭时间了，我突然觉得什么东西滴落在我的肩头上，我转过身，看到弗莱维边给我剪头发，边默默地流泪。维妮娅给他使了个眼色，之后他把剪子轻轻地放在桌子上，离开了房间。

现在只有维妮娅一个人在给我化妆。她的皮肤苍白，上面的文身似乎要从皮肤上脱落下来。她脸上没有表情，决计忍住内心的哀痛。她为我弄头发、修指甲、化妆。她纤细的手指不停上下翻飞，来弥补她同伴的空缺。整个化妆的过程，她都避开了我的目光。最后西纳出现，允许她离开，这时她才抬起头来直视着我，说："我们都想让你知道……能把你打扮漂亮，是多么大的荣幸。"之后，她匆匆地离开了。

我的化妆师们，我的愚蠢、浅薄，然而又很可爱的宠物，他们对羽毛和晚会是那么的痴迷，可最后却用他们特别的告别方式碾碎了我的心。维妮娅的话表明我们大家都心照不宣，我再也回不来了。**难道全世界的人都知道这一点？**我心里纳闷。我看看西纳，不用说，他也知道。但正如他说的，他不会流泪。

"那么，我今晚穿什么？"我问着，眼睛看着他手里拎着的服装袋。

"斯诺总统亲自指定你穿这件衣服。"西纳说。他拉开拉链，露出了里面我拍婚纱照时所穿的婚纱。白色重磅真丝，低领，卡腰，坠地长袖。还有许多装饰珍珠，衣服上、绕颈的长丝带上，还有面纱上。"虽然在电视上播放婚纱照的当晚，他们宣布了世纪极限赛的消息，可人们还是为自己最喜爱的婚纱投

了票，这是赢得第一名的那件。斯诺总统让你今晚穿这件。我们反对也没用。”

我用手指拈起衣角，在手里揉着，思忖着斯诺这样做究竟是什么意图。因为我的行为冒犯了凯匹特，因而我的痛苦、我的损失、我的屈辱将是斯诺总统最希望看到的。而他认为我穿着婚纱可以达到这个目的。总统把我的婚纱变成了我的裹尸布，这是多么野蛮的行径，这重重的一击将使我的内心伤痕累累。“哦，这衣服浪费了也挺可惜的。”我淡淡地说。

西纳小心地帮我穿上衣服。衣服穿好后，我忍不住抱怨起来。“这衣服总是这么沉吗？”我问。我记得以前有几件衣服确实很沉，可这件感觉像是有一吨重。

“因为光线的缘故，我又做了些改动。”西纳说。我点点头，可我没觉得光线和改衣服有什么关系。他又帮我穿上鞋，戴上珍珠首饰和面纱。又为我整了整妆，然后我们一起出门。

“你真是太漂亮了。”他说，“喏，凯特尼斯，因为这衣服很合体，所以不要把手臂抬得超过头顶。唔，到你转圈时，再抬起来。”

“我还要转圈吗？”我问道，回想起去年穿着服装转圈的情形。

“我肯定凯撒还会让你转圈。如果他没有，你自己提出来。只是不要一上台就转，把它留到最精彩的时刻。”西纳对我说。

“你给我一个信号，我好知道什么时候合适。”我说。

“好吧。你的访谈有什么计划吗？我知道黑密斯让你们自己设计话题。”他说。

“我们没有。今年就看现场发挥吧。可笑的是，我一点也不紧张。”是的，我确实不紧张。不管斯诺总统多么恨我，观众还是我的观众。

我们在电梯口碰到了艾菲、黑密斯、波西娅和皮塔。皮塔穿着优雅的燕尾服，戴着白手套，是凯匹特新郎通常的装扮。

在家乡，婚礼就要简单得多。新娘通常会租用已经被穿了无数次的白色婚纱。新郎只要不穿下井的衣服，干干净净的就行。他们在法院大楼一起填一个表格，然后分配给他们一所住房。家人、朋友聚集在一起吃顿饭，如果付得起钱，还可以买个蛋糕。在新人跨进家门时，大家会唱一种传统歌谣。也会举行简单的仪式：新人生起第一堆火，烤一点面包，然后大家分享。也许结婚仪式过于传统，但在十二区，没吃到烤面包，大家就感觉没有结婚。

其他“贡品”已经聚集在台下，小声谈论着什么。但当我和皮塔出现时，他们都不再说话。我感觉到大家都面无表情，目不转睛地盯着我的婚纱。是嫉妒吗？怕我把观众的注意力都吸引过去？

最后，芬尼克说话了：“真不敢相信西纳让你穿这个。”

“他没法选择，斯诺总统让他这么做的。”我说，好像在为他辩护。我不会让任何人说西纳的不是。

凯什米尔把她金黄的卷发甩到脑后，突然开口说道：“噢，你看上去太可笑了！”她抓住她哥哥的手，把他拉到队伍前面的位置。其他的“贡品”也排好队。我很不解，一方面有些人很生气，而另一些人却轻轻地拍着我的肩膀表示同情。约翰娜·梅森甚至停下来，为我摆正了项链。

“让他为此付出代价，好吗？”她说。

我点点头，可我不知道她是什么意思，后来才慢慢明白过来。我们都坐到了台上，凯撒·弗里克曼今年头发和脸部都是淡紫色的。他先做了一个开场白，然后开始采访各位“贡品”。直到这时，我才第一次意识到“贡品”们有多气愤，他们感觉遭到了背叛。可是他们很聪明，用巧妙的方式表达自己，使人们把矛头对准了政府和斯诺总统，特别是斯诺总统。也并非每个人都这样。像布鲁托和伊诺贝丽，就是为了重返赛场，参加比赛。还有一些人，那些瘾君子、畏怯的或迷惘的人，他们没有参与进来。但有很多的胜利者，他们运用自己的智慧参加到对凯匹特进行反抗的特殊的战斗中。

凯什米尔说，当她想到凯匹特人因失去她而痛苦时，她就忍不住哭泣。这样，她把矛盾焦点引到了饥饿游戏。格鲁兹回忆起凯匹特人所给予他和他妹妹的关爱。比特用他神经质、颤巍巍的声音问道是否有专家最近对世纪极限赛规则进行了检查，从而对比赛的合法性表示出怀疑。芬尼克背诵了他写给凯匹特的恋人的一首诗，有一百个人晕了过去，因为她们以为诗是念给自己的。约翰娜·梅森在访谈中提到是否可以对目前的情况采取应对措施，因为世纪极限赛的设计者显然没有预料到胜利者和凯匹特之间产生了如此深厚的感情，没有人可以这么残酷，将这种感情的纽带切断。希德尔静静地回顾，以前在十一区，每个人都认为斯诺总统拥有至高无上的权力，那么，他为什么不去改变世纪极限赛的规则？紧跟在她后面的查夫也坚持说，如果总统愿意，可以改变大赛规则，但他一定不要以为大家对这很在意。

轮到我时，观众情绪激动，已经乱成了一片。他们有的哭，有的崩溃，有的甚至在大喊要改变规则。我身穿白色婚纱的亮相引起了现场的混乱。不再有我、不再有幸福地生活在一起的明星恋人、不再有激动人心的婚礼。凯撒·弗里克曼不停地说让大家安静，好让我讲话，但即使他的声音也有些嘶哑。我预定的三分钟讲话时间在快速地溜掉。

最后，借着暂时的平静，他说道："那么，凯特尼斯，今晚对大多数人来说，显然是一个激动的夜晚。你有什么话要说吗？"

我用颤抖的声音答道："很遗憾，你们不能参加我的婚礼……但是，至少你们看到了我穿上婚纱。难道你们不觉得……这是最漂亮的婚纱吗？"我已无需再看西纳的指示，我知道是时候了。我开始慢慢地转圈，把很重的婚纱的长袖举过头顶。

这时我听到了观众的尖叫，我以为大家觉得我很漂亮的缘故。可随即我注意到有什么在我的身旁升起。是烟雾，烧火引起的烟雾。这火和我去年在彩车上燃烧的金光闪闪的人工火焰不同，这火看上去更像真火，而且它正在吞噬我的婚纱。火焰燃烧得越来越猛烈，我的心里开始发慌。被烧焦的片片丝绸在空中飞旋，珍珠首饰脱落到地上。不知怎的，我不敢停下，一方面我的皮肤没有灼热感，另一方面，我知道在一切的背后有西纳的作用。所以我一直不停地转啊，转啊。一度我呼吸困难，因为我完全被奇怪的火焰包围了。突然，火焰消失了。我慢慢地停下来。不知自己是否已经裸露了身体，也纳闷为什么西纳要烧掉我的婚纱。

可是，我并没有裸露身体。我穿着一件和我的婚纱设计一

模一样的衣服，只不过它是炭黑色，由极小的羽毛做成。太奇妙了，我举起飘逸的长袖，这时在电视屏幕上，我看到了自己。我穿着黑色的衣服，只有袖子上——噢，应该说是我的翅膀上，有斑斑白点。

西纳把我变成了一只嘲笑鸟。

18 联合的反叛

衣服燃烧之后还有些热，所以凯撒试探性地伸出手来触摸我的头饰。白色的面纱已经不见了，现在戴在头上的是垂到我的后颈的光滑的黑色面纱。“羽毛，”凯撒说，“你就像一只鸟。”

“嘲笑鸟，我想。”我说着，轻轻扇动了一下翅膀，“是我戴的胸针，它是我的吉祥物。”

凯撒的脸上掠过一丝异样的表情，他已经认出来了。看得出来，他已经知道这鸟具有更多的象征含义。在凯匹特被看作一件华丽的装饰品的胸针，在其他各区拥有了完全不同的含义。可他还是尽力打圆场。

“噢，要向你的设计师致敬。我认为谁也不能否认这是电视访谈中最令人激动的展示。西纳，我想，你要给大家鞠个躬哟！”凯撒示意让西纳站起来。西纳站起身，优雅地微微鞠了一个躬。突然，我的心为他揪成了一团。他做了什么？非常可怕而危险。这是一种反叛的举动。而他是为我才这么做的。我想起了他曾经说过的话……

“别担心，我经常通过工作来疏导自己的情绪，这样我伤到的只有自己，而不会是别人。”

……恐怕他已经伤到自己，而且到了无法恢复的程度。而斯诺总统对于我在火中的嬗变一定不会视而不见的。

被刚才的变化惊得沉寂不语的观众突然爆发出热烈的掌声。我几乎听不到蜂鸣器的声音。凯撒对我表示了谢意，然后我朝座位走去，此时我觉得自己的衣服比空气还要轻。

皮塔即将接受采访，我与他擦肩而过，他却并没有看我。我小心地坐在座位上。除了烟雾的味道，我似乎并没有受伤，所以我开始把注意力转移到皮塔身上。

一年前第一次见面时，凯撒和皮塔就是一对自然和谐的搭档。他们的对话轻松自由、幽默诙谐。皮塔会不失时机地把观众的情绪调动起来，比如去年皮塔对我做出爱的表白时，观众的心都碎了。他们在观众面前取得了巨大成功。这次他们先开了些火啊、羽毛啊、烧焦的鸡毛啊的玩笑，来作为开场白。但人人都看得出皮塔的脑子里正想着别的事。所以凯撒直接将话题引入到大家关心的问题上。

“那么，皮塔，在经历了这所有的一切之后，你对世纪极限赛是怎么看的？”凯撒问。

“我很吃惊，我是说，一分钟前我还看到凯特尼斯穿着漂亮的婚纱，可转眼间……”皮塔的话中断了。

皮塔停顿了很长时间，好像在作什么决定。他眼光扫视着像中了魔似的观众，之后又看看地板，最后抬起头看着凯撒。“凯撒，你觉得这里的朋友都能替我保密吗？”

观众发出一些不大自然的笑声。他是什么意思？保密？对谁保密？全世界的人都在看着呢。

“我保证没问题。”凯撒说。

“我们已经结婚了。”皮塔静静地说。观众非常吃惊。而我赶快把脸埋在衣服里，免得别人看出我一脸的困惑。他究竟要说什么啊？

“可是……这怎么可能呢？”凯撒问。

“噢，这不是正式的婚礼。我们没有去法院大楼登记什么的。可这是十二区的习俗。我不知道在其他区有什么习俗，可我们在十二区就是这样。”皮塔说道，然后简单地描述了烤面包的习俗。

“你们的家人在场吗？”凯撒问。

“不，我们谁也没告诉，甚至没告诉黑密斯。凯特尼斯的妈妈永远都不可能同意我们这么做的。可你知道，如果我们在凯匹特举行婚礼，我们就不可能举行吃烤面包的仪式，可我们俩谁也不想再等了。所以，有一天，我们就这么做了。”皮塔说道，“对我们而言，这比任何纸质的证明或婚礼宴会来得更真实。”

“那么，这是在世纪极限赛宣布之前发生的事？”凯撒问。

“当然。我敢说，要是在此之后，我们绝不会这么做。”皮塔说道，他开始感到不安，“可谁会想到有这样的事？没人。我们经历了饥饿游戏的一切，我们成为胜利者，每个人看到我们在一起都激动万分。可是，突然间——我是说，谁预料到会有这种事发生呢？”

“你不可能预见到，皮塔。”凯撒用胳膊搂住他的肩，“正像你所说的，没人能预见到。可是，我得承认，我很高兴看到你

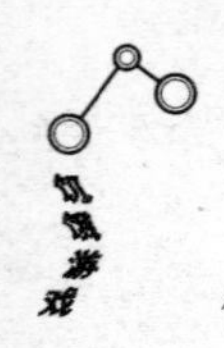

们两个至少幸福地在一起生活了几个月时间。”

热烈的掌声。好像受到鼓励，我抬起头，让观众看到我脸上凄然的微笑。刚才燃烧的烟雾刺激得我眼睛发红，正好为此添加了一丝悲凉的色彩。

“可我并不高兴。”皮塔说，“我真希望我们是在正式婚礼之后才做的这一切。”

听到这个，连凯撒都吃了一惊，说：“当然，你们在一起的时间虽短，总比没有强吧？”

“也许我也该这么想的，凯撒。”皮塔痛苦地说道，“要不是因为孩子的缘故。”

天哪，他又来啦。他扔下了一颗重磅炸弹，使其他“贡品”所说的一切都显得不那么重要了。噢，也许不是。也许今年是其他人一起制造了这颗炸弹，而他只是点着了引信。

本以为点着这引信的是我——还要仰仗西纳的力量；而他却完全靠自己的智慧做到了这一点。

这颗炸弹引起了轩然大波，不公、野蛮、残忍，各种指责从观众席的各个方向纷至沓来。即使是那些对凯匹特最热爱、对饥饿游戏最痴迷、最嗜血的人也不可能不为之动容，哪怕只是此时此刻，一切真是太怕了。

我有了身孕。

观众对此不能接受。刚听到这个消息他们先是震惊，再是迟疑，继而是确信。之后他们就像一群受伤的动物，哀叹着、嘶喊着，有的甚至大呼救命。而我呢？知道电视上出现了我的特写，可我并不想把脸藏起来。有那么一会儿，甚至我都在思考皮塔所说的话的含义。难道这不正是我担心结婚的理由吗？

我担心未来，担心会在饥饿游戏中失去孩子？要不是我设置一道道防线，对婚姻和家庭避之唯恐不及的话，现在这一切不是完全有可能吗？

凯撒已经无法控制观众的情绪，蜂鸣器嘀嘀作响，但无人理睬。皮塔点头示意与观众再见，然后无声地回到自己的座位上。我看到凯撒的嘴唇在动，但现场非常混乱，根本听不到一点声音。最后国歌响起，声音非常大，震得我感到浑身的肌肉都在颤抖。这声音告诉我们节目进行到了哪里。我不由自主地站了起来，皮塔向我伸出了手，我拉住了他的手，看到他泪流满面。他的眼泪有多少是真的？这是不是说他和我有着同样的恐惧？是不是每个胜利者都有？是不是每个区的每个家庭都有？

我眼望着观众，露露母亲和父亲的脸在我的眼前浮现，我想到了他们遭受的痛苦，丧失的一切。我不由得向查夫伸出手，抓住了他的断臂，紧紧地抓住。

之后出现了令人吃惊的场面。所有的胜利者都拉起了手——有些人马上拉起了手，比如吗啡瘾君子、韦莉丝，还有比特；有些人开始时有些犹豫，但在旁边的人要求下，也拉起了手，如布鲁托和伊诺贝丽。到国歌结束时，所有的二十四个胜利者牵着手站成了一条线。这是自"黑暗时期"以来各区联合力量的第一次公开展示。电视屏幕突然一片漆黑，更证实了这力量的巨大。然而，已经太晚了。在混乱中，他们没能及时地把电视信号切断。人人都看见了发生的一切。

台上也出现了混乱，灯光熄灭，我们跌跌撞撞往训练中心跑。我没能抓住查夫的手，皮塔领着我上了电梯。芬尼克和约翰娜想跟在我们后面上来，但凶恶的治安警挡住了他们。我们

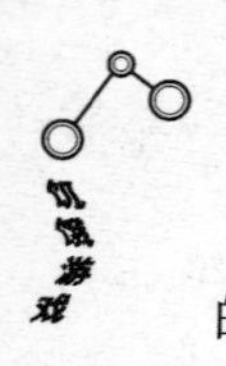

的电梯迅速上升。

我们下电梯时，皮塔抓住我的肩膀说："没时间啦，那么告诉我，我有没有做得不对、需要道歉的地方？"

"没有。"我说。皮塔这么做很了不起，他做什么无需我的同意。我很高兴事先并不知道，这样也就没时间胡乱揣度他这么做的目的，也不会因对盖尔的负疚感而影响我对皮塔行为的判断。他有权按自己的想法去做任何想做的事。

远在十二区，妈妈、妹妹和所有的朋友都要设法应对今天所发生的一切的附带后果。距此不远，只需直升机飞一小段路程，就是竞技场。明天，皮塔、我和其他的"贡品"要面对即将到来的惩罚。即使我们每个人都遭遇不幸，昨晚在台上发生的一切都不枉费。我们胜利者们上演一场抗争强权的大戏，也许，只是也许，凯匹特已无法应对。

我们等着其他人的到来，但电梯门开了，只有黑密斯走了出来。"外面都乱套了，其他人都让回家了，电视访谈的实况录像也取消了。"

皮塔和我赶快跑到窗口，看到下面的大街上一片骚乱，难以预料最终情势会怎样变化。"他们正在说什么？"皮塔问，"是不是要求斯诺总统停止这次比赛？"

"我认为他们自己也不清楚要说什么。发生了前所未有的事，对他们来说，甚至一个反对凯匹特计划的念头就可能导致混乱。"黑密斯说，"但斯诺不会取消比赛。这你们是知道的，对吧？"

我知道。当然，现在他绝不可能做出让步。他的唯一选择就是镇压，不顾一切地镇压。"其他人回家了？"我问。

“他们被命令回去。我不知道他们运气怎么样，能不能从骚乱的人群里穿过去。”黑密斯说。

“那，我们不可能再见到艾菲了。”皮塔说。去年在开赛的那个早晨就没见到她，“你替我们谢谢她吧。”

“还不止这些。是她使一切变得很特别。不管怎么说，是艾菲给了我们机会。”我说，“告诉她我们有多么感激她，她是我们见过的最好领队，告诉她……告诉她我们爱她。”

有那么一会儿，我们站在那里，没有了话，尽量拖延那分别一刻的到来。之后，黑密斯说：“我想我们也要在这里说再见吧。”

“还有一些最后的建议吗?”皮塔问。

“活着。”黑密斯粗声粗气地说。这简直成了对我们的嘲讽。他快速拥抱了我们，我看得出来，他已经快忍耐不住了。“去上床吧，你们需要休息。”

我知道自己有好多话要对黑密斯说，可一时想不起该说什么，我的嗓子眼堵得慌，什么也说不出来。所以，还是让皮塔替我们俩说吧。

“你多保重，黑密斯。”他说。

之后，我们穿过房间，到了门口，黑密斯叫住我们。“凯特尼斯，在竞技场。”他说，然后停了一下。他说话时板着脸，看来我肯定让他失望了。

“什么?”我自卫似的问道。

“你要记住你的敌人是谁，”黑密斯对我说，“好了，去吧，去吧。”

我们穿过走廊，朝自己的房间走去。皮塔想回自己房间冲个澡，洗掉化妆品，几分钟之后就到我房间，可我不让他走。我敢肯定，大门一旦在我们之间关闭，就会锁上，我就要独自度过这个夜晚。再说，我的房间也可以冲澡。我抓住他的手不放。

我们能睡着吗？我不知道。我们整晚都拥抱在一起，在梦和醒之间徘徊。我们没有说话，彼此都希望对方能多睡一会儿，保住这珍贵的睡眠时间。

西纳和波西娅一早就来了。我知道皮塔就要走了。“贡品”需要独自进入竞技场。他轻吻了我一下。“一会儿见。”他说。

“一会儿见。”我答道。

西纳帮我穿好比赛的衣服，和我一起来到楼顶。我刚要上直升机的梯子，突然想起来了，说：“我还没跟波西娅说再见呢。”

“我会向她转达。”西纳说。

电流把我固定在直升机的梯子上，后来医生又在我左前臂注射了追踪器。现在，无论我在竞技场的任何地方，他们都可以找到我。接着西纳也上了直升机。直升机起飞了，我目视着窗外，直至一切都模糊成一个个小黑点。西纳一直要我多吃点，我实在吃不下去，他又让我多喝点。我一直小口喝水，脑子里回想着去年我脱水，差点渴死的情形，琢磨着怎样才能让皮塔活下去。

当我们到达竞技场出发室时，我冲了个澡。西纳为我编好辫子，帮我穿好造型简单的贴身衣服。今年选手的衣服是一件合体的蓝色连衫裤，用很薄的面料做成，前身有个通长拉链，一条六英寸宽的腰带上带有亮晶晶的紫色塑料皮，一双橡胶底尼龙鞋。

“你觉得怎么样?”我举起胳膊让他仔细看看衣料。

他捏了捏那很薄的衣料，皱着眉头说：“说不上，这衣料不大防水，也不大保暖。”

“阳光呢?”我问，眼前浮现出干旱的沙漠中的大太阳的景象。

“兴许行，要是处理过的话。”他说，“噢，我差点忘了。”他从兜里掏出嘲笑鸟金胸针，别在我的连衫裤上。

“昨晚我的衣服太棒了。”我说。很棒，也很危险。西纳知道这一点。

“我想你可能会喜欢。”他说着，勉强笑了一下。

我们像去年一样，坐在那里，拉着手。一个声音传来，要我做好准备。西纳把我送到金属圆盘旁，把我衣领的拉链拉好。“记住，燃烧的女孩，”他说，“我还赌你赢。”他在我的前额吻了一下，向后退了一步，玻璃罩落下，将我罩住。

“谢谢你。”我说，尽管他可能听不到我的话。我抬起胸膛，高昂着头，正如他每次教我做的那样，等着金属圆盘上升。可圆盘没有动，还是没动。

我看着西纳，抬起眉毛表示疑惑。他只是轻轻摇摇头，和我一样不明白。他们为什么延长了时间?

突然，西纳身后的门打开了，三个治安警冲到屋子里。其中两个反剪住西纳的胳膊，戴上手铐，第三个人在他的太阳穴上猛击，西纳一下子跪倒在地上。可他们还用布满金属扣钉的手套打他，在他的脸上和身上划下了一道道的口子。我凄惨地大声嘶喊，用手捶打着坚固的玻璃，我想抓住他。治安警根本不理我，他们把西纳单薄的身体拖出了房间。屋子里只留下了片片血污。

我感到又恐惧又难过。这时金属盘开始上升了。我还靠在玻璃上，风吹动了我的头发，我强迫自己站起来。刚好，玻璃罩打开，我已经站到了竞技场里。可是，我看不清眼前的一切。地面极亮，金光闪闪，好像还有荡漾的波纹。我眯着眼看自己脚下的地面，看到金属盘被蓝色的水波环绕，水波拍打着我的鞋子。我慢慢抬起头，看到了一望无际水的世界。

只有一个概念在我的脑海清晰浮现：**这里不是燃烧女孩的世界。**

第三篇 敌人

19 敌友难分

“女士们、先生们，第七十五届饥饿游戏开始了！”饥饿游戏的播音员克劳狄斯·坦普史密斯的声音在我耳边回荡。我只有不到一分钟的时间来找到方向。之后锣声就会响起，选手就可以离开金属盘。可是，该往哪里走呢？

我思维混乱。西纳被打得血淋淋的场面让我不能集中思想。他现在在哪儿？他们对他做了什么？折磨他？杀死他？把他变成艾瓦克斯？显然，袭击他的场面是有意安排的，来扰乱我的思想，跟大流士出现在我们的服务人员中一样。而它确实使我意绪纷乱。现在我想做的一切就是瘫倒在金属盘上，可我不能这么做。眼前的一切要求我必须坚强，我欠西纳的，他不顾一切，违忤了斯诺总统的初衷，把我的婚纱变成了嘲笑鸟的翅膀。我也欠那些反抗者的，他们受到西纳的鼓舞，也许正在奋起反抗凯匹特的强权统治。我在饥饿游戏中违背凯匹特的规则是我最后的反叛行为。所以，我咬紧牙关，强迫自己投入比赛。

你在哪儿？我无法确定自己身处何方。**你在哪儿?!** 我自问。渐渐地，周围的一切变得清晰起来。蓝色的水。粉红的天空。炙热的太阳，挂在天空。好吧，在四十码之外，一个金光闪闪的金属壳，那是宙斯之角。猛一看，还以为它在一个孤岛上，再仔细看，发现许多长条状的陆地以它为中心，仿佛车轮的辐条，向四面散射。我想应该有十到十二条这样的陆地，似乎也是均匀分布的。在这些辐条之间，都是水。水把选手两两隔开。

那么，就是这样啦。有十二个辐条，每两个辐条之间有两名选手，此时还站在金属盘上。我旁边的另一个选手是八区的老伍夫，他在右侧，与我的距离和我距左侧陆地的距离相近。向远处各个方向望去，可以看到一条窄窄的沙滩，再往前是一片绿色的林地。我扫视所有的选手，寻找着皮塔的身影，他一定是被宙斯之角挡住了，我看不到他。

水拍过来时，我捧起一捧水，闻了闻，然后把湿手指放在嘴里尝了尝。正如我所料，水是咸的。就像我和皮塔在四区的海滩做短暂停留时所见到的水一样。但至少水看起来是干净的。

没有船、没有绳索，甚至没有一片可以抓靠的破木头。不，通向宙斯之角只有一条途径。当锣声响起，我毫不犹豫地跳入左侧的水中。这里，游泳的距离比我通常习惯的距离要长，在水浪里保持平衡也比在家乡平静的湖水里游泳需要更高的技巧。可奇怪，我的身体很轻，游泳并不费力。可能是因为水里有盐的缘故吧。我爬上陆地，浑身湿淋淋的，然后沿着沙地朝宙斯之角急奔。尽管被宙斯之角挡住的地方，有一部分我看不到，但我目力所及，还没有看到一个人露出水面。我不能因为想着对手就放慢速度。我现在要像一个职业选手一样思考，我想要的第一件事就是赶快拿到武器。

去年，所有的供给品散放在距宙斯之角相当远的地方，最珍贵的供给品离宙斯之角最近。但是今年，所有的物品都堆放在宙斯之角二十英尺高的宽口处。在距我不远处，我眼睛一下子看到了一把金色的弓箭，我立刻把它拉出来，拿在手中。

我的身后有人。我立刻警觉起来，是沙子的流动或者是气流的流动，让我感知到了这一切。箭袋还埋在一堆东西里，我从里面抽出一支箭，搭在弓上，同时转过身来。

芬尼克一身亮闪闪的、高大威武，站在我身后几码远的地方，手里拿着鱼叉做好了攻击的姿势。他的另一只手里拿着渔网。他面带微笑，但上身的肌肉绷紧，做好了进攻的准备。“你也会游泳，在十二区，你是怎么学游泳的？”他说。

“我们有一个大浴缸。”我答道。

“你们肯定有。你喜欢这竞技场吗？”他说。

“不太喜欢，可你该喜欢。他们肯定是专门给你造的。”我略带讽刺地说道。事实确实如此，到处都是水，我打赌没有多少胜利者会游泳。在训练场也没有游泳池，没机会学。要么你来的时候就会游泳，要么很快学会。即使要参加最初的搏杀，也起码要游二十码。四区的选手拥有绝对优势。

我们定定地待在那里，衡量着彼此的力量、武器、技巧。突然，芬尼克咧开嘴笑了起来：“很幸运，我们是盟友，对吧？”

这肯定是他的圈套，我正要先声夺人，想在他的鱼叉还没有击中我之前，把他射死；这时我看到他手臂上有一样东西在

晃动，在阳光下十分抢眼。是那只带火焰花纹的纯金手镯。我记得在开始训练的第一天黑密斯戴着一只同样的手镯。我开始觉得芬尼克可能是偷来骗我的，可不知怎的，我知道这并非实情。应该是黑密斯给他的，作为给我的一个信号。事实上，是一个命令，要我去信任芬尼克。

我已经听到了其他人的脚步声，我必须赶快作出决定。“没错！”我没好气地说。虽然黑密斯是我的指导老师，他想让我活下去，可他这么做还是让我感到气愤。他为什么不提前告诉我他已经做好了安排？也许是因为我和皮塔根本不愿意和人结盟。而现在黑密斯自己替我们挑选了盟友。

“躲开！”芬尼克厉声说道，此时的声音与他平时色眯眯的腔调截然不同。我赶快低头，他的鱼叉嗖的一声从我的头上飞过，随即听到一声惨叫，好像他的鱼叉击中了目标。五区的男子，那个训练时在击剑站呕吐的人应声倒地。芬尼克把鱼叉从他的胸膛拔出来。“不能信任一区和二区的人。”芬尼克说。

已经没有时间去问为什么了。我把箭袋从底下抽出来。“咱们各朝一个方向走？”我说。他点点头。我开始绕着一大堆供给品转。大约四个辐条之外，伊诺贝丽和格鲁兹正好游到岸边。或许因为他们游泳技术不佳，或者他们以为水里暗含着其他的危险——这也是很有可能的，他们刚游到。有的时候考虑过多也不好。此时他们已经上岸，几秒钟后他们就会来到跟前。

“找到有用的东西了吗？”我听到芬尼克的喊声。

我迅速扫视我这边的供给品，我发现有钉头锤、剑、弓箭、鱼叉、刀子、矛、斧头，还有一些我叫不上名字的金属器具……但没有其他东西。

“武器!”我喊道，“什么也没有，只有武器!”

“这边也是。”他肯定地说道，“拿着你需要的，咱们走吧!”

伊诺贝丽离我太近了，我朝她射了一箭，可她料到了，一下子潜入水中，没被箭射中。格鲁兹没有她敏捷，我一箭射在他小腿上，他也没入水中。我又拿起一副弓箭，背在身上，把两把长刀和一把尖锥别在腰里，在供给品堆前和芬尼克会合。

“你对付他，好吗?”他说。这时，我看到布鲁托朝我飞奔过来。他的腰带已经解下来，用两只手撑开，作为防护。我朝他射了一箭，他用腰带挡了一下，箭没能刺透他的肝脏，但却穿透了他的腰带，刺中了他，鲜血喷了他一脸。我再次搭弓上箭，布鲁托却趴在地上，身子一骨碌，滚到了水里，不见了。在我身后传来了叮叮当当的金属撞击声。“赶快撤。”我对芬尼克说。

说话工夫，伊诺贝丽和格鲁兹已经来到了宙斯之角。布鲁托肯定在弓箭的射程范围内，离此不远，而凯什米尔也在附近。这四个职业选手肯定已经结成了联盟。如果仅仅为了我自己考虑，我愿意和他们一起，连同芬尼克，结成同盟。可我要考虑皮塔。我现在看到他了，他还被困在金属圆盘上。我朝他跑去，芬尼克毫不迟疑地跟在后面，好像知道我下一步要这么做。当我跑到离皮塔最近的地方时，我开始把腰里的刀拿出来，准备游过去，把他弄过来。

芬尼克拍拍我的肩：“我去救他。”

怀疑和不信任在我的脑中闪过。这是不是他的诡计？芬尼

克先赢得我的信任，然后再游过去，淹死皮塔？“我能行。”我坚持说。

可是芬尼克已经把所有的武器都扔到了地上。“你最好保存体力，你现在的状况不行。”他说着，弯下身拍拍我的肚子。

噢，是的，现在，我应该是有了身孕的人。我想着有身孕的人应该有什么反应，呕吐呢，还是别的什么。这时芬尼克已经站在水边准备跳下去了。

“掩护我。”他说。他用完美的动作跳入水中。

我举起弓箭，防御着来自宙斯之角方向的可能的进攻者，可好像没人对追逐我们感兴趣了。肯定，格鲁兹、凯什米尔、伊诺贝丽和布鲁托已经聚合在一起，正在挑选武器。我快速看了一下四周，多数的选手都被困在金属圆盘上。等着，不，有人站在皮塔对面，也就是我左侧的陆地上。是玛格丝。可她既没有朝宙斯之角跑，也没有准备逃跑，相反，她跳到水里，朝我这边游来，灰色的头在水中上下起伏。唔，她是老了，但在四区生活了八十年，她是不会被淹的。

芬尼克已经游到了皮塔那里，他正一手揽着皮塔的前胸，另一只手轻松地在水中划动，往岸边游。皮塔很顺从，没有在水中挣扎。我不知道芬尼克说了什么或做了什么，使皮塔情愿把自己的性命交到他的手里——也许他把金手镯给皮塔看了，也许皮塔看见我在岸边等候。当他们靠到岸边时，我伸手把皮塔拉上来。

“你好，又见面了。”他说着，吻了我一下，“咱们有盟友了。”

“是的，正像黑密斯所希望的。”我回答。

“请提醒我，咱们还和别人结盟了吗?”皮塔问。

“只有玛格丝，我想。”我说，目光转向了那位执著地朝我们游过来的老妇人。

“噢，我不能扔下玛格丝不管。”芬尼克说，“一共没几个人喜欢我，她算一个。”

“我可以接受玛格丝，没问题，特别是看到现在竞技场的情况之后。她做的鱼钩兴许能帮我们弄到吃的。”我说。

“凯特尼斯第一天就想邀她入盟嘞。”皮塔说。

“凯特尼斯还真有眼光。”芬尼克说。

他伸出一只手，毫不费力地把玛格丝拉上来，好像她是个木偶。她含混不清地说了几句话，好像有什么“鲍勃”，然后拍拍她的腰带。

“瞧，她说得没错。有人已经想到了。”芬尼克指着比特。他正在浪里挥动着手臂，尽力把头伸出水面。

“什么?”我说。

“那腰带。它可以让人浮在水面。”芬尼克说，“我是说，需要自己划水，但腰带可以让人漂浮在水面上，不会被淹死。”

我差点说出来让芬尼克等等，带上比特和韦莉丝同我们一起走。但是比特与我们相隔三块长条陆地，而我甚至看不到韦莉丝在哪儿。据我所知，芬尼克会像杀死五区的选手一样毫不犹豫地要了他们的命。因此我建议我们离开这里。我递给皮塔弓、箭袋和一把刀。其余的自己留用。可是，玛格丝拉着我的袖子，一直不停地嘟囔，最后我只好给了她一支尖锥。她很高兴，用牙咬住锥子把，然后朝芬尼克伸出手。他把渔网搭在肩上，把玛格丝也背上，另一只手抓起鱼叉，然后我们一起离开

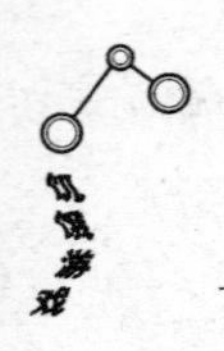

了宙斯之角。

沙滩的边缘，赫然出现了林地。不，不能叫林地，至少不是我熟悉的那种。是丛林。这个陌生、几乎不用的字眼出现在脑子里。这是我在另外一次饥饿游戏中听到过的词，或者是很久以前爸爸跟我说过的词。大多数的树木我并不熟悉，都是光滑的树干，枝丫并不繁茂。地面是黑色的、软绵绵的，被缠绕的藤蔓植物覆盖，上面开满了色彩艳丽的花朵。炙热无比的太阳高悬在天空，空气闷热潮湿。我有种感觉，在这里，恐怕永远都不会干燥的。我身上穿的轻而薄的蓝色连裤衫很容易使汗水蒸发，可现在衣服已经被汗水浸湿紧贴在身上。

皮塔在前面开道，他用长刀砍掉大片浓密的绿色植物。我让芬尼克走在他后面，虽然说他高大强壮，可他背着玛格丝也腾不出手，另外，虽说他用鱼叉是高手，可在丛林里，终不如弓箭好使。山林陡峭，空气闷热，不一会儿，大家就气喘吁吁了。亏了皮塔和我最近一直在训练，而芬尼克简直就是标准的体育健将，他背着玛格丝，健步如飞地爬了大约一英里，才要求停下；而我想，即使这时停下来，他更多考虑的恐怕是玛格丝而非他自己。

浓密的树叶挡住了视线，看不到远方的由海水和长条沙地组成的“巨轮”，所以我顺着绵软的树干爬到树顶，想看个究竟。但爬上去一看，却恨不得根本没爬上来。

宙斯之角周围的地面被血染成红色，水里也有一团团的血迹。尸体横在地上或漂在水里。但是距离这么远，他们身上的衣服又一样，很难辨别究竟谁已经遇难。我可以看清的是一些蓝色的小点还在搏斗。唉，我昨晚想什么来着？昨晚胜利者的手牵在一起，所以大家在竞技场会集体休战？不，绝不会。可我想我还是希望大家能表现出一点……什么？克制？至少在残酷血腥的搏杀开始前，有一丝的不情愿。**你们都认识**，我心想，**你们一直都是朋友。**

我在这里只有一个真正的朋友，而他不是来自四区。

我让微风吹着我的面颊，稍微凉快一下，然后才作出决定。尽管芬尼克有金手镯，我还是要杀死他，这个同盟真的没有什么前途。而他是一个绝对危险的人，不能让他逃脱。现在，我们之间还有一点信任，也许现在是我唯一能够杀死他的机会。我们往前走时，我可以轻而易举就要了他的命。当然，这么做很可鄙，但是如果我等下去，等对他更熟悉一些，等我再欠他多一些，我再这么做就不那么可鄙了吗？不，应该就在现在。我最后又看了一眼战死的尸首、血腥的战场，更进一步坚定了决心，之后，我从树上滑到地面。

我一落地，却发现芬尼克似乎已猜透了我的心思，好像他知道我看到了什么，这场景会怎样影响我。他把一只鱼叉举起来，看似不经意地做着防御的姿势。

“那边怎么样，凯特尼斯？他们都联手了吗？宣誓拒绝暴力？已经把武器都扔到海里，来反抗凯匹特了？”芬尼克问。

“没有。”我说。

“没有，”芬尼克重复道，“因为，无论过去发生了什么都已经过去了，在竞技场，没有人可以靠运气获胜。”他又盯着皮塔，“也许皮塔除外。”

这么说，芬尼克跟我和黑密斯一样很了解皮塔笃诚、憨厚的性格，知道他比我们大家都强。芬尼克杀死五区的选手时，

眼都没眨一下。而我变得凶狠起来又用了多长时间？当我瞄准伊诺贝丽、格鲁兹或布鲁托的时候，就是想要他们的命；而皮塔至少会试着去协商一下，看看是否能够结成更广泛的同盟。可最终为了什么？芬尼克是对的。我也是对的。来这里的人不是为赢得同情的桂冠而来的。

我盯着他，估摸着我的箭穿透他的脑壳与他的鱼叉穿透我身体，哪个速度更快。我看到，他正在等着我首先行动，也在心里盘算着先挡住我的箭，再采取进攻。我感觉我们两个都盘算好了，这时皮塔故意过来站在我们中间。

"喏，死了多少人？"他问。

走开，你这傻瓜，我心想。可他就是站在我们中间不走。

"难说，"我回答，"至少六个吧，我觉得，有的还在打。"

"咱们走吧，还得找水。"他说。

到现在为止，还没有看到小溪或池塘的任何踪迹，而咸水是不能喝的。我又想起了上次的饥饿游戏，我因为脱水差点死了。

"最好赶快找到水。"芬尼克说，"今晚他们要来捕杀我们，我们得藏起来。"

我们。咱们。捕杀。好吧，也许现在杀死芬尼克为时尚早。到目前为止，他对大家还是很有帮助的。他确实是得到了黑密斯的首肯。天知道今晚会遇到什么？如果情况恶化，我还可以在睡梦中杀死他。现在，先渡过眼前的难关，也先放他一马。

找不到水，我越来越渴了。我们边爬山，边四处寻找水源，可还是没有水的踪影。又走了一英里，我看到了树林的边缘，我估计我们已经爬到山顶了。“也许我们在山的另一边会有好运气，找到泉水什么的。”

但根本没有山的另一面，即使我走在最后面，我也比其他人更早知道这一点。那是因为我发现有一块奇怪的方形、有波浪纹的物体悬在空中，很像一块表面弯曲不平的玻璃。起先，我以为是太阳的反光，或者地面的热蒸气造成的气流。可那东西在空中一动不动，我们走动时它也不会移动。这时我想起了和韦莉丝、比特在训练场看到的东西，我马上意识到这是什么。我刚要开口警告皮塔，他的刀已经举起来，朝前面的青藤砍下去。

只听得喀喇一声巨响，树木立刻消失了，出现在眼前的是一块光秃的空地。皮塔被电磁力场啪的一下弹了回来，把芬尼克和玛格丝也撞倒在地。

我扑上前去，皮塔躺在布满藤蔓的地上，不能动弹。“皮塔?”有一股微弱的烧焦了的毛发的味道。我又大喊他的名字，轻摇他的身体，但他却没有反应。我把手伸到他的鼻子上，尽管不久前他还气喘吁吁，可现在一点温乎气都没有了。我趴在他胸前我经常趴着的地方去听，我知道在这里总能听到强劲有力的心跳。

但是，我没有听到。

20 焦渴难耐

“皮塔!”我尖叫着，使劲摇晃他的身体，甚至扇他的脸，可是没有用。他的心跳已经停止。扇也没用。“皮塔!”

芬尼克让玛格丝靠在一棵树上，然后一把把我推开。“让我来。”他用手指按压皮塔的脖子，接着是肋骨和脊椎骨，然后他捏住了皮塔的鼻孔。

“不!”我大喊道，朝芬尼克扑过去，他肯定是想置皮塔于死地，而且绝不让他再活过来。芬尼克手臂一挥，正好打在我胸口上，我一下子被打飞了，撞在身后的树干上。这一撞让我疼痛难忍，我喘着粗气，缓不过劲来，这时我看到芬尼克又去捏皮塔的鼻子。我坐在地上，拉开弓箭，正要把箭射出去，却看到芬尼克在亲皮塔的嘴。即使是芬尼克，这么做也太奇怪了，我停住了手。不，他不是在亲他，他捏住皮塔的鼻子，却张开了他的嘴，往他的嘴里费力地吹气。我可以看到皮塔的胸脯一起一伏。然后芬尼克打开皮塔的衣服拉链，用手掌按压他心脏的部位。我惊魂甫定，终于明白了他在干什么。

以前，在一个明亮的月夜，我曾经看到妈妈这样做过，但不经常。毕竟，在十二区，如果一个人的心跳停止，他的家人就不会再来找妈妈了。所以，通常她的病人都是被烧伤的、砸伤的或生病的。或者，当然，也有过度饥饿的。

但芬尼克生活的地方肯定不一样。无论他此时在做什么，他以前肯定这么做过。他做得很有节奏，方法娴熟。我的箭渐渐垂向地面，也趴到跟前去看。我焦急万分，希望他能成功。痛苦而漫长的几分钟过去了，我的希望也破灭了。我正在想，太晚了，皮塔死了，永远地去了，这时，他轻咳了一下，芬尼克也挺直了身体。

我把弓箭扔到地上，朝皮塔扑了过去。“皮塔?”我轻柔地说道。我把他前额一缕湿发捋到后面，发现他脖颈上的脉搏又开始在我的手指下怦然跳动。

他睁开眼睛，忽闪着长长的睫毛，他的眼光与我的相遇。“小心，”他气息微弱地说，“前面有电磁力场。”

我笑了，与此同时，泪水也顺着我的脸颊流了下来。

“肯定比训练中心楼顶的力场强多了。”他说，“可我没事，只是震了一下。”

“你刚才已经死过去了！你的心不跳了！”我的话脱口而出，甚至没想好该不该这么说。我用手捂住嘴，因为我哭得很痛，每次痛哭就咳嗽个不停。

“好啦，我的心脏好了，”他说，“没事的，凯特尼斯。”我边哭，边点头。“凯特尼斯?”现在皮塔开始担心我了，这就显得我更加愚蠢了。

“没事，那只是她的荷尔蒙在起作用。”芬尼克说，“是因

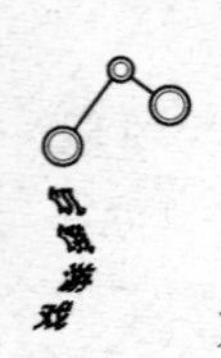

为怀孕的缘故。”我抬起头来看着他，他仍跪在那里，因为爬山的疲劳、天气闷热，还有救皮塔的紧张，他仍然是气喘吁吁。

“不，不是——”我说着，却更加大声地、歇斯底里地哭了起来，来证明芬尼克有关孩子说法的正确。他看着我，我也泪眼蒙眬地看着他。这很愚蠢，我知道，他刚才的举动让我无比懊恼。我想要的一切就是让皮塔活着，而我做不到，芬尼克做到了，我应该感激他。是的，我很感激他。可我也很生气，因为我永远都欠了芬尼克·奥迪尔的人情。永远。那么，我怎么可能趁他睡着时杀死他？

我预备要看到他脸上得意或者嘲讽的表情，可他的表情却怪怪的。他看看我，又看看皮塔，好像要看出点什么，之后又轻轻摇了摇头，好像说别再想这些了。“你怎么样?”他问皮塔，“你觉得还能走吗?”

“不，他需要休息。”我说。我一直在流鼻涕，可这里一条布丝都没有，我没法擦鼻子。玛格丝把垂吊在树枝上的苔藓拽下了一团，递给我。我内心烦乱，想都没想，大声地擤鼻涕，擦掉满脸的泪痕。苔藓很好，吸干泪水，还很柔软。

我看到皮塔胸脯上有金光闪闪的东西，是用链子挂在他脖子上的一个小圆盘，上面刻着我的嘲笑鸟。我伸手把它拿起来，问道：“这是你的吉祥物?”

“是的，我用了你的嘲笑鸟，你不介意吧？我想让我们俩的匹配起来。”

“不，当然不介意。”我勉强笑了笑。皮塔戴着嘲笑鸟图案出现在竞技场，这可能是一种祝福，也可能是一种不幸。一方面，它会给各区的反抗者以鼓励，另一方面，斯诺总统也绝不会忽视它的存在。这样，让皮塔活下去就更难了。

“那么，你们想在这里宿营吗?”芬尼克问。

“我认为这不是个好主意。”皮塔说，“待在这儿，没有水，没有防护。要是咱们慢点走，我感觉还行，真的。”

“慢也比不走强。”芬尼克扶着皮塔站起来，我也振作了一下精神。自从今早起床，我经历了一连串可怕的事情：目睹了西纳被打得血肉模糊、进入到一个陌生的竞技场、眼看着皮塔死去。还好，芬尼克还打着我怀有身孕的牌，为了吸引赞助者，这是最妙的一招。

我检查一下我的武器，没问题，有了武器我对一切的掌控能力更强。“我来开道。”我这样宣布。

皮塔刚要反对，芬尼克打断了他。“不，让她去吧。”芬尼克对我皱着眉头，问，“你知道那里有电磁力场，对吧？在最后一刻？你刚要发出警告来的?”我点点头，“你是怎么知道的?”

我犹豫着，不知如何作答。比特和韦莉丝知道电磁力场的事，这要传出去，是很危险的。我不清楚在训练场当他们指出电磁力场的位置时，是否引起了极限赛组织者的注意。不管怎样，我得到的信息很有用。如果凯匹特人得知我掌握了这个信息，他们就会采取措施改变电磁力场，这样我就有可能无法辨认电磁力场周围的微妙变化。因而，我撒谎说：“我不知道。我好像能听到细微的声音。听。”

大家都静了下来，周围有虫鸣，有鸟叫，有徐徐微风吹动树叶的声音。

“我什么也没听到。”皮塔说。

“能听到。”我坚持说，“声音跟十二区电网的嗡嗡声一样，只是小得多。”这时每个人又都竖起耳朵听起来，我也听着，尽管不可能听到什么。“你们听！”我说，“难道你们听不到吗？就从皮塔被打倒的地方传过来的。”

“我也什么都听不到。”芬尼克说，“你能听到，那你就走前面吧。”

我干脆将计就计，顺坡下驴。“真奇怪，”我说，我把头一会儿转向左边，一会儿转向右边，好像很不理解的样子，“我只能用左耳听到。”

“就是大夫给你治好的那只耳朵？”皮塔说。

“是的，”我耸耸肩，说道，“也许大夫的医术比他们自己想象的还要高明，你瞧，有的时候我这只耳朵真能听到奇怪的声音，人们通常认为这些东西是不会发声的，比如昆虫扇动翅膀的声音，或者雪落在地面的声音。”太完美了，现在，所有的注意力都转移到去年给我做手术的医生那里，他们还要解释为什么我的听觉像蝙蝠一样灵敏。

“你这丫头。”玛格丝拿胳膊推了我一下，于是，我走在了前面。我们走的速度较慢，芬尼克手脚麻利地用树枝给玛格丝做了根拐杖，让她用着。他给皮塔也做了一根。尽管皮塔说了他可以走，没问题，但这拐杖对他有帮助，他现在虚弱得很，恨不得躺下才好呢。芬尼克走在最后，这样，至少能有一个机敏的人给大家殿后。

左耳是我谎称超灵敏的耳朵，所以我走路时，把左耳朝向电磁力场的位置。但这些都是骗人的，所以我从附近的树上摘下一串像葡萄一样垂下的坚果，每走一段，就把它抛到前面去探路。这样很管用，我感觉多数时候并看不到电磁力场。每当树枝碰到电磁力场时，就会在树枝落地前冒出一股烟雾，坚果也随即被烧焦、果壳开裂，弹回到我的脚下。

过了几分钟，我听到身后传来噼噼啪啪的声音，我转过身，看到玛格丝正在剥坚果壳，往嘴里塞，嘴里也已经塞得满满的。“玛格丝！”我冲她喊道，“快吐出来，会有毒的。”

她嘟囔了些什么，也没理我，一边舔着嘴唇，一边津津有味地吃着。我看着芬尼克，希望他能帮忙，他却笑笑说：“我想咱们很快会知道的。”

我继续往前走，纳闷为什么芬尼克救了玛格丝，却还眼瞅着她吃奇怪的坚果。芬尼克和我们结盟是得到黑密斯的许可的。他救了皮塔的命，可他为什么不干脆让他死掉？那样的话，他也无可厚非啊。我以前从来没想到他能够救皮塔。他为什么要救皮塔？他为什么那么坚定地和我们结为同盟？当然，如果为情势所迫，他也会毫不犹豫地杀死我。但那要等到最后了。

我边扔树枝，边往前走着。有时我能发现电磁力场。我尽力向左走，希望能找到突破口，走出这片区域，远离宙斯之角，找到水源。但又走了大约一个小时之后，我发现我们一直未能向左，在做无用功。事实上，电磁力场好像一直在赶着我们转圆圈。我停下来，转身看到玛格丝一瘸一拐地走着，看到皮塔满脸的汗水，说道：“咱们歇会儿吧，我得上树再看一看。”

我挑的这棵树似乎比别的树更加高耸挺拔，我沿着弯曲的树枝往上爬，尽量靠近树干。很难说这些绵软的树枝是否很容易断裂。尽管如此，为了看清楚下面的情况，我还是爬得相当高。当我在纤细的小树枝上悠来荡去，湿热微风拂动我的面颊时，我的怀疑终于得到了证实。我们一直无法向左走是有原因的，我们永远不可能走过去。在这个高高的地方，我第一次看到整个竞技场的形状。它是一个规则的圆形，中间有一个规则的巨轮，四周是丛林，天空是一色的粉红色。我想我能辨认出那里有一两个波浪形的方形电磁力场，正如韦莉丝和比特所说的那种“盔甲上的裂缝”，因为它把本应藏而不露的秘密暴露出来。这恰恰是它的弱点所在。为了百分之百地确定这一点，我朝树林上方射了一箭。箭射中的地方，露出了一丝光线，那是真正蓝天的颜色，箭随即落入丛林中。我顺着树干下来，准备把这个坏消息告诉大家。

“电磁力场把我们困在了一个圈子里。实际上，上面还有一个穹顶。我不知道它究竟有多高。竞技场中央是宙斯之角，周围是水，最外面是丛林。非常规则，特别对称，而且面积不太大。”我说。

“你看到水了吗？”芬尼克问。

“只看到比赛开始时咱们见到的咸水。”我说。

“肯定还有别的水源。”皮塔说着，紧皱着眉头，“否则我们要不了几天就都渴死了。”

“嗯，林子挺密的，兴许能找到泉水或池塘什么的。”我说。

我对自己的话也将信将疑。我本能地感觉，也许凯匹特想让这个不受欢迎的比赛尽早结束。说不定普鲁塔什·海文斯比早就接到命令，要击垮我们。

“不管怎么说，去弄清楚山脚下有什么已经没有意义了，因为答案是：那里什么也没有。”我说。

“那么，在电磁力场和巨轮之间应该有能喝的水。”皮塔坚持说道。我们都明白，这就是说我们要往回走，去遭遇职业选手和血腥搏杀；而此时，皮塔几乎不能走路，玛格丝年老体弱，也不可能参加搏杀。

我们决定朝山下走几百码，然后再绕圈，也许在那个高度能找到水源。我仍走在最前面，偶尔会碰到坚果在左边爆开，但我们远离了电磁力场的作用范围。太阳发出炙热的光芒，把空气中的水汽蒸发掉，晃得我们睁不开眼睛。到了中午，很显然，皮塔和玛格丝已经再也走不动了。

芬尼克在距电磁力场十码的地方选了一个地方，准备露营。他说一旦受到攻击时，可以把它当作武器，诱使我们的敌人踏进电磁力场。然后他和玛格丝把一丛丛约五英尺高的尖利的草叶摘下来，开始用它们编织草席。看来玛格丝吃了那些坚果之后也没有什么不良反应，于是皮塔也摘了些，扔到电磁力场，把它们烤熟，然后熟练地剥下果壳，把果肉堆在树叶上。我在一旁放哨，燥热的天气和今天所经历的一切让我感到烦躁，不安。

渴，焦渴难当。最后，我再也忍受不了了。“芬尼克，不如你来放哨，我去四周看看有没有水。”我说。大家对我独自出去找水的提议没有感到十分兴奋，可是每个人都感觉受到极度缺水的威胁。

“别担心，我不会走远的。”我向皮塔保证。

“我也去。”他说。

“不，可能的话，我还顺便打些猎物。”我告诉他。别的话

我憋在肚子里没说出来，**你弄出的声音太大**。可这话不用说也很明了。他可能吓跑猎物，同时也让我处于更危险的境地。“我很快就回来。”

我轻手轻脚地在林子里走，很高兴发现这种地面不容易弄出声音。我沿斜线往前走，但除了郁郁葱葱的植物，并没有找到我想找的东西。

突然传来了炮声，我停住了脚步。在宙斯之角的最初的搏杀肯定已经结束了。现在死亡的“贡品”人数已经很清楚，我数着炮声，每一声都代表着死去了一个“贡品”，一共响了八下。没有去年的多，可感觉好像比去年多，因为他们每个人的名字我都知道。

我突然感到很虚弱，炎热的空气好像海绵一样把我体内的水都吸干了，我靠在树上歇息一下。呼吸已经很困难了，可疲倦又向我袭来。我用手揉着肚子，希望某个有同情心的孕妇能成为我的赞助者，让黑密斯给我送点水，可是，没有用。我瘫倒在地上。

我静静地待着，突然看到了各种动物：一些羽毛艳丽的鸟、三只忽闪着蓝色舌头的蜥蜴，还有一些既像老鼠、又似负鼠的啮齿动物，趴在树干附近的枝丫上。我打下了一只，拿到眼前仔细观察。

这家伙很丑，是一只大个啮齿动物，长着杂色灰毛，两只突出的长牙伸在上唇之外。我给它去内脏、剥皮，这时我注意到它的嘴是湿的，很像是刚喝完水的样子。我很兴奋，使劲盯着它待着的那棵树看，小心地围着树附近转了一圈。心想水源不会太远。

没有，什么也没找到。连一滴露水都没找到。最后，我怕皮塔为我担心，所以决定返回，我觉得越来越热，也越来越沮丧。

当我返回营地后，发现大家已经把营地整得很像样了，玛格丝和芬尼克用草垫子搭起了一个雨棚，三面封闭，一面是敞开的。玛格丝还编了几只碗，皮塔把烤熟的坚果放在里面。他们满怀希望地看着我，可我只能摇摇头。

“不行，没找到水，可我知道肯定有水，它知道在哪儿。”我说。

我把那只剥了皮的啮齿动物拿给他们看。

“我把它从树上打下来的时候，它像是刚喝过水，可我找不到它喝水的地方。我发誓，我绕着那棵树转了一大圈，足有三十码见方。”

“这个能吃吗?”皮塔问。

“我不敢肯定。可它的肉看上去跟松鼠没有很大区别。烤一烤应该……”

可是一想到要在一无所有的情况下生火，我犹豫起来。就算能生起火来，也会产生烟雾。在竞技场，每个选手距离彼此如此之近，生火不可能不被发现。

皮塔想起一个好主意。他撕下一块肉，串在一个尖树棍上，然后把它扔到电磁力场，在一阵尖利的嗞嗞声之后，树棍被弹了回来，那块肉外表立刻烧煳了，可里面也熟了。我们对他鼓掌致意，可马上意识到这么做很危险，又赶快停了下来。

炙热的太阳从粉红色的天空落下，我们也聚集到了雨棚旁边。我对坚果是否能吃还将信将疑，可芬尼克说玛格丝在另一

次饥饿游戏中看到过这种坚果。在训练时，我没有在植物辨别训练站花时间，因为我觉得一切太简单了。现在看来，我真该去训练。现在我的四周到处都是不熟悉的植物，要是去训练，我也能更熟悉自己身处的环境。玛格丝看上去没问题，刚才的几个小时她一直在吃这种坚果。所以，我拿起一个，咬了一小口。微微有点甜，很像栗子。我觉得应该没事。至于那个丑家伙，肉挺有嚼劲，也很膻气，但是肉汁还挺多。唔，在竞技场的第一晚能有这样的晚餐，还不错。要是能就着点喝的一块吃，该有多好。

关于那只啮齿动物，芬尼克一直在询问我，最后我们决定叫它树鼠。它待在多高的地方？在打它之前我看了多久？那时候它正在干吗？我不记得它在干什么，四处嗅嗅，找昆虫什么的。

夜晚即将降临，我感到很恐惧。至少编织得很细密的草棚把夜间在林子里窜行的动物挡在外面，给我们提供一点保护。在太阳还没有完全落山之前，明亮的月亮已经升起来了，在惨白的月光下，周遭的一切清晰可见。我们的谈话声越来越小，因为大家都清楚下面要到来的是什么。我们在雨棚敞口的地方排成一排，皮塔拉住我的手。

凯匹特的市徽出现，它好像飘浮在空中，夜空被照得通明。当国歌响起时，我心想，**这对芬尼克和玛格丝来说，可能更难以接受**。可是对我来说，也很难接受。我静静地看着几个胜利者的脸出现在天空。

五区的男选手，芬尼克用鱼叉杀死的那个，第一个出现。这意味着一到四区的几个选手都还活着——四个职业选手，还有比特、韦莉丝，当然，还有芬尼克和玛格丝。在五区的男选手之后出现的是六区的男瘾君子、八区的茜茜莉亚和伍夫、九区的两个选手、十区的女选手，还有十一区的希德尔。凯匹特市徽伴随着短暂的音乐再次出现，之后夜空又恢复了宁静，只有月亮高挂在天空。

大家寂然无声。我不能说与他们中的任何一位相熟，可我的内心却不能平静，我想起了茜茜莉亚被带走时，依偎着她的三个孩子；想起了希德尔在我们第一次见面时，对我和善的面孔；想起了大眼睛的瘾君子在我的脸上画黄花的情景，甚至这情景也令我心痛不已。都死了，魂归西土。

如果不是银色降落伞从树叶里落下，掉落在我们面前，真不知我们还要在那里坐多久。可是却没人伸手去拿。

“这是谁的?”最后我终于开口了。

“说不上。”芬尼克说，“干吗不让皮塔认领呢，他昨天已经死过一次了?”

皮塔把绳子解开，把绸伞铺平。降落伞上有一个小小的金属物，我也说不上是什么。“这是什么?”我问。没人知道。我们把它从一只手递到另一只手上，大家挨个仔细研究。这是一个中空的金属管，一头略微收缩，另一头有一片向外卷曲的舌片。这东西看上去很眼熟，很像自行车上掉下来的零部件，或者窗帘杆什么的。真的很像。

皮塔冲着一头吹了一下，看看是否能出声。不行。芬尼克把小手指伸进去，看看是否能当作武器。可是也没用。

“玛格丝，你能用这个打鱼吗?”我问。玛格丝，这个几乎可以用任何东西打鱼的人，摇摇头，咕哝着什么。

我拿起它，在手里骨碌来骨碌去。因为我们是盟友，黑密斯肯定在和四区的指导老师合作，他也能参与礼物的选择过程。这也就是说这东西很珍贵，甚至是救命的。我想起去年当我极度缺水时，黑密斯没有给我送水，因为他知道如果我努力是可以找到水源的。黑密斯无论送来或者不送来礼物，都包含着重要的信息。我好像能听到他在对我大喊，**用用你的脑子，要是你还有脑子的话。这是什么？**

我擦掉流到眼边的汗水，在月光下举着礼物发呆。我来回转动着它，又从不同的角度看它，遮住一部分，又打开来看，想让它把自己的秘密传递给我。最后，失望至极，我把它一下子插在土里。“我放弃了，如果我们和比特、韦莉丝在一起，兴许还能知道这是干什么用的。”

我躺下，把脸贴在草垫上，无比恼怒地盯着那东西。皮塔替我揉着肩上僵硬的肌肉，让我放松下来。我纳闷，太阳都下山了，怎么这地方还那么热，那么家里又会是什么样呢？

我想起了波丽姆、妈妈、盖尔、马奇，他们现在一定在看着我，我希望他们至少能待在家里，没有被斯瑞德带去警察局监管起来，或者像西纳那样遭受惩罚，或者像大流士一样，因为我而受到惩罚。每个人都不要。

我开始为他们、为我们区、为我的树林子而感到心痛。我们的树林有真正的硬木林，有许多食物，有非爬行的猎物，有奔流的小溪，有凉爽的微风。不，是凉风，能把炎热的闷气一扫而光。我在自己的意念里营造了这样的风，它吹得我脸颊僵冷、手指麻木。突然，埋在黑土里的东西有了一个名字。

“是插管！”我大喊起来，一下子坐直了身子。

“什么?”芬尼克问。

我把那东西从土里拔出来，擦干净。我用手掌罩住较细的一端，把它藏在手心里，然后看着伸出的舌片。没错，这东西我以前见过。很久以前的一天，寒风凛冽，我和爸爸一起到林子里去，在一棵枫树上挖一个小孔，把它插到小孔里，枫糖就会顺着小孔流到下面的桶里。有了枫糖，即使最粗糙的面包都变成了美味。爸爸死后，我不知道他的那一根小管抛到哪里去了，也许藏在林子里的什么地方了，但我再也没见到过那东西。

“是插管，就像是水龙头，你把它插在树上，树汁就会流出来。”我看着周围粗大的树干。“唔，这种树很适宜的。”

“树汁?”芬尼克问，他们在海边可没这种树。

“做糖浆的。”皮塔说，“可这种树里兴许会流出别的东西。”

我们都站立起来。我们很渴。这里没有泉水。树鼠的嘴是湿的。这一切都说明树干里应该有一种有价值的东西。芬尼克拿起一块石头，正准备把插管楔到粗大的树干里，我拦住了他。“等一下，这样有可能把它弄坏。咱们得先在树上钻个孔。”我说。

没有东西可以拿来钻孔，所以玛格丝把她的锥子拿出来，皮塔一下子就把树皮穿透了，把锥子头插到两英寸深的地方。芬尼克和皮塔轮流在树上钻孔，最后开的口够大，完全可以把插管放进去。我小心翼翼地把插管楔进去，然后大家都往后退了一步，等待着结果。一开始，没什么动静。接着，一滴水珠从插管的小舌片上滴下来，滴在玛格丝的手心里，她随即用舌头把水舔了，又伸出手去接。

我们又拧了拧插管，重新调整了一下位置，接着一小溜水从管里流出来。我们大家轮流在插管下面用嘴接水，我们焦渴的舌面得到了滋润。玛格丝拿来一只篮子，篮子编织得很密，可以用来盛水。我们把篮子接满水后，大家就传着喝，大口大口地喝，接着，我们很奢侈地把水泼到脸上，把脸洗干净。像这里所有的东西一样，水也是温热的，但我们也顾不上去挑剔了。

赶走了焦渴的困扰，疲劳又接踵而至。我们准备在此过夜。去年，我总是把自己的背囊备好，时刻准备着紧急撤退。但今年，已经没有什么背囊了，只有我的武器，而武器我是时刻不会离手的。然后我想起了插管。我把它小心地从树孔里拧出来，从树上摘下一根结实的藤条，穿在孔里，然后把插管牢牢地拴在腰带上。

芬尼克提出先由他放哨，我同意了，知道放哨的也只有我们两个人，皮塔要等休整好了才行。我躺在雨棚里的地上，紧挨着皮塔，告诉芬尼克如果他累了就叫醒我。几个小时后，我被一个声音惊醒，好像是鸣钟的声音，当！当！这不太像法院大楼发出的新年钟声，但很接近。皮塔和玛格丝还睡着，没听见，但芬尼克和我一样在注意听。接着钟声停了。

"响了十二下。"他说。

我点点头。十二下。有什么寓意呢？一声代表一个区？也许，可是为什么？"有什么意思吗，你觉得？"我说。

"想不出来。"他说。

我们等着更进一步的指示，也许这是克劳狄斯·坦普史密斯发出的信号。邀请大家去赴宴，这是唯一可以远距离传达的指示。这时，一道闪电击中了一棵参天大树，接着一道道闪电接踵而至，划破夜空。我想这是一个信号，雨、水源，给那些不如黑密斯聪明的指导老师们。

“去睡吧，反正也该轮到我值班了。”我说。

芬尼克犹豫着，可谁也不可能永远不睡觉。他在雨棚口躺倒，一只手拿着鱼叉，慢慢沉入不平静的睡眠。

我坐在那里，弓箭不离手。我看着眼前的丛林，在月光下，一片惨白和墨绿的颜色交织在一起阴森森的。大约过了一小时，闪电停了。但我觉得雨却哗哗地下起来，拍打着几百码外的树叶。我等着雨来到我们这里，但雨却始终没有过来。

突然传来的炮声让我吃了一惊，我的同伴却安卧如初。为了炮声去叫醒他们也没必要。又死了一个“贡品”，我甚至不愿去想这次死的究竟是谁。

难以捉摸的雨突然间停了，就像去年竞技场的暴风雨一样。

雨停之后，我看到刚下过雨的地方升起了薄雾。**这是自然反应，是较冷的雨水落在热地面上形成的。**我暗自思忖。雾慢慢向前蔓延，卷曲着，又伸展，就像人的手指，好像在拉拽着后面的雾气，好让它跟上来。我看着看着，突然汗毛倒竖，这雾气不对头。雾气的前端太整齐了，很不自然。而如果它不是自然产生的话……

一种令人作呕的甜味钻进了我的鼻孔，我伸出手去抓他们，大喊着叫他们醒来。

在我试图叫醒他们的几秒钟内，我的身上已经开始起水泡。

白雾弥漫

一种突如其来的疼痛向我袭来，只要是水雾碰到的地方，皮肤就会刺痛，既像针扎，又像火烧。

“快跑！”我冲着其他人大喊，“快跑！”

芬尼克立刻醒了过来，跳起来准备迎敌。但当他看到雾墙向前逼近时，他背起仍在睡梦中的玛格丝，抬腿就跑。皮塔已经站起来了，但却不怎么灵活。我抓住他的胳膊，跟在芬尼克后面，半推着他向前跑。

“怎么啦？怎么啦？”他迷惑地问道。

“是一种雾，有毒的雾。快，皮塔！”我催促着他。我看得出，尽管他嘴上不承认，白天的电击对他形成巨大伤害。他跑得很慢，比平时慢得多。而脚下的蔓生植物和矮树丛密密层层，虽然偶尔我会脚下不稳，但他却每走一步都被绊倒。

我回身看着雾墙，它正在以一条直线向前移动，在我身后的两侧都可以看得见。我有种强烈的逃跑的冲动，丢掉皮塔，自己逃命。逃跑是很容易的，我全速跑开，甚至爬到树上，雾气在四十英尺高的地方似乎就结束了，我可以爬到雾气所不能到达的高度。我想起了上次的饥饿游戏，当野狗突然出现时，我就是这么做的。我跑到宙斯之角才想起皮塔。但这一次，我要抑制住自己的恐惧，把它压下去，抛到一边。此次要救的是皮塔而不是我。我感到在各辖区，人们的眼睛正一刻不离地紧盯着电视，在看着我——是像凯匹特所希望的那样临阵脱逃，还是坚守阵地。

我紧紧抓住他的手，说："看着我的脚，我踩在哪儿，你就踩哪儿。"这很管用。我们好像移动得快了些，可是不能休息。而雾气始终紧跟在我们身后。雾气中的水滴飘离了雾墙，侵蚀着我们的身体，火烧火燎的，像化学品那样引起皮肤的刺痛。它开始粘着在皮肤上，继而渗透到皮肤的深层。我们的连裤衫如一层薄纸，根本挡不住雾气的侵害。

芬尼克最先冲出去，但当他意识到我们遇到麻烦时，停了下来。可这雾不是能与之搏斗的东西，你只能逃跑。他大声喊着鼓励的话，催促我们快速前行，他的声音是一种指引。

皮塔的假肢碰到了一团攀援植物，我没能抓住他，他摔倒在地上。当我扶他起来的时候，我发现了比起水泡、比皮肤灼烧更加可怕的实情。皮塔左边的脸已经萎缩了，好像里面的肌肉已经坏死，眼皮也耷拉下来，几乎把整个眼睛都盖住了。他的嘴向一侧歪斜。"皮塔——"我刚要开口，突然感到胳膊一阵抽搐。

雾气里的化学物质不仅使人产生灼热感，它侵蚀人的神经系统。一种莫名的恐惧攫住了我，我猛拉着皮塔往前跑，结果却使他又绊了个跟头。等我把他拉起来时，我的两只胳膊已经

无法控制，抽个不停。雾墙就在我们身后，距我们不到一码远，皮塔的腿也不行了，他试图往前走，可是腿却在痉挛，像木偶一样。

我感到皮塔迈步已经十分困难，芬尼克回过头来帮助我们，他也用力拽着皮塔往前走。我的肩膀好像还听使唤，我用它顶住皮塔的胳膊，尽量跟上芬尼克的步伐。我们跑到离雾气十码远的地方，芬尼克停了下来。

“这样不太好，我来背皮塔，你能背玛格丝吗？”他问我。

“是的。”我坚定地说，尽管我的心在往下沉。没错，玛格丝不到七十磅，可我身材也不高。但我以前肯定背过更重的东西。要是我的胳膊不抽搐就好了！我蹲下来，她趴在我身上，就像芬尼克背她时一样。我慢慢地伸直腿，膝盖绷住劲，把她背起来。芬尼克把皮塔也背在身上，我们往前走。芬尼克打头，拨开藤蔓，我紧跟他身后。

雾气仍不依不饶、悄然无声地紧跟在我们身后，除了小绺的雾气像翻卷的舌头舔舐着企图接近它的人们，大部分的雾气是一个整齐的垂直平面。尽管我的直觉告诉我应该直着往前跑，可芬尼克却在沿斜线往山下跑。他在远离雾气的同时，正在带领大家跑向宙斯之角旁的水域。**是的，水。**我心想，酸水珠更深地侵入我的皮肤。我没有杀死芬尼克，真是谢天谢地。不是他，我怎么可能把皮塔活着救出去？谢天谢地在我身旁还有人，即使这是暂时的。

我开始脚下不稳，摔跟头，这不是玛格丝的错。她已经尽全力使自己成为一个轻盈的“乘客”，可问题是，我就能背这么重的重量，特别是此时我的右腿好像已经僵了。头两次摔倒时，我尽力站起来，可第三次摔倒，我的腿却不再配合了。当我拼力站起来时，又腿下一软，把玛格丝一下子甩了出去，她比我还先摔到地上。我胡乱挥动手臂，想抓住藤蔓或者树干把自己支撑起来。

芬尼克返回到我身边，皮塔还趴在他肩上。“不行。”我说，“你能背上他们俩吗？继续往前走，我会追上来的。”这么说其实我心里也没谱，但我尽力显得有把握的样子。

我看到芬尼克绿色的眼睛，像白天看到的那样很像猫眼，里面有种奇怪的反光。也许是他的眼里充满泪水的缘故吧。“不，”他说，“我背不了他们两个，我的胳膊不听使唤了。”是的，他的胳膊在身体两旁不停地抽搐。他的手里也是空的，三个鱼叉，只有一个还在，也攥在皮塔的手里。“对不起，玛格丝，我不行啊！”

接下来的事发生得那么突然、那么出乎意料，我甚至没来得及阻止。玛格丝拼死力站起来，在芬尼克的嘴唇上吻了一下，然后跌跌撞撞地冲入迷雾。她的身体立刻疯狂地扭动起来，随后她倒在地上。

我想喊叫，但我的嗓子像火在燃烧。我朝她倒下的方向刚迈了一步，就听到了炮声。知道她的心跳已经停止，她死了。“芬尼克？”我扯着沙哑的嗓门喊道，可是他已经走开了，继续逃离毒雾。我拖着不听话的腿，蹒跚着走在他身后，不知道还能做什么。

毒雾侵蚀了我的大脑，我的意识开始模糊，周围的一切已变得不真实，时间和空间已没有了意义。然而，内心深处动物的求生欲迫使我磕磕绊绊地跟在芬尼克和皮塔的后面，继续往

前走，尽管说不定我此时已经死了。是的，我身体的一部分已经死了，或者正在死去。而玛格丝已经死了。这是我能够清醒地意识到的，或者我认为自己清醒地意识到的；但无论怎样，这些都没有意义了。

月光洒在芬尼克金黄的头发上，闪着熠熠的光。疼痛的汗珠浸湿了我的全身，我的一条腿已经像木头一样完全没有了知觉。我一直跟在芬尼克身后，最后他也跌倒在地，皮塔仍趴在他身上。我无法控制自己向前走的步伐，一下子撞倒在他们身上，我们三个摞在一起。**就在这里，就这样，我们会死去。**我心想。可思维是抽象的，它远不如身上的痛楚来得真实。我听到芬尼克的呻吟，设法把身体从他们身上挪开。现在我看到毒雾已经变成了珍珠般的乳白色，也许是我的眼睛在骗我，也许是月光的缘故，毒雾好像被玻璃窗挡住了，正在被压缩起来。我眯起眼来使劲看，发现那些翻卷的毒舌已经不见了。事实上，它已完全不再前进。正如我在竞技场所经历的其他恐怖事件，它已经结束了这次恐怖袭击。抑或极限赛组织者决定先不要我们的命。

"它停了。"我想说话，可从我肿胀的喉咙发出的却是可怕的呜噜声。"它已经停了。"这次我的声音肯定已经清晰些了，皮塔和芬尼克转过身看着毒雾。毒雾在向上升，好像由真空吸入了空中。我们看着它一点点地被吸走，直到最后的一缕完全消失。

皮塔从芬尼克的身上滚下来，芬尼克也躺倒在地。我们都躺在地上，喘着粗气、浑身抽搐、大脑和身体都被毒素侵蚀了。过了几分钟，皮塔指着上面，说："猴——子。"我抬起头看到了两只动物，我猜应该是猴子。我以前从来没见过真的猴子——我们家乡的林子里没有这种动物。但我可能看到过照片，或在饥饿游戏中看到过，所以当我看到这种动物时，脑子里立刻出现了这个词。尽管很难看清楚，但这些猴子似乎长着橘色的毛，有成年人的一半高。我觉得猴子的出现是个好征兆，这说明空气是无毒的，否则它们怎么能在这里优哉游哉的呢！就这么，我们静静地观察着彼此，人和猴子。之后，皮塔挣扎着爬起来，朝山坡下爬去。我们都爬起来，现在要我们走简直就跟要我们飞一样，是不大可能完成的壮举；我们一直爬到布满藤蔓的地面变成一窄溜沙滩的地方。宙斯之角四周的水拍打着我们的脸，我突然向后弹去，好像被火烧了一样。

在伤口上撒盐。我第一次真正领略了这句话的含义，水里的盐使我疼痛无比，差点昏死过去。但同时也出现了另一种感觉，好像有什么东西从皮肤里往外抽的感觉。我小心翼翼地试探性地把手伸到水里。好难受，是啊，接着就不太难受了。透过蓝蓝的水，我看到一种奶状的物质从我皮肤的伤口上渗出来。当白色物质消失之后，疼痛也就停止了。我摘下腰带，脱掉跟一块抹布无异的连裤衫，我的鞋子和贴身衣裤好像没有一点损坏。一点一点地，我把胳膊伸到水里，让毒液慢慢从伤口内滤除。皮塔好像也在这么做。但是芬尼克第一次碰到水就退了回去，脸朝下躺在沙地上，可能是不愿意，也可能是不能够，把自己泡在水里涤清毒素。

最后，我洗净了最疼痛的伤口，在水下睁开眼睛，在鼻孔里浸些水，然后再喷出来，甚至反复漱口，好把嗓子眼的毒素冲洗掉。我的状况略微好转，就去帮助芬尼克。我的腿慢慢有

了知觉，可胳膊还在抽搐。我无法把芬尼克拽到水里，而这么下去疼痛可能会要了他的命。所以我捧起水洒在他的拳头上。因为他不在水里，所以侵入他体内的毒雾，又慢慢地飘了出来，也是一团团的雾气。我小心不让毒雾再靠近我。皮塔也有所恢复，他过来帮我。他撕开芬尼克的衣服，又在什么地方找到了两只贝壳，这东西比我们的手好使多了。我们先用水浸湿芬尼克的胳膊，这里损伤得最厉害。大团的白雾从皮肤里析出，可他竟没有感觉。他躺在那里，眼睛紧闭，只是偶尔地发出一阵呻吟。

我向四周看去，越来越强烈地感觉到我们所处的位置是多么危险。现在是夜晚，没错，但月光太亮，会暴露我们的位置。我们很幸运现在还没有遭到攻击。如果他们从宙斯之角的方向攻击我们，我们也可以看得见。但如果四个职业选手一起攻击，他们的力量将胜过我们。即使他们没有首先看到我们，芬尼克的呻吟也足以把他们吸引过来。

"咱们得把他拖到水里。"我轻声说。但是我们不能先把他的脸浸到水里。皮塔示意我抓住芬尼克的脚，我们一人抓一只脚。拉着他，把他掉了一百八十度，然后往水里拖。一次只能拖几英寸。先把脚踝浸在水里，等几分钟，是他的小腿，再等几分钟，水浸到他的膝盖。一团团毒雾从他的身体里析出来，他呻吟着。我们继续给他解毒，一点一点。我发现我在水里的时间越长，感觉也越好。不仅仅是皮肤，大脑和肌肉的状况也在好转。我看到皮塔的脸在恢复正常，他的眼皮也睁开了，歪斜的嘴也慢慢恢复。

芬尼克也在慢慢恢复。他睁开眼睛，看到了我们，明白了我们在帮他。我把他的头放在我的膝盖上，脖子以下的位置都浸在水里，泡了约十分钟。当芬尼克把胳膊举起来，露出水面时，我和皮塔的脸上露出了会心的微笑。

“现在就剩你的头了，芬尼克。这是最难受的部位，可如果你受得了，之后你会感觉很好的。”皮塔说。我们让他坐起来，抓住我们的手，把眼、鼻、口都浸在水里。他的嗓子还肿着，说不出话。

“让我去树上取点水。”我说着，摸出拴在腰带上的插管。

“让我先去树上打洞吧。”皮塔说，“你和他待在这里，你是治疗师。”

这可是个笑话。我心想。但我没有大声说出来，因为芬尼克正在经受痛苦。他体内的毒素最多，我说不出是为什么，也许因为他个头最高，也许是他出力最大。还有玛格丝。我还是不明白那里发生的事，为什么他放弃玛格丝而去背皮塔。为什么她丝毫没有疑义，而是毫不犹豫地扑向死亡。是不是因为她年事已高，离人生终点站的日子已经屈指可数了？他们是不是都觉得如果芬尼克与皮塔还有我结为同盟，那么获胜的几率就会更大呢？芬尼克憔悴的脸色告诉我，现在还没到问的时候。

我尽量打起精神。我把胸针从连裤衫上摘下来，别在贴身衣服上。那条有浮力的腰带一定也是抗酸的，现在仍光洁如新。我会游泳，所以浮力腰带没大必要，但是布鲁托用这条腰带挡住了箭，所以我把腰带也扣上，心里盘算着它应该也能提供一种保护吧。我把头发散开，用手指拢一拢。毒雾毁头发，掉了不少，然后我把其余的头发梳成辫子放在身后。

皮塔在沙地边十码的地方找到了一棵不错的树。我们看不

到他，但他用刀子刻树的声音却清晰可辨。我纳闷那锥子哪里去了。玛格丝肯定把它弄丢了，或者带着它一起钻到毒雾里。总之，找不到了。

我游得更远一点，一会儿脸朝下，一会儿脸朝上，漂在水上。如果水对我和皮塔有用，那么它对芬尼克也同样管用。他开始慢慢移动，试着举举胳膊、动动腿，最后他甚至能游泳了。当然，他并非像我这样有节奏地游水，而是四肢的抽动，很像看到一只动物恢复到有生命状态。他忽而潜下去，忽而浮上来，从嘴里喷出水花，在水里不停地翻转，像个奇怪的螺丝锥，我看着都眼晕。接着，他在水里好长时间不出来，我几乎认为他已经溺死了，他却突然从我的身边冒出来，吓了我一跳。

“别这样。”我说。

“什么？别上来还是别待在下面？”他说。

“都行，都不行，什么呀，泡在水里，好好待着。要么，你觉得好了，咱们就去帮皮塔吧。”我说。

就在我走到林子边的几分钟内，我感觉到周围的变化。也许是多年打猎练就的敏锐感觉，也许是他们给我的耳朵赋予的特异功能，我感觉到有许多温热的物体在我们的上方盘桓。它们无需说话或者喊叫，仅仅呼吸就够了。我碰碰芬尼克的胳膊，他随着我的眼光往上看，我不知道它们怎么能够这么悄然无声地就靠近了我们。也许它们并不是很静，只是我们刚才在专心地恢复体能，它们是趁那个时候靠近的。不是五只，不是十只，而是好几十只猴子聚集在丛林的树枝上。我们刚从毒雾中逃出来时看到的那两只只是迎宾者。这些猴子看上去很邪恶。

我在弓上搭了两支箭。芬尼克也准备好了鱼叉。“皮塔，”我尽量平静地说，“我要你帮个忙。”

“好吧，等一下。我想就快弄好了。”他说着，还在专心地挖树洞，“好了，行了，你的插管呢？”

“在这儿。不过我们发现了新东西，你最好看一看。”我仍用平静的声音说道，“轻轻地朝我们这边走，别惊动它们。”不知怎的，我并不想让他看见猴子，甚至朝它们那边看。有些动物把眼光的接触当作进攻的挑衅。

皮塔转向我们，由于刚才在挖树洞因而气喘吁吁的。我说话的语气很奇怪，已经让他在一惊之下动作有些不自然了。“好吧。”他似乎不经意地说道。他朝我们走来。我知道他一定尽力轻手轻脚，可他发出的声音很大，就算在腿上安上两只铃铛也不过如此。但是还好，他向我们移动时猴子没有被惊动。当他走到离沙滩五码远时，他感觉到了它们的存在。他只抬眼看了一下，却好像引爆了一颗炸弹。成群的长着橘色皮毛的猴子尖叫着，翻身跳跃，一下子把他围住了。

我从未见过移动速度如此之快的动物。它们从树藤上溜下来，好像藤蔓上抹了润滑油，在树木间长距离跳跃如履平地。它们龇牙咧嘴、颈毛倒竖，尖利的爪子就像锋利的刀片。也许我对猴子并不熟悉，但自然界的动物不会具有这样的特点。**“变种猴子！”**我脱口而出，我和芬尼克向树丛中的它们发起进攻。

我知道每支箭都必须派上用场。在这诡谲的夜色中，我瞄准了它们的眼珠、心脏、喉咙，箭从我手里射出去，一只只猴子应声毙命。芬尼克用鱼叉插入它们的胸膛，然后再甩到一

旁，皮塔用刀子刺中猴子。如果没有芬尼克和皮塔一起应对，这场厮杀真令人难以招架。我感到猴子爪抓住我的腿，扑到我后背，接着猴子被别人杀死。空气中飘散着蔓生植物、血腥和猴子腥臊的混合味道，气氛紧张至极。皮塔、芬尼克和我相距几码，背对背站成三角形。我射出最后一支箭时，心里一沉，然后我想起了皮塔还有一个箭袋，他没有用弓箭，而是用刀子在砍。此时，我也拔出自己的刀子，可猴子太快了，它们蹿来蹿去，让人来不及做出反应。

“皮塔！”我喊道，“你的箭！”

皮塔转身看到我的阵势，准备摘下箭袋，这时一只猴子从树上跳下来，朝他胸口扑去。我没有箭，没法发射。我听到芬尼克杀死猴子的声音，知道他现在也无暇顾及。皮塔的手要去摘箭袋，所以也被占住了。我拿刀子朝扑过来的猴子扔去，可那家伙翻了个跟头，躲过了刀锋，跳高了又朝皮塔扑过去。

没有武器，没有防护，我唯一能做的就是朝皮塔跑去，一下子把他扑倒在地，用我的身体来挡住猴子的进攻，即使如此，我也怕来不及了。

这时，我没能做到的她却做到了。不知她从什么地方冲出来，一下子站到了皮塔身前。她已经浑身是血，大张着嘴发出尖叫，瞳孔张得大大的，眼睛就像两个黑洞。

像发了疯似的六区的瘾君子伸出骨瘦如柴的胳膊，好像要去抱住猛扑过来的猴子，猴子的利齿一下插入她的胸膛。

22 嘀嗒嘀嗒

皮塔扔下箭袋，把刀子刺入猴子的后背，一刀又一刀，直到它松开嘴。他把猴子一脚踢开，准备应对更多的猴子，我也拿到了他的箭袋，搭上箭，芬尼克在我背后，累得气喘吁吁，但却不像刚才那么忙于应对了。

“过来吧！过来吧！”皮塔大喊，怒火中烧。可是猴子却没有再上来，它们好像听到了无声的召唤，退回到树上，蹦跳着消失在林子里。也许是极限赛组织者的命令吧，告诉它们已经够了。

“带她走，”我对皮塔说，“我们来掩护你。”

皮塔轻轻抱着瘾君子，走了最后的几码，来到沙滩，而我和芬尼克做着防御的准备。但现在除了地面上橘黄色的猴子尸体，其他的猴子都不见了。皮塔把她放在地上。我把她胸口的杂物拨拉掉，露出了四个被牙刺穿的孔。血从里面慢慢地流出来，四个孔看上去并不十分可怕，真正的伤在里面。从刺穿的位置来看，猴子咬到了致命的地方，是肺部，也许是心脏。

她躺在沙滩上，像陆地上的鱼一样张开口费力地喘着气。她干瘪的皮肤是青灰色的，突出的肋骨像极度饥饿的孩子。她当然有饭吃，但我想她吗啡上瘾就像黑密斯对酒精的依赖。她的一切都表明她生活非常颓废——她的身体、她的生活、她空虚的眼神。我抓住她的一只手，这只手在不断抽搐，不知是由于受到毒雾的侵袭，还是遭受攻击后的恐惧，还是吗啡停止后的毒瘾发作。我们束手无策，只能守在她身边，眼看着她死去。

“我去林子那边看看。”芬尼克说着，大步走开了。我也想走开，但她牢牢抓住我的手，只有撬才能撬得开，可我又不忍。我想起了露露，我兴许能给她唱个歌什么的。可我连她的名字都不知道，更别说知道她喜欢什么歌了。我只知道她就要死了。

皮塔俯身待在她身体的另一侧，抚弄着她的头发。他在她的耳边轻声耳语，说着些我听不懂的话：“用我家颜料盒里的颜料，我可以配出各种各样的色彩，粉色，如婴儿的皮肤般的嫩粉，或如大黄茎花朵般的深粉；绿色，如春天的绿草般的翠绿；蓝色，如晶莹的冰凌般的淡蓝。”

她直视着他的眼睛，痴痴地听着。

“一次，我花了三天时间调色，直到我在白色的皮毛上找到了阳光的颜色。你知道，我一直以为阳光是黄色的，可它远远不是只有黄色那么简单。它是由各种颜色构成的，一层层的。”皮塔说。

瘾君子的呼吸越来越浅，最后成了短暂的气喘。她用手在胸口的血上蘸了蘸，比画着她平时最喜欢的螺旋形。

“我还没想出来该怎么画彩虹，它来去匆匆，我总是没有足够的时间来捕捉它，就是这边一点蓝色，那边一点紫红色，然后就消失了，消散在空气中。”皮塔说。

瘾君子好像被皮塔的话催眠了，她举起一只颤抖的手，在皮塔的脸上画了一朵在我看来像是花的形状。

“谢谢。”他耳语着，“它很漂亮。”

在那短短的一霎，她的脸露出了灿烂的笑容，发出了轻微的咯咯声，之后她蘸血的手无力地垂到胸前，她咽了最后一口气。炮声响起。她抓着我的手也松开了。

皮塔抱起她，把她放到水里。他走回来，坐到我旁边。瘾君子朝宙斯之角的方向漂了一会儿，之后直升机出现，从里面伸出一个四爪的机械手，把她抓到飞机里，随即消失在黑暗的夜空。她去了。

芬尼克也回来了，他的手里抓着满满一把箭，上面还有猴子血。他把箭扔到我身边的沙滩上。“我想你用得着。”

“谢谢。”我说。我蹚到水里，把弓箭和伤口上的血洗掉。当我返回林边准备找点苔藓来擦干弓箭时，所有猴子的尸体都已经不见了。

“它们到哪儿去了？”我问。

“不太清楚，那些藤蔓都挪了位置，猴子也不见了。”芬尼克说。

我们呆呆地看着林子，既木然又疲惫。在静静的月光下，我看到身上刚才被毒雾侵蚀的地方已经起痂了，这些伤口不再疼痛，而是开始发痒，奇痒无比。我觉得这是一个好兆头，说明伤口已开始愈合，我看看皮塔，又看看芬尼克，他们也都在

使劲地挠脸上受伤的部位。甚至芬尼克的漂亮容貌都被今晚的毒雾给毁了。

“别挠。”我说，其实我自己也很想挠。妈妈的声音在我耳边响起，“你们这样是会感染的，兴许你们可以试试用水止痒?”

我们来到皮塔打洞的那棵树，芬尼克和我在一旁放哨，皮塔继续挖树洞，没有出现新的危险。皮塔找到了一个很棒的树脉，水从插管里涌出来。我们痛饮了一番，然后用温暖的水冲洗我们伤口结痂的地方。我们用贝壳盛满水，之后回到沙滩。

现在仍是深夜，但几个小时后黎明即将到来——如果极限赛组织者这样安排的话。

“你们俩干吗不睡会儿？我来放哨。”我说。

“不，凯特尼斯，我来吧。”芬尼克说。我看着他的眼睛，又看看他的脸，他强忍着泪水。一定是因为玛格丝。好吧，至少我应该把为她哀悼的私人空间留给他。

“好吧，芬尼克，谢谢。”我说。

我和皮塔一起躺在沙滩上，皮塔很快睡着了。我看着天空，心想一天之内发生了多么大的变化。昨天，芬尼克还在我的取命名单上，而今天，我却愿意在他的守护下睡去。他救了皮塔，而放弃了玛格丝，我不明白为什么。可我再也无法找到我们之间的平衡。现在我所能做的一切就是赶快睡去，让他默默地为玛格丝哀悼。

我睡着了。

我醒来时，已经到了上午，皮塔还躺在我身边。在我们头上，一张编织的草席搭在树枝上，遮挡住了强烈的阳光。我坐起身来，发现其实芬尼克一直就没闲着，他编了两只碗，里面盛满了水，第三只碗里盛着一堆蛤蜊。

芬尼克正坐在沙地上，用石头把蛤蜊敲开。“蛤蜊趁新鲜时吃更好吃。”他说着，把一大块蛤蜊肉挖下来，塞到嘴里。他的眼泡好肿的，可我假装没看见。

闻到食物的味道，我的肚子开始咕咕叫。我也拿起一个蛤蜊，却突然看到自己的手指甲里都是血，便停下手。原来，我睡着的时候，一直在抓脸。

“你知道，要是总抓，是会感染的。”芬尼克说。

“这我也听说过。”我说。我来到水边，洗掉血渍，我在心里忖度着，我是更讨厌疼呢，还是更讨厌痒。真烦。我三步两步回到沙滩上，仰起脸没好气地说：“嗨，黑密斯，要是你没喝醉，就该给我们送点治皮肤的东西。”

可笑的是，话音刚落，降落伞马上就出现在我面前。我伸出手，一个药膏软管正好落在我手心里。“还真是时候。”我说，禁不住眉开眼笑。黑密斯还真行，我的心思他一猜就透，用不着对他唠叨半天。

我扑通一声趴在芬尼克身边的沙地上，拧开药膏的盖子，发现里面是一种黑色黏稠的药膏，有股刺鼻的焦油和松枝的混合味道。我拧着鼻子，把一小点药膏挤到手心，然后抹到腿上，结痂的腿变成了难看的深绿色，可是却立刻不痒了，我轻松地舒了一口气。我在另一条腿上也抹上药膏，之后把药膏扔给芬尼克，他用怀疑的眼神看着我。

“你的腿像烂梨似的。”芬尼克说。可是，我猜他也痒得难受，几分钟之后，他终于忍不住也抹上药膏。是啊，腿上结的

痂和药膏连在一起看着确实让人恶心。看他那副难受样，还真让我挺开心。

“可怜的芬尼克，这是不是你这辈子最难看的时候啊？”我说。

“应该是吧，这是一种全新的感受。你这些年是怎么熬过来的?”他问。

“不照镜子就得了，那样我就忘了。”我说。

“我看着你的时候可忘不了。”他说。

我们把全身涂了个遍，在后背紧身衣没保护好的地方，也互相抹了抹。

“我要把皮塔叫醒。”我说。

“不，等等。咱们把脸凑到他脸前，再一起叫他。”芬尼克说。

是啊，反正一天到晚也没什么可乐的事，我就同意了。我们蹲在皮塔身体两旁，把脸凑到离皮塔只有几英寸的地方，然后摇他的身体。“皮塔，皮塔，醒醒。”我拉长了音，轻轻地喊他。

他慢慢睁开眼睛，突然像被刺了一刀似的大喊起来：“啊!”

芬尼克和我瘫倒在沙滩上，笑得直不起腰来。每次想不笑了，可看到皮塔一脸懊恼，就又忍不住大笑起来。等我们平静下来之后，我心想，芬尼克还可以，他不像我原来想象的那么虚荣或高傲，他人不坏。我正想着，一只降落伞落在我们身边，带来了一个刚烤的面包。回想起去年，黑密斯送来的礼物都包含着某种信息，只有我才懂的信息。这只面包传达的信息是：**和芬尼克交朋友。你就会得到食物。**

芬尼克拿着面包在手里翻来覆去地看，占有欲也有点太强了。这没必要。面包皮上有绿色的海苔，只有四区才有，我们都知道这是给他的。也许他只是觉得面包太宝贵了，也许觉得再也见不到第二个面包了，也许面包勾起了他对玛格丝的回忆。但最后，他只说了一句，“这面包要和蛤蜊一起吃。”

我给皮塔抹药的时候，芬尼克熟练地砸开蛤蜊壳，随后我们几个围在一起，大嚼美味的蛤蜊肉和四区的咸面包。

我们看上去都挺吓人的——药膏好像导致身上的痂开始剥落了——但我很高兴有了药膏。它不仅能止痒，还能阻挡粉红天空中的灼热的太阳光。从太阳的位置看，应该是快十点了，我们在竞技场大约待了有一天了。死了十一个人，还有十三个活着。在丛林里藏着十个人，有三到四个是职业选手，我也懒得去想其他的人是谁了。

对我来说，丛林从一个遮风挡雨的栖身之处，很快变成了一个荆棘满途的险恶世界。我知道，到一定时候，我们不得不涉险进入其中，去厮杀或者被杀，但现在，我还想继续待在可爱的沙滩上。皮塔和芬尼克建议我们去别处，我一概不听。此时的丛林，寂然无声，在阳光的照耀下，泛着柔和的光，丝毫没有展露它的危险。但，突然，从远处传来了叫喊声。我们对面的丛林开始摇晃震动，掀起齐树高的巨浪，巨浪涌上山坡，又咆哮着从山坡滚下，拍打着浪花翻卷的海水。尽管我们极力奔逃，水还是没过我们的膝盖，我们那点可怜的财产也漂到水里，我们三个赶紧在浪花没把东西卷走之前，把能拿到的抢到手。只有被腐蚀的连裤衫除外，因为已经太破，没人在乎了。

一声炮响，直升机出现在刚才起浪的地方，从丛林里抓起

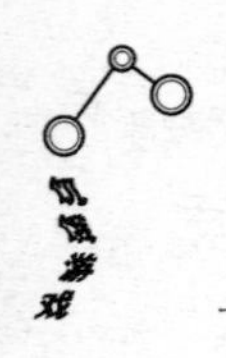

一具尸体。十二个，我心想。

水面在巨浪翻卷过后，终于平静下来。我们在湿沙地上重新整理了一下东西，刚要定下神来，却看到了距离我们有两个“辐条”远的地方，出现了三个人，他们正磕磕绊绊地往沙滩上爬。“看。”我轻声地说，一边朝他们那边点头示意。皮塔和芬尼克顺着我示意的方向看去，马上不约而同地隐藏到丛林里的树荫下面。

一眼就看出来三个人很狼狈。第一个人是由第二个人拽上岸的，第三个人在地上直打转，好像精神不正常，他们浑身都是砖红色，好像刚在染缸里染了，拉出来晒。

“那是谁？”皮塔问，“是什么？变种人？”

我搭弓上箭，做好防御准备。被拽上来的人无力地倒在沙滩上，拽他的人跺着脚，显然很生气，然后转过身，把那个疯癫转圈的人推倒在地。

芬尼克突然眼前一亮，“约翰娜！”他喊道，立刻朝那个红家伙跑去。

“芬尼克！”我听到约翰娜在喊。

我和皮塔交换了一下眼色。“现在怎么办？”我问。

“咱们离不开芬尼克。”他说。

“我想也是，那就走吧。”我挺不高兴地说。虽然我心中有一连串预想的盟友，约翰娜·梅森却绝对不在其中。我们两个大步流星朝芬尼克和约翰娜碰面的地方走过去。我们走近一看，不禁感到困惑，原来她的盟友是比特和韦莉丝。比特躺在地上，韦莉丝刚站了起来，又开始在原地打转。

“她和比特、韦莉丝在一起。”我说。

“坚果和伏特?”皮塔说道，同样也想不明白，“我得看看这究竟是怎么回事。”

我们走到他们身边时，看到约翰娜正指着丛林，快速地给芬尼克说着什么。“我们开始以为是下雨，你知道的，天上打闪了，我们也都渴极了。可是当雨落下来时，一看是血，很稠的、很热的血。弄得我们满鼻子满眼都是。我们急得四处乱转，想逃出来，就在这时候布莱特撞到了电磁力场。”

“很遗憾，约翰娜。”芬尼克说。我一时想不起谁是布莱特，我想他是约翰娜七区的同伴吧，可我几乎想不起曾见过他。仔细想想，我觉得他甚至没来参加过训练。

“唉，是啊，他也没什么，可毕竟是家乡一起来的。”她说，“可是，他走了，就把我留给了这两个人。”她用脚踢了踢比特，后者也没什么反应。“他在宙斯之角时就在后背挨了一刀，你瞧她——”

我们的目光都转移到了韦莉丝那里，她满身是血，一边打转，一边嘟嘟囔囔地“嘀，嗒，嘀，嗒”。

“是啊，我们知道。‘嘀，嗒’。坚果受刺激了。”约翰娜说。这么一说，好像倒把韦莉丝的注意力吸引过来，她朝这边走来，约翰娜猛地一下把她推倒在沙滩上。“待在地上，别起来，行吗?”

“你别碰她。”我厉声对她说。

约翰娜眯着她棕色的眼睛，恶狠狠地咬着牙说：“别碰她?”我还没来得及反应，她就猛地冲上来，在我的脸上狠扇了一巴掌，打得我眼冒金星。“你以为是谁把他们从冒血的丛林里给你弄出来的?你这个——”芬尼克一下子把她扛到肩上，

她还在踢打着，然后把她扔到水里，一次又一次地把她摁到水里，这期间，她嘴里还不停地骂着脏话。可我没有射死她，因为芬尼克在她旁边，也因为她所说的，为了“我”把他们弄出来。

“她是什么意思？为我把他们弄出来？”我问皮塔。

“我不知道。你开始是想跟他们联手来着。”皮塔提醒我。

“是啊，没错。原来有这样的事。”可这并不能说明什么。我低头看着浑身无力躺在那里的比特，“可现在要是不帮帮他们，咱们也跟他们合作不了多久。”

皮塔抱起比特，我拉着韦莉丝的手，我们一起回到沙滩上的小营地。我把韦莉丝放在浅水里，好让她能洗洗。可是她只是紧握着双手，嘴里偶尔嘟囔着“嘀，嗒”。我解开比特的腰带，发现上面用藤条拴着一个很重的金属线卷。我说不上这是什么，可我觉得如果他认为有用，我就不能把它弄丢了。我把它放在沙滩上。比特的衣服已经被血粘在身上，所以皮塔把他抱到水里，我把他的衣服从身体上剥离，花了挺长时间才把他的连衫裤脱掉，可结果一看，他的贴身衣服也被血弄脏了。没办法，只能都给他脱光了，才能给他洗干净。我得说这对我来说，已经算不上什么事了。今年，我们家厨房的桌子上出现过太多的裸体男人。应该说，过了一段，也就适应了。

我们脸朝下，把比特放在芬尼克编好的垫子上，好检查他的后背。一道六英寸长的伤口，从他的肩胛骨一直延伸到肋骨内侧，好在伤得不深。他失掉了很多血——从他苍白的皮肤可以看出来——血还在往外渗。

我跪在地上，坐在自己的脚后跟上，琢磨着该怎么办。用海水疗伤？我想起妈妈每次给病人疗伤，第一招就是用雪。我望着浓密的丛林，心想要是我懂行，我敢说丛林就是一个大药房。可这丛林里的植物都是我不熟悉的。接着我灵机一动想起了玛格丝给我擤鼻子用的苔藓。“我马上回来。”我告诉皮塔。幸好，苔藓在丛林里随处可见。我从附近的树上拽了许多，用两只手臂抱着返回沙滩，把厚厚的一层苔藓铺在比特的伤口上，接着用藤条把苔藓固定住，又在上面浇了海水，之后把他拉到丛林边的树荫里。

“我想，咱们能做的也就这些了。”我说。

“真不错，你对疗伤还挺有一套，这是你家族的遗传。”他说。

“难说。”我摇着头，“我身上的遗传更多是爸爸的。”这种遗传只有在打猎时而非疗伤时最能体现出来。“我去看看韦莉丝。”

我拿起一把苔藓，当作抹布，走到韦莉丝身边。我脱掉她的衣服，给她擦洗身子，她也没有反抗，可她的眼睛里充满了恐惧。我说话时，她没有回答，而是更紧张地说着“嘀，嗒”。她确实是想告诉我什么，可要是没有比特的解释，我还是一无所知。

“是的，‘嘀，嗒。嘀，嗒’。”我说。听到这个，她好像平静了些。我把她的连裤衫上的血渍洗干净，然后帮她穿上。她的连裤衫好像没有我们的那么破，她的腰带也挺好的，所以我也把腰带给她系上。然后我把她的贴身衣服，连同比特的一起，用石头块压住，泡在水里。

在我洗比特的连裤衫时，约翰娜和芬尼克也走过来，约翰

娜洗得干干净净，芬尼克浑身结的痂都翘起了皮。约翰娜咕咚咕咚地喝水，吃蛤蜊肉，我也哄着韦莉丝吃一点。芬尼克用冷静客观的语气说起了毒雾和猴子的事，略掉了最重要的细节。

大家都愿意放哨，让别人休息，最后决定我和约翰娜来担任这项任务。我这么做是因为我睡足了，她呢，则是因为根本不愿意躺下。我们两个静静地待在沙滩上，其他人慢慢睡去。

约翰娜看着芬尼克，确定他已经睡着了，然后问我："你们是怎么失去玛格丝的？"

"在雾里。芬尼克背皮塔，我背玛格丝，后来我背不动了，芬尼克说他不能背着他们俩，她亲了他一下，就径直跑到雾里。"我说。

"她是芬尼克的指导老师，你知道的。"约翰娜用责备的口气说。

"不，我不知道。"我说。

"她就像他的家人。"过了一会儿，她说道，可这次话里少了些敌意。

我们看着水拍打着压在石头下的连裤衫。"那，你们和坚果，还有伏特怎么样？"我问。

"我告诉过你——我是为了你才把他们弄出来的。黑密斯说，要是我们想和你成为盟友，就得把他们给你带来。"约翰娜说，"你告诉他的，对吧？"

不，我心想。可我还是点点头，"谢谢，非常感谢。"

"我希望如此。"她充满厌恶地看了我一眼，好像我给她造成了生活中最大的拖累。我不知道有一个恨你的姐姐是否就是这种感觉。

“嘀，嗒。”我听到韦莉丝在我的身后说。我们转过身，看到她已经坐起来，眼睛死盯着丛林。

“噢，好了，她又来了。好吧，我睡了，你和坚果可以一起放哨。”约翰娜说。她走过去，一下子躺倒在芬尼克身边。

“嘀，嗒。”韦莉丝轻轻说着。我呼唤她来到我身边，躺在我前面，抚摸着她的胳膊，让她安静下来。她慢慢睡着了，睡梦中还在不安地抖动，偶尔还在梦呓，“嘀，嗒。”

“嘀，嗒。”我轻声顺着她说，“该睡觉了，嘀，嗒。睡吧。”

太阳已经高挂天空，悬在我们的头顶。**肯定到中午了。**我心不在焉地想。时间倒没有关系，但是在我的右边，隔着远处的水面，我看到耀眼的闪光，像闪电似的击中了一棵树。接着，像昨晚一样，接二连三的闪电又开始了。肯定又有人踏入那个区域，触发了闪电暴。我坐着不动，看着远处的闪电，尽量使韦莉丝保持平静，水面有节奏的拍打使她进入到较为安静的状态。我想起了昨晚，钟声响后，闪电就开始了，那时钟声响了十二下。

“嘀，嗒。”韦莉丝在梦中呓语，她好像要醒了，忽而又沉入睡眠。

十二下钟声，好像夜半的钟声，然后出现闪电；现在太阳高悬，像是中午，也出现了闪电。

我慢慢站起身来，环顾竞技场。竞技场是一个圆形，闪电出现在一个特定的位置，在紧挨着它的那个区域，出现了血雨，就是约翰娜、韦莉丝和比特遇到的那场血雨。我们可能是在第三个区域，与他们所处的区域紧挨着，遇到了毒雾。毒雾一被吸走，猴子在第四个区域出现。“嘀，嗒。”我换一个角度

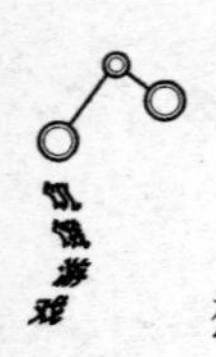

想。几个小时前，大约十点钟的时候，海浪翻卷，发生在第二个区域，也就是现在闪电的区域的左侧区域。中午——午夜——中午。

“嘀，嗒。”韦莉丝还在说梦话。闪电停止后，血雨在它右边的区域马上开始了。我好像突然间明白了她话里的意思。

“噢，”我轻声说，“嘀，嗒。”我扫视了竞技场整整一圈，我知道她是对的。“嘀，嗒。竞技场是一个钟。”

一个钟。我似乎可以看到表针在竞技场这个大钟的表盘上嘀嗒嘀嗒地转动，这个大钟由十二个区域组成。每个小时就会出现新的恐怖，一个极限赛组织者的新武器，前一个也会自然终止。闪电、血雨、毒雾、猴子——这是头四个小时的内容。十点，巨浪。我不清楚在剩下的七个小时还会出现什么恐怖的事情，但我知道韦莉丝是对的。

现在，血雨正在下，我们位于猴子出现的区域下方的沙滩上。离毒雾出现的区域太近了，令我不安。是不是所有的袭击都会停留在丛林的区域内？不一定。巨浪就没有。如果毒雾从丛林中渗漏出来，或者猴子在此返回……

“快起来。”我大声命令，把皮塔、芬尼克、约翰娜都摇醒，“起来——咱们得走了。”还有足够的时间，跟他们解释大钟的推理。韦莉丝为什么要说“嘀，嗒”，为什么无形的大手总是在每个区域触发致命的袭击。

我想我已经跟每一个有清醒意识的人都解释清楚了，可约

翰娜除外，我说什么她都喜欢唱反调。但即使如此，她也必须承认获得安全总比留下遗憾要好。

我们收拾好东西，又帮着比特穿上衣服，最后叫醒韦莉丝，她一睁开眼就紧张地喊："嘀，嗒!"

"是的，'嘀，嗒'，竞技场是个大钟，是个钟，韦莉丝，你是对的，"我说，"你是对的。"

她的脸上掠过了释然的表情——我猜是因为大家终于明白了她的意思，也许从第一声钟声响，她就明白了其中的含义。

"半夜。"她嘟囔着。

"是半夜开始。"我进一步向她确认。

记忆中的一个图景在我的脑海里浮现，一个钟，不，是一只手表，放在普鲁塔什·海文斯比的掌心。"会议在午夜开始。"普鲁塔什说。然后表盘上的灯光亮起，映出上面的嘲笑鸟，接着灯就灭了。现在回想起来，他好像是在给我一个关于竞技场的暗示。可是，他为什么要这么做呢？那个时候，我已经是和他一样的自由人，而不是竞技场里的"贡品"。也许他觉得这对我作为指导老师有帮助。或者，这一切早就是计划好的了。

韦莉丝朝下血雨的地方直点头。"一——三十。"她说。

"完全正确，一点三十。两点，那个地方出现了毒雾。"我说道，手指着附近的丛林。"所以，现在咱们得转移到安全的地方去了。"她笑着，顺从地站了起来。"你渴吗？"我把编织碗递给她，她咕咚咕咚喝了约一夸脱水。芬尼克把最后的一点面包也给了她，她三口两口就吞了下去。她好像已克服了无法交流的障碍，正在逐渐恢复正常。

我检查了自己的武器，把插管和药膏放在降落伞里捆好，又用藤条拴在腰带上。

比特的状况还是不太好，可当皮塔要扶他起来时，他却不愿意，“韦尔。”他说。

“她在这儿。”皮塔告诉他，“韦莉丝很好，她也一块走。”

可比特还在挣扎，“韦尔。”他固执地说道。

“噢，我知道他的意思。”约翰娜不耐烦地说。她走到沙滩旁边，拿起了我们给他洗澡时从他身上拿下来的线卷，线卷的上面凝结着厚厚的一层血。“就这没用的东西，他跑到宙斯之角去拿这东西才挨了一刀。我不知道这是什么武器，我猜可以拉出一截当作绞具什么的，可你能想象比特把人勒死吗？”

“他以前是用电线才赢得的胜利，那时他做了一个通电的陷阱。这是他所能得到的最好的武器。”皮塔说。

真奇怪，约翰娜怎么连这个都听不明白，这不大对头，真可疑。

“对这一切你早就想明白了吧，伏特这个外号还是你给他起的。”我说。

约翰娜眯着眼，恶毒地看着我说：“是啊，我可真蠢，是不是？我猜我为了救你的小朋友而分了心，可那时候，你却在……干什么，啊？让玛格丝丧了命？”

我把别在腰带里的刀子握得紧紧的。

“来啊，你试试，你动手，我不在乎，我会把你的喉咙撕破的。”约翰娜说。

我知道我现在不能杀她，可我和约翰娜的一场厮杀是早晚的事，最终会有一天，不是我就是她，要了对方的命。

“也许我们大家每走一步都得多加小心。”芬尼克说着，看

了我一眼。他拿起线卷，放在比特的胸前。“给你的线，伏特。插电时要小心啊。”

皮塔拉起比特，他现在已不再抗拒，“去哪儿?”他问。

“我想到宙斯之角去观察一下，看看这种钟表的猜测是否正确。”芬尼克说。这似乎是最佳方案。另外，能再去拿些武器也不赖，我们有六个人；即使除去比特和韦莉丝，我们四个也很强。这和我去年在宙斯之角的情况差别如此之大，那时候我干什么都要靠自己。是的，建立联盟确实不错，如果不用想最后如何杀死他们的话。

比特和韦莉丝很可能不会得到别人的救助。如果我们遇到危险，而不得不快速逃跑的话，他们又能跑多远？至于约翰娜，说实话，为了保护皮塔，或者仅仅为了让她闭嘴我可以轻易就结果了她。我真正需要的是有人帮助我把芬尼克清理出局，我觉得光靠自己的力量很难办到，特别是在他为皮塔做了所有的一切之后。我在想能否让他和职业选手来一次遭遇。这样做很冷酷，我也知道；可我还有什么别的选择吗？既然我们都已经知道了大钟的秘密，他是不可能死在丛林中的。这样，就得有人在搏斗中杀死他。

思考这些事情让我内心很烦乱，所以我就换换脑子，想点别的，现在唯一让我感到快乐的想法是如何杀死斯诺总统。这对一个十七岁的女孩来说不是一个很美丽的白日梦，但这么想还是挺让我心满意足的。

我们沿着最近的一条沙地往宙斯之角走，路上十分小心，以防职业选手隐身其中。我觉得他们应该不会在那里，因为我们已经在沙滩上待了几个小时了，也没见他们的一点动静。正如我所料，这地方已经没人了，只有金色的巨角和一堆挑剩下的武器。

皮塔把比特安置在宙斯之角不大的一点阴凉地里，然后又招呼韦莉丝。她蜷缩在他身边，他却把手里的线卷递给她，“洗干净，好吗？”他问。

韦莉丝跑到水边，把线卷泡到水里，之后她唱起了滑稽的小曲，好像是在表盘上跑的老鼠呀什么的，那肯定是个儿童歌曲，可她唱得很开心。

“噢，别再唱那个歌了。”约翰娜翻着眼珠子说，“在她开始说‘嘀，嗒’俩字之前，就一直唱这个歌，都唱了好几个小时了。”

突然，韦莉丝直直地站起来，指着丛林说：“两点。”

我顺着她手指的方向，看到雾墙正往沙滩上渗透。“是的，看，韦莉丝是对的。现在是两点，雾起来了。”

“就像由钟表控制的。”皮塔说，“你真聪明，韦莉丝，能想到这些。”

韦莉丝笑着，边洗线卷，边哼起了歌。

“噢，她不仅聪明，还有很强的直觉。”比特说。我们都把目光转向比特，他好像精神恢复了很多。

“她预感事情比谁都快。她就像你们煤矿上的金丝雀。”

“那是什么？”芬尼克问我。

“那是一种鸟，人们把它带到井下，要是空气不好，它就会给我们警示。”我说。

“怎么警示，死掉？”约翰娜问。

“它先是不叫了，这时人们就要往外跑。要是空气特别不

好，它们就会死掉，是的，那人也就完了。”我说。

我不愿谈起金丝雀，它让我想起了爸爸的死、露露的死、梅丝丽·多纳的死，还有妈妈继承了的她的那只鸟。噢，当然，我还想起了盖尔，在幽深漆黑的井下，斯诺总统对他发出的死亡威胁，在井下伪造成一起事故简直易如反掌。只需要一只不会叫的金丝雀，一个火星，一切就结束了。

我的思绪又回到杀死斯诺总统的想象中。

尽管约翰娜对韦莉丝很恼火，可此时的她是我看到的在竞技场最快乐的时候。我在武器堆里找箭，她也四处翻着，最后找到了一对看来很具杀伤力的斧头。起先，我觉得这个选择很奇怪，但是当她用力把一只斧子扔出去时，斧子一下子嵌在了被太阳晒软了的金色宙斯之角上，我才感到吃惊。当然啦，她是约翰娜·梅森，来自七区，那个伐木区。我敢说，自从她蹒跚学步起，她就开始练习扔斧子啦。这就跟芬尼克用鱼叉或者比特用电线、露露懂得植物的知识是一样的道理。我意识到这是十二区的选手多年来面临的一个不利的挑战。十二区的人直到十八岁才下井。似乎别的区的选手很小就学习了有关的技巧。在井下干活有些技能确实是可以用到竞技场的，比如使用鹤嘴锄、爆破或其他技能。正如我在打猎时学会的技能。可十二区的人学会这些技能的时间太晚了。

我在里面翻找武器的时候，皮塔已经蹲到地上，用刀尖在一片从林子里摘来的很大的、光滑的叶子上画着什么。我从他的肩头看过去，发现他在画竞技场图。中间是宙斯之角，被一圈沙地包围，十二个细长的沙地从中间扩散出去。看上去像一只大饼，被分成了十二个一样大的块。还有一个小圈代表水线，另一个大一点的圈代表丛林的边缘。“看，宙斯之角是怎么放置的。”他对我说。

我仔细看了看宙斯之角的位置，然后明白了他的意思。“宙斯之角的尾部指向十二点位置。”我说。

“没错，所以这就是我们钟表的顶部。”他说。他迅速在表盘上写上一到十二的数字。“十二点到一点是闪电区。”他在相应的区用极小的字体写上**“闪电”**两个字，然后按顺时针方向在其他区域写上**“血雨”**、**“雾”**、**“猴子”**。

“十点到十一点是巨浪。”我说。他又加上。说到这，芬尼克和约翰娜也走了过来，鱼叉、斧子、刀子，他们已经武装到牙齿。

“你们还注意到其他反常的地方吗？”我问约翰娜和比特，兴许他们看到了我们没看到的东西。可是，他们看到的一切就是血。“我猜他们还会有新花样。”

“我把极限赛组织者一直在丛林里追踪咱们的区域标出来，这样我们就可以避开。”皮塔说着，在毒雾和有巨浪出现的沙滩用斜线标出来。然后他坐到地上，“嗯，不管怎样，这比今天早晨咱们了解的情况清晰多了。”

我们都点头同意，这时我注意到了——寂静，我们的金丝雀不唱歌了。

我一刻也没耽误，边扭身边搭弓上箭，我瞥见韦莉丝正从浑身湿透的格鲁兹的手里滑到地上，韦莉丝的喉咙已被切开，脸上还挂着笑容。我一箭射中格鲁兹的右侧太阳穴，在我搭上第二支箭的工夫，约翰娜飞出的斧子插入到了凯什米尔的胸膛。芬尼克挡住了布鲁托扔向皮塔的一支矛，伊诺贝丽的刀子却扎到他的大腿上。要是没有宙斯之角可以藏身的话，二区的两个职业选手早已死了。我跳到水里，继续追赶。

砰！砰！砰！三声炮响，证明了韦莉丝已无力回天，格鲁兹和凯什米尔也都一命归西。我和我的盟友绕过宙斯之角，去追赶布鲁托和伊诺贝丽，他们正沿着长条沙滩往丛林的方向跑。

突然，我脚下的地面开始剧烈晃动，我被侧身抛到地上。宙斯之角四周的地面开始快速转动起来，速度飞快，丛林都变得模糊起来。巨大的离心力几乎把我甩到水里，我赶紧把手和脚插到沙子里，尽力保持平衡。一时间，飞沙走石、天旋地转。我赶紧眯起眼睛。我毫无办法，只能紧紧抓住地面。然后，在没有缓慢减速的情况下，地面突然停止转动。

我不住地咳嗽、头晕目眩，我慢慢地坐起来，看到我的同伴处于同样的境地。芬尼克、约翰娜和皮塔都抓住了，其他三个死去的人被甩到了水里。

整个事件，从韦莉丝歌声消失到现在，只有两分多钟。我们坐在那里喘着大气，把沙子从嘴里抠出来。

“伏特呢?”约翰娜问。我们这时都站了起来。我们歪歪斜斜地绕了宙斯之角一圈，没找到他。芬尼克看到他在二十码之外的水里，快漂不上来了，他游过去，把他拉上来。

这时我想起了线卷，那对他有多重要。我心急火燎地四处寻找。哪里去了？哪里去了？结果我看到了，在水里，还死死抓在韦莉丝的手中。想到接下来要做的事，我心里禁不住紧张起来。“掩护我。”我对其他人说。我把武器扔到一旁，顺着沙滩跑到离她最近的地方，然后一猛子扎到水里，朝她游去。我用眼角的余光看到直升机出现在我们头顶，机械爪已经伸出来，很快要把她抓走。可我没停下。我用尽全身力气，使劲朝她游，最后砰的一下撞到了她的身体。我把头探出水面呼吸，免得吞进了混杂了她血的水。她脸朝上漂在水面，由于已经死亡，加之皮带的浮力，她没沉下去，两只眼直愣愣地冲着血红的太阳。我一边踩水，一边掰开她的手指——她抓得太紧了，把线卷取下来。最后，我所能做的只是把她的眼皮合上，对她说再见，然后游开了。到了把线卷扔到沙地上，爬上岸时，她的遗体已经被运走了。我仍能感觉到嘴里血腥混着海盐的味道。

我走回到宙斯之角，芬尼克已经把比特活着拉了回来，但他有点呛水，正坐在地上，把肚子里的水吐出来。他很聪明，没把眼镜弄丢，所以至少他可以看见。我把那卷金属线扔到他膝盖旁。线卷闪闪发亮，一点血渍都没有。他拉出一截线，用手指捋着。这还是我第一次看到这线，它不像我见到过的任何线，浅金色，像头发一样细。我纳闷这东西到底有多长。装满这个线轴看来得有几英里长。可是我没有问，我知道他正想着韦莉丝。

我看着其他人的脸，他们都很严肃。现在，芬尼克、约翰娜和比特都失去了他们的伙伴，我走到皮塔身边，抱住他，一时间，我们都静默无语。

“咱们离开这个讨厌的岛吧。”约翰娜终于说道。现在只剩下拿多少武器的问题了，我们尽量多拿些。幸好，丛林里的藤子够结实，包在降落伞里的插管和药膏还好好地拴在我的腰带上。芬尼克脱下衬衣，用它包住伊诺贝丽在他大腿上留下的伤口，伤口并不深。比特认为如果我们走得慢些，他也可以自己

走，所以我扶他起来。我们决定待在十二点位置的沙滩上。在这里可以得到几个小时的宁静，也可以远离残余的毒雾。可是刚这样决定，皮塔、约翰娜和芬尼克却朝着三个不同的方向走去。

“十二点方向，对吧?”皮塔说，“宙斯之角的尾部正对着十二点。”

“那是在他们转动圆盘之前。”芬尼克说，“我是通过太阳来判断的。”

“太阳只是说明现在快四点了，芬尼克。”我说。

“我想凯特尼斯的意思是说，知道时间是四点并不说明你知道四点钟的位置在哪里。你只能大概说出它的位置，除非他们把丛林外围的位置也改变了。”比特说。

不，凯特尼斯的意思比这简单多了，比特的理论比我说的话复杂得多。但我还是点点头，好像一直都是这么想的。“是的，所以任何一条路都可能是通向十二点位置。”我说。

我们绕着宙斯之角转，仔细观察周围的丛林。丛林在各个位置上看上去都惊人的相似。我依稀记得十二点第一个被闪电击中的是棵高大的树木，可每个地方的树都很相似。约翰娜认为要循着伊诺贝丽和布鲁托来的印记走，可那些印记也都被水冲走了。一切都无从辨认。“我真不该提起钟表的事。现在他们连这一点点优势也给我们夺走了。”我苦恼地说。

“只是暂时的。”比特说，“十点，我们又会看到巨浪，又会回到正常的轨道上。”

“是的，他们不可能重新设计竞技场。”皮塔说。

“没关系啦。你要告诉我们怎么走，不然我们永远都别想挪动营地的位置，你这没脑子的家伙。”约翰娜不耐烦地说。

具有讽刺意味的，她这种蔑视性的话，还挺符合逻辑，是唯一让我感到舒服的回答。是的，我得告诉他们往哪儿走。

“好吧，我需要喝水。大家觉得渴了吗？”她接着说。

这样，我们就随便挑了一条路走，也不知道是几点钟方向。当我们走到丛林边时，我们疑惑地看着丛林，不知道里面有什么在等待着我们。

“嗯，肯定到了猴子出现的时间了。可我一个也看不见。我去树上打孔。”皮塔说。

“不不，这回该我了。”芬尼克说。

“至少让我守护在你身后。”皮塔说。

“凯特尼斯可以打孔，我们需要你再画一幅地图。那张给冲走了。”约翰娜说。她从树上摘下一片宽阔的叶子，递给皮塔。

我突然怀疑他们要把我们分开，然后杀死我们。可这么想也没有道理。如果芬尼克在树上打孔，我就会占优势，而皮塔也比约翰娜个头高大得多。所以我跟着芬尼克走了十五码进入丛林，他找到一棵不错的树，开始用刀在树上挖孔。

当我站在那里，手拿弓箭做好防御时，内心总觉惴惴不安，好像有什么事正在发生，而且这事和皮塔有关。我回想过去的这段时间，从进入竞技场铜锣声响起时到现在，到底是什么事让我内心不安。

芬尼克把皮塔从金属盘上背过来，在皮塔被电磁力场击中时，芬尼克救活了他，玛格丝自愿钻进毒雾，好让芬尼克能够背皮塔。瘾君子冲到皮塔前面，挡住猴子的进攻。在与职业选

手短暂的交锋中，难道不是芬尼克为皮塔挡住了布鲁托的长矛，自己却挨了伊诺贝丽的刀子？即使是现在，约翰娜也拉他去画地图，而不愿让他到丛林里冒险……

我想不出这其中有什么问题，这背后的原因太深不可测了。一些胜利者试图让他活下去，即使这意味着牺牲自己的生命。

我感到震惊。当然，保护皮塔是我的责任，可是，这说不通啊。我们所有人中，只有一个人能活着出去，那么，他们为什么选择去保护皮塔？黑密斯究竟跟他们说了什么，又跟他们做了怎样的交换，才使他们把保护皮塔的生命放在了第一位？

我知道自己保护皮塔的理由。他是我的朋友，这是我蔑视凯匹特的方式，我要去颠覆这可怕的游戏规则。但是，如果我并非与他的切身利益息息相关，什么才能使我真正想去救他？把他置于自己的生命选择之上？当然，他很勇敢，但是我们都很勇敢，这样才能在饥饿游戏中获胜。这是每个人身上不可忽视的优点。可是……我想起来了，皮塔有比我们任何人都出色的地方，他会有效使用语言。他在两次电视访谈中都征服了所有的观众，也许就是这种潜在的语言能力使他能够鼓动群众——不，是号召这个国家的民众——而他靠的不过是调动了朴素的语言。

我记得我曾经思考过这个问题，这正是我们革命的领导者所应具有的天赋。是否黑密斯已经说服了大家？说服大家去相信皮塔的语言力量比我们所有人的力量相加还要大？我不知道，但要某些胜利者做到这一点还有很长的路要走。我说的是约翰娜·梅森。可是他们决定保护他还能有什么其他的解释吗?

“凯特尼斯，把插管给我。”芬尼克说。他的话兀地把我从纷繁的思绪中拉了回来。我割断拴着插管的藤条，把金属管递给他。

就在这时，我听到了一阵叫喊声，这声音是那么熟悉，声音充满了痛苦与恐惧，让我从头到脚一阵冰凉。我扔掉插管，忘记了自己身在何处，不知前面等着我的是什么，我只知道我必须找到她，去保护她。我不顾危险，发疯似的朝着传来声音的方向狂奔，穿过满是藤蔓和浓密的枝叶的树林，此时，任何事都不能阻挡我奔向她的脚步。

因为，那是我的小妹妹波丽姆的声音。

叽喳鸟的折磨

她在哪儿？他们把她怎么样了？“波丽姆！”我喊道，“波丽姆！”回答我的只有另一声痛苦的喊叫。她怎么会到了这里？她怎么会参加饥饿游戏？“波丽姆！”

藤蔓划破了我的脸和胳膊，脚下的矮树丛把我绊倒，可是我却在一步步向她靠近，更近了，现在已经很近了。汗珠从我的脸上滑落，刺得刚结痂的皮肤生疼。我喘着粗气，尽力从令人窒息的湿热的空气中吸到一点氧气。波丽姆又叫了一声——这是多么失落、无助的喊声——我简直不敢想他们在怎样对她才使她发出这样凄惨的叫声。

“波丽姆！”我穿过一层厚厚的密林，来到一小片空地，那声音在我的头顶不断传来。我头顶？我仰起头，他们把她弄到树上了？我拼命地在树枝里搜寻，却没有看到。“波丽姆？”我用哀求的声音说。我能听见她的声音，却看不见她。她又发出一声喊叫，像铃声一样清晰，没错，是从树上传来的，是从一只小花斑黑雀的嘴里传出来的，它落在离我头顶十英尺的一个树枝上。这时，我才明白过来。

是一只叽喳鸟。

我以前从未见过这种鸟，以为它们已经不存在了。我靠在树上，忍着疾跑而产生的岔气，仔细地观察起这鸟。这是一个变种，是现在鸟的祖先或者父体。我在脑子里想象着嘲鸟的样子，把它和叽喳鸟放在一起，它们交配后产下了嘲笑鸟。叽喳鸟丝毫都看不出来是转基因鸟，跟普通的鸟无异，不同的是从它嘴里发出了可怕而逼真的波丽姆的叫喊。我射中它的喉咙，结果了它。鸟掉在地上，我拿掉箭，为了保险，又拧断了它的脖子。然后把这个可恶的家伙扔到树丛里。真想吃了它，以前最饿的时候都没这么想吃过。

这不是真的。我对自己说，**正如去年的野狗不是那些死去的"贡品"一样，这只是极限赛组织者折磨我们的手段罢了。**

芬尼克冲过来，看到我正在用苔藓擦箭头。"凯特尼斯?"

"没事，我没事。"我说。其实我的心里很不是滋味。"我本以为听到我妹妹的喊声，可是——"一声尖叫打断了我的话。这是另一个声音，不是波丽姆的，也许是个年轻女人的。我没听出是谁。可芬尼克却听出来了，他立刻变得面无血色，我甚至可以看到他的瞳孔都恐惧地张开了。"芬尼克，等等!"我说着，想跟他解释一切，但他却像箭一样地跑开了。他要去寻找那个声音，就像我疯狂地寻找波丽姆一样。"芬尼克!"我喊道。但我知道他是不会停下来，听我的解释的。我只能跟在他身后狂奔。

即使他跑得这么快，跟上他并不难，因为他在身后留下了一条清晰的痕迹，草上蹚出了一道印。可是鸟的叫声至少在四

分之一英里之外，而且是在山上。我追上他时，已经上气不接下气。他围着一棵大树转，大树的直径足有四英尺，最低的树枝离地也有二十英尺。女人的尖叫来自树叶里面，可是却看不到叽喳鸟。芬尼克也在喊，一遍一遍地喊，“安妮！安妮！”他异常惊慌，根本没法跟他解释。所以干脆我爬上旁边的一棵树，找到叽喳鸟，一箭射死了它。那鸟直直地落到地上，正好落在芬尼克的脚下。他捡起鸟，渐渐明白了过来。我从树上下来时，他看上去比刚才还要绝望。

“没事的，芬尼克，这只是一只叽喳鸟，他们在给我们耍诡计。这不是真的，这不是你的……安妮！”我说。

“是啊，不是安妮。可那声音是她的。叽喳鸟模仿它们听到的声音，那它们是从哪儿听到的，凯特尼斯？”他说。

我明白他的意思，脸一下子变得煞白。“噢，芬尼克，你不会认为她们……”

“是的，我觉得是。我就是这么想的。”他说。

我立刻想到波丽姆在一个白色的小屋子里，脸上戴着面具，被绑在一张桌子旁，一些穿制服的人逼迫她大声喊叫。在某个地方，他们正在折磨她，或者过去曾折磨过她，让她发出那些喊叫。我的腿一下子像灌了铅，瘫倒在地。芬尼克想跟我说什么，可我已经听不见了。我最后却听到另一只鸟在我左边发出尖叫，这次是盖尔的声音。

我刚要跑，芬尼克抓住了我的胳膊，说：“不，这不是他。”他拽起我就往山下跑，往沙滩方向跑。“咱们快离开这儿！”可盖尔的声音太痛苦了，我忍不住要去找到他。“这不是他，凯特尼斯！是杂种鸟！”芬尼克冲着我喊，“快点！”他连拉带拽，带着我往前跑，跑着跑着，我才明白了他说的话。他是对的，只是另一只叽喳鸟发出的声音。我追赶这个声音也帮不了盖尔。可是，这的的确确是盖尔的声音，在某个地方、某个时间，某个人，逼迫他发出了这样的喊声。

我不再挣扎，而是像大雾出现的那个夜晚，拼命地奔逃，逃离我无法抗拒、却能受其伤害的险恶处境。不同的是，这次受到摧残的是我的心灵而非肉体。这一定是大钟的另一种武器，我想。当指针打到四的时候，猴子消失，叽喳鸟出动。芬尼克说得没错，逃离这里是我们唯一能做的。黑密斯用降落伞送来任何药物都无法治疗我们的心所受到的伤害。

我看到皮塔和约翰娜站在林子边缘，既觉得宽心，又很生气。为什么皮塔不来帮忙？为什么没人来帮我们？即使现在，他也站得远远的，举着双手，手掌心对着我们，他的嘴在嚅动，但却没有声音。为什么？

一堵极为透明的墙拦在前面，我和芬尼克一下子撞在上面，接着被弹回到丛林的地上。我很幸运，肩膀撞在上面，而芬尼克的脸先撞上，他的鼻子立刻血流如注。这就是为什么皮塔、约翰娜，甚至站在他们身后的比特都不来帮忙的原因。这不是电磁力场，是可以触摸得到的坚硬、光滑的墙面。无论皮塔的刀，还是约翰娜的斧子，在这堵墙上连一个印都刻不上去。我在墙里侧几英尺的范围内查看了一下，知道整个四点到五点钟的区域已经全部被封住了。我们像老鼠一样被困在里面，直到这一个小时过去。

皮塔把手放在墙面上，我伸出手，放在同样的位置，好像透过墙面可以感觉到他的温暖。我看到他的嘴在动，却听不见

他的声音，外面的任何声音都听不到。我设法猜出他说了什么，可是我无法集中精神，所以只是盯着他的脸，尽力保持清醒和理智。

这时，很多鸟出现了，一只接着一只，落在周围的树枝上。从它们的嘴里发出许多精心安排的可怕声音。芬尼克立刻坚持不住了，他蜷缩在地上，两手紧捂着耳朵，好像要把自己的头骨捏碎。我硬撑了一会儿，用箭射死那些可恶的鸟，箭袋的箭都用光了。可每射死一只，另一只立刻补上来。最后，我也放弃了，缩在芬尼克的身边，尽力堵住那些令人无比痛苦的声音：波丽姆、盖尔、马奇、罗里，甚至珀茜，可怜的小珀茜……

当皮塔用手来扶我的时候，我知道这一切已经结束了。我感觉自己被抱了起来，离开了丛林。可我还是紧闭着眼，捂着耳朵，肌肉绷得紧紧的。皮塔把我放在他的膝盖上，说着安慰我的话，轻轻摇晃着我。很长时间过去了，我如石头般僵硬的身体才渐渐放松下来。但紧接着，又开始不停颤抖。

“没事的，凯特尼斯。”他轻声说。

“你没听见。”我回答。

“我听到波丽姆的声音了，就在一开始。可那不是她，是叽喳鸟。”他说。

“那是她。在什么别的地方，叽喳鸟模仿了她的声音。”我说。

“不，他们正要让你这么想。去年我以为野狗的眼就是格丽默的眼，可那不是格丽默的眼。而同样，你听到的也不是波丽姆的声音。或者，就算是，也是他们从采访或者别的地方弄来录音，然后扭曲了声音造出来的，他们想让鸟说什么，就造什么。”

“不，他们在折磨她，她肯定已经死了。”我回答。

“凯特尼斯，波丽姆没死。他们怎么能杀了波丽姆？我们已经坚持到现在，就要决出最后的八名选手了，接下来会怎样？”皮塔问。

“我们中有七个人会死掉。”我无望地说道。

“不，在家乡，在比赛最后八名选手产生时会发生什么事？”他抬起我的下巴，让我看着他，直视他的眼睛，“发生什么？最后八名？”

我知道他在尽力帮助我。所以我认真地想起来。“最后八名？”我重复着他的话，“他们会采访选手家乡的家人和朋友。”

“对呀。他们会采访你的家人和朋友。要是你的家人和朋友都被杀了，怎么采访呢？”皮塔说。

“不能？”我问，还是不敢确定。

“不，这样我们就知道波丽姆还活着。她是他们第一个要采访的人，不是吗？”

我很想相信他，太想了，可是……那些声音……

“首先采访波丽姆，然后是你妈妈，你的表兄，盖尔。还有马奇。这是他们的伎俩，凯特尼斯。可怕的骗人伎俩，受到伤害的只有我们，因为我们在参加比赛，而不是他们。”他接着说。

“你真相信是这样的？”我说。

“真的。”皮塔说。我摇摇头，我知道皮塔能说服他想说服的任何人。我看看芬尼克，想从他那儿得到证实，可他也在注视着皮塔，听着他说的话。

“你信吗，芬尼克？”我问道。

“可能是吧，我也不知道，他们能做到吗，比特？录下人

正常的声音，然后造出来……”他说。

“噢，是的。这甚至一点都不难，芬尼克。我们区的孩子在学校学习了一种类似的技术。”比特说。

“当然，比特说得没错。全国的人都喜欢凯特尼斯的小妹妹，如果他们就像这样杀死了她的妹妹，那很快就会发生暴动。”约翰娜平淡地说。“他们也不想这样，对吧?”她仰起头，大喊，“整个国家都反抗？他们根本不想这样!”

我惊得张大了嘴。没人，从来没有任何人，在比赛中说过任何这样的话。绝对没有。肯定，他们在电视转播中会把约翰娜的话切掉。可我已经听到了她说的话，也永远不可能按原来的眼光去看她了。她不可能因为善良而赢得任何奖励，但她确实很勇敢。或者疯狂。她捡起一些贝壳，朝丛林走去。“我去弄水。”她说。

她从我身旁经过时，我不由得拉住她的手，“别去。那些鸟——”我想起了肯定鸟已经消失了，可我还是不想让任何人过去。甚至是她。

“它们不能把我怎么样，我不像你们，我已经没有要爱的人啦。”约翰娜说着，不耐烦地挣开我的手。当她用贝壳给我端来水时，我点点头，表示了无声的感谢，可我心里明白她对我的同情是多么的鄙视。

当约翰娜给我端水，把箭都捡回来的时候，比特一直在鼓捣他的金属线。我也需要洗一洗，可我待在皮塔的臂弯里，抖得无法走路。

“他们拿谁来威胁芬尼克?”他说。

“一个叫安妮的人。”我说。

“肯定是安妮·克莱斯。”他说。

“谁?”我问。

“安妮·克莱斯，她就是玛格丝报名自愿代替的那个女孩，她大概在五年前的比赛中获胜。”皮塔说。

那应该是在爸爸去世的那年夏天，也就是我刚开始养家的那年。那时候我整日忙于跟饥饿作斗争。“我不太记得这些比赛。是地震的那年吗?”我说。

“是的，安妮的同伴被砍掉脑袋后，她就疯了。她自己逃跑了，躲起来。可是地震把水坝震塌了，淹没了整个竞技场。她赢了是因为她游泳游得最好。”皮塔说。

“后来她好点了吗？我是说，她的脑子正常了?”我问。

“我不知道，在游戏中，我不记得再见到过她，可是今年抽签时，她看上去好像不怎么稳定。”皮塔说。

原来她就是芬尼克所爱的人，不是他在凯匹特的一大串情人，而是家乡的一个贫穷的疯女孩。我心想。

一声炮响把我们都引到了沙滩上。一架直升机出现在大概六点到七点的位置。我们看到直升机的机械爪抓了五次，才把尸体的残肢收拾完。很难说死的是谁。无论在六点区域发生了什么事，我永远都不想知道。

皮塔又在树叶上画了一张新地图，在四点到五点区域标上了一个JJ作为叽喳鸟出现的标志，在抓走尸体残肢的区域写上了**野兽**俩字。我们现在比较清楚剩下的七个小时的区域内会发生什么。如果说叽喳鸟的突袭有什么好处的话，那就是它让我们重新找到了在表盘上的位置。

芬尼克又编了一只水篮子和一张用来捕鱼的网。我快速游了会儿泳，又在身上抹了些药膏。然后我坐在水边，边清理芬尼克捕的鱼，边看着西边的落日。明亮的月亮已经升上了天空，在竞技场洒下了奇异光芒，好似已经到了黎明。我们准备坐下来吃生鱼，这时国歌响起。一个个死去的“贡品”的脸出现在天空……

凯什米尔、格鲁兹、韦莉丝、玛格丝、五区的女人、为保护皮塔而死去的瘾君子、布莱特、十区的男人。

死掉了八个，加上第一晚死掉的八个，我们中三分之二的人已经在头一天半的时间内故去。这一定创下了饥饿游戏的新纪录。

“他们正一点点地把我们耗光。”约翰娜说。

“还剩下谁？除了我们五个和二区的两个？”芬尼克问。

“查夫。”皮塔连想都没想就说道。也许是因为黑密斯的缘故，他早就对他多加留意了。

一只降落伞落了下来，送来了一些方形面包卷，面包卷不大，一口可以吃掉一个。“这是你们区送来的，对吧，比特？”皮塔问。

“是的，是三区送的。一共多少个？”他说。

芬尼克数了数，拿起每一个在手心里转着看了看，然后又摆放整齐。我不知道芬尼克对面包卷有什么样的认识，不过他好像对摆弄面包卷很着迷的样子。“二十四个。”他说。

“整二十四个，然后呢？”比特问。

“正好二十四个，咱们怎么分呢？”芬尼克问。

“咱们每个人吃三个，那么明天早饭时还活着的人可以投票决定怎么分剩下的。”约翰娜说。我不知道自己为什么听了这个觉得很想笑，我想，也许因为这是实情吧。我一笑，约翰娜用赞许的眼光看了我一眼，不，不是赞许，兴许是有点高兴吧。

我们等着，一直等到十点到十一点区域的巨浪过后，才到沙滩去露营。理论上讲，我们拥有十二个小时的安全时间。这时，从十一点到十二点区域传来了烦人的咔嗒咔嗒的声音，很可能是某种邪恶的昆虫发出的。但不管是什么东西发出的声响，它停留在丛林的范围内。我们尽力离那片丛林远些，免得不小心惊动了它们，它们会倾巢出动。

我不明白为什么约翰娜还能坚持不睡觉。自从比赛开始以来她只睡了大约一小时。皮塔和我自告奋勇，要求先放哨。一方面，我们休息得比较充分；另一方面，我们需要独处的时间。于是其他人都很快睡去了，芬尼克的睡眠很不安定，时不时地可以听到他呼唤安妮的名字。

皮塔和我坐在潮湿的沙滩上，面对相反的方向，我们的右肩靠在一起。我负责观察着水的方向，他负责观察丛林的方向。这对我有好处，因为直到现在，我的耳边还回响着叽喳鸟的声音，即使是现在林子里昆虫的声音也不能把它赶走。过了一会儿，我把头倚在他的肩上，感觉到他的手在抚摸我的头发。

“凯特尼斯，我们都假装不知道对方在做什么，这没有用。”他温柔地说。

是的，我想也是，而且讨论这个也没什么意思。反正，对我们俩来说是这样。可是凯匹特的观众眼巴巴地看着电视，不会错过我们所说的每一句伤心话。

“不管你觉得你跟黑密斯达成了什么协议，他也让我做出了保证。”皮塔说。

当然，这个我也清楚。他告诉皮塔他们俩会尽力让我活下去，这样皮塔就不用疑心了。

“所以，我想我们可以假定黑密斯对我们中的一个撒了谎。”

这句话引起了我的注意。两面协议，两边许诺。只有黑密斯知道哪个是真的。我抬起头，看着皮塔的眼睛。

“你为什么现在说这个?”我说。

“因为我不想让你忘了我们的境况有多么不同。如果你死了，而我活着，那我即使回到十二区也了无生趣。你是我全部的生命。那样的话，我永远都无法获得快乐。”他说。

我刚要反驳，他却把手指放在我的嘴唇上。

“可你就不同了，我不是说这么做对你不难，可是你还有其他人可以让你的生命充满意义。”

皮塔把挂在脖子上带金属圆盘的项链摘下来。他把圆盘举在月光下，我可以清楚地看到上面的嘲笑鸟。之后，他用拇指拨了一下我以前没注意到的一个小搭钩，圆盘的盖子一下子打开了。这不是实心的，而是一个小盒，在小盒里装着照片。右边是妈妈和波丽姆，她们在微笑，左边是盖尔，也在微笑。

看到这几个人的脸，我的心在瞬间已经碎了，此时，世界上的任何东西都不可能有这样的力量，特别是在我今天下午听到那可怕的声音之后……凯匹特拥有的真是绝妙的武器。

“你的家人需要你，凯特尼斯。”皮塔说。

我的家人，我的妈妈，妹妹，还有我的假表兄盖尔。可是皮塔的意图很清楚。盖尔也是我的家人，或者，如果我活下去，早晚有一天会成为我的家人。我会跟他结婚。所以，皮塔正在献出自己的生命，为我，也为盖尔。他要让我明白这一点永远都不容置疑。皮塔要我把一切的一切从他身边夺走。

我等着他提起孩子，为了电视机前观众进行表演，可是他却没有提及。这时我明白了他所说的一切都不是为了饥饿游戏，他是在告诉我内心的真实感受。

“没有人真的需要我。”他说着，声音里没有一丝的自怜。是的，他的家庭不需要他，他们会和一些朋友一起为他哀悼，可是他们的生活会继续；甚至黑密斯，在酒精的帮助下，也会支撑着活下去。我意识到，如果皮塔死了，只有一个人会为他永远心碎，那就是我。

“我需要你。我需要。”我说。

他看上去很不安，深深地吸了一口气，好像要用一大番话来说服我。可这没用，根本没用。因为他又要说起波丽姆、妈妈和所有的一切，而这只会让我更迷惑。没等他开口，我上前亲吻他，堵住了他的嘴。

我又有了这样的感觉，这种感觉以前只有过一次，那就是去年在岩洞里，我想让黑密斯给我们送食物时，亲吻他的那一次。在比赛中和比赛结束后，我亲吻皮塔不下千次，可只有那一次让我心动，让我心生渴望。可那时我头上的伤开始流血，而他让我躺下了。

这一次，没有任何人会打扰我们。皮塔还想说话，可试了几次没用，他也不再坚持了。这种奇妙的感觉在我的心里流淌，温暖了我的心，又传遍了我的全身。这感觉不但没让我满足，反而促使我渴望更多。我想我已经成了饥饿方面的专家，可这是一种完全不同的饥饿，完全不同的渴望。

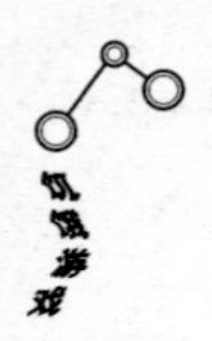

是第一个闪电的噼啪声，以及在夜半击中树木的声音，把我们拉回到现实世界。它把芬尼克也惊醒了。他坐起身来，尖叫起来。我看到他的手指插入沙土，好像在提醒自己，无论多么可怕的噩梦都不是真的。

“我睡不着了。你们俩应该轮流睡一会儿。”他说。就在这时，可能他才注意到我们的表情，才看到我们拥抱在一起。“要么你们俩都去睡吧。我可以一个人放哨。”

皮塔不同意。“那太危险了，我不累，你躺会儿吧，凯特尼斯。”他说。

我没有反对。要想保护皮塔，我必须睡觉。他把项链戴在我的脖子上，然后把手放在我腹部婴儿所在的位置说：“你会成为一个好妈妈的，你知道。”他又最后亲了我一下，然后到芬尼克那里去了。

他手指我的腹部，意思是我们暂时与饥饿游戏脱离的时间已经结束。他知道观众会纳闷为什么他不用最强有力的语言去说服我，赞助人一定被操纵了。

但当我躺在沙滩上，我也在想，还会有其他的可能性吗？他要提醒我有一天我和盖尔还会有孩子？噢，即使他真的是这个意思，这也是个错误。第一，这不在我的计划内。第二，我和皮塔如果真的有一个人成为父母，那人人都看得出，这个人是皮塔。

在我迷迷糊糊要睡着的时候，我在心里憧憬着一个未来世界，在那里，没有饥饿游戏，没有凯匹特，那是一个在露露即将死去时我所唱的歌里的世界，在那里，皮塔的孩子是安全的。

比特的圈套

我醒来时，心里有种虽然短暂，但却幸福甜蜜的感觉，这里有皮塔的缘由。当然，幸福，在这个时刻，是个很可笑的词。按照现在的设想，我一天以后就会死去。如果到那时我能消灭竞技场里所有的敌人，包括我自己在内，让皮塔戴上世纪极限赛的桂冠，那将是最理想的结局。可不管怎样，这种幸福感是那么出人意料、那么甜蜜，哪怕只有一会儿，我也愿意在粗糙的沙地、炎热的阳光、瘙痒的皮肤把我唤醒到现实世界之前，把它留住。

大家都醒了，这时一只降落伞落在沙滩上。我跑过去看，又送来了面包卷，和头天晚上我们收到的一样。三区送来的二十四个面包卷。这样，我们总共还有三十三个。我们每人拿五个，留下八个备用。没有人提起这事，可是在下一个人故去时，八个分起来正好不多不少。可是，大白天的，开玩笑说谁会活下来吃剩下的面包卷，也没什么好笑的。

我们的这种联盟能保持多长时间？我觉得，人们不会以为

选手的数目会迅速减少。我认为大家都在保护皮塔，要是这个想法是错的怎么办呢？如果一切只是偶然，或者大家不过是为了赢得我们的信任，好更容易地杀死我们，或者我没弄清真正的情况怎么办？没有如果，我确实没弄清真实情况。如果这样，现在就到了我和皮塔撤出的时候了。

在沙滩上，我坐在皮塔的身边，吃着面包卷。不知怎的，我不敢正视他。也许是因为昨晚温情的吻——尽管我们亲吻也不是第一次了，他似乎并没感到与平时有任何的不同；也许是因为我心中很清楚我们在一起的时日无多，我们两个抱有的共同目的都是为了让对方活下去。

我们吃完之后，我拉着他到水边。“走吧，我教你游泳。”我需要把他叫到一旁，好商量与其他人脱离的事。这一定要做得人鬼不知，不然一旦大家知道我们要与他们脱离，我们就立刻会成为所有人的目标。

如果我真的是教他游泳，就得把有浮力的皮带摘掉，可现在这又有什么关系呢？所以，我只教他基本动作，然后让他在齐腰深的地方来回游。一开始，我注意到约翰娜在小心地观察我们，但最后，她没了兴趣，到一旁打盹去了。芬尼克正在用藤条编鱼网，比特在鼓捣金属线。我知道现在时间到了。

皮塔游泳的时候，我发现身上结的痂都翘皮了，我抓一把沙子在胳膊上下轻轻揉搓，痂就可以搓掉，我把所有的痂都搓掉，露出了里面的嫩肉。我赶紧叫皮塔不要游泳了，假装教他怎样弄掉发痒的硬痂。我们一边搓硬痂，一边秘密商量着脱离同盟的事。

“瞧，就快到最后的八个人了，咱们该走了。”我低声说着，别人是否能听到，我心里还在打鼓。

皮塔点点头，看得出他正在考虑我的建议，在心里掂量着这么做对我们是否有利。“依我看，咱们再等等，等把布鲁托和伊诺贝丽结果了再说。我猜比特正研究着捕获他们的圈套，到那时，咱们再走。”他说。

我觉得他的决定不太妥当。可反过来讲，如果我们现在离开，就会有两拨人要追杀我们，也许三拨，谁知道查夫处于什么状态；再说还要考虑躲避竞技场内的种种危险；再者，还要考虑比特。约翰娜把他带给了我，要是我们离开，她肯定就会杀了他。这时我才想起，我也保护不了比特。因为比赛只能有一个胜利者，而这人必须是皮塔。我必须要接受这个现实，我只能根据皮塔生存的需要去作出决定。

“好吧，我们等到职业选手死掉，之后就和他们分开。”我说。

我转过身，招呼芬尼克过来，“嗨，芬尼克，你过来！我们有办法让你重新漂亮起来！”

我们三个把身上结的痂都搓掉了，又互相帮忙把背上的也搓掉，我们的身上的皮肤跟粉色的天空一样鲜嫩。接着又擦了些药膏，防止鲜嫩的皮肤被晒伤，药膏抹在平滑的皮肤上也并不难看，再说，这颜色在丛林中还是保护色呢。

比特叫我们都过去，原来他一直鼓捣金属线是有道理的，他制订了一个计划。“我想大家都同意我们下一步的计划是杀死布鲁托和伊诺贝丽吧，”他不慌不忙地说，“我想他们应该不会再公开地袭击我们了，因为他们的人数比我们少。我们应该追踪他们，可那又危险，又累。”

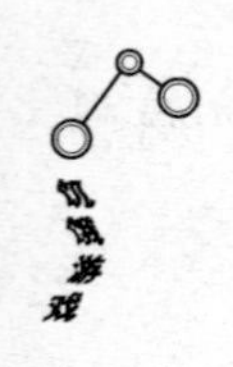

“你觉得他们已经琢磨出来大钟的道理了吗?”我问。

“就算没有，他们很快也会想出来。也许不像我们这么精确，但他们至少明白不同的区域会发动不同的袭击，而且是以循环的方式进行。上次的交手被极限赛组织者有意干预，他们也不可能没注意到。极限赛组织者是想让我们失去方向感，他们肯定也会问自己同样的问题，这样，也会使他们很快明白竞技场是个大钟的事实。所以，我想我们最好的办法就是设计圈套。”比特说。

“等等，让我把约翰娜叫起来。要是她知道自己错过了这么重要的事情，她又会发怒的。”芬尼克说。

“是吧。”我咕哝着，她一向如此嘛。但我没拦着他，换了我，这么重要的事不跟我说，我也会生气的。

约翰娜一会儿被叫了过来，然后比特让我们大家都略微后退一些，腾出地方让他在沙地上画示意图。他在地上画了一个圆圈，分成十二个等分，这是竞技场。他画得不像皮塔那么仔细，而是大致画了一下，因为他脑子里想的是更复杂的问题。

“如果你是布鲁托和伊诺贝丽，了解丛林里的情况之后，你会觉得哪里最安全?”比特问。

尽管他说话的语气并没有高高在上的感觉，然而我还是觉得他很像一个在学校里给孩子们上课的老师。之所以有这样的感觉，也许因为他长我们许多，也许是因为他确实要比我们聪明一百倍吧。

“就是我们现在的位置，沙滩。这儿最安全。”皮塔说。

“那么他们为什么没有来沙滩?”比特说。

“因为我们在这儿。”约翰娜不耐烦地说。

“完全正确。我们在这儿，占着这块地方，那么你会上哪儿?”比特说。

我想丛林很危险，沙滩有人占据着。“我会藏在丛林的边缘。有人袭击，我可以逃跑，同时还可以监视对方的活动。”我说。

“还可以找到吃的。丛林里到处是奇怪的动物和植物。可是，通过观察我们，他们知道水里的生物是安全的。”芬尼克说。

比特冲我们笑笑，好像我们的理解力已超出了他的预料。“很好，你看，这是我的计划：当十二点的钟声敲响时，在中午和午夜会发生什么?”

“闪电击中大树。”我说。

“是的，所以，我建议，当中午闪电过后，晚上闪电到来之前，我们把金属线跟山上的大树连接上，然后一直引到山下的咸水里，当然，咸水的导电性是很强的。当闪电击中大树时，电流会顺着金属线向下传导，一直传导到唯一的水域，当然，还会传导到周围的沙滩，正好，沙滩因为十点的巨浪刚过也还是潮湿的。任何人只要这个时候接触沙滩，都会触电身亡。”比特说。

这时谁也不说话，努力理解消化着比特的计划。在我看来，这有点太复杂了，简直不可能实现。可为什么不行？我也设过上千个圈套。这难道不就是一个更科学、更复杂的圈套吗？这能行得通吗？我们这些人所受过的训练不过是打鱼、伐木和挖煤，怎么能对此表示怀疑呢？我们对于利用天空的电流又知道多少呢?

还是皮塔想出了一个问题：“这金属线真的能传导那么多

电流吗，比特？这线看上去挺不结实，它会不会烧坏啊？”

“噢，是的，但电流通过之后可能烧断，它就像保险丝，不同的是电流可以通过。”比特说。

“你是怎么知道的？”约翰娜问，显然她不太相信。

“因为这是我发明的，”比特说，似乎有点惊讶，“这不是通常意义上的电线，闪电也不是真闪电，树也不是真树。你比我们都更了解树，约翰娜。经过这么多次雷击，现在它早该死了，对吧？”

“是的。”她沉着脸说。

“别担心金属线了——它会完全按我说的发挥作用。”比特向我们保证。

“那么，这一切发生时我们躲到哪儿？”芬尼克说。

“我们在丛林远离事发区的安全地带。”比特回答。

“那么职业选手，除非他们在水附近，否则也是安全的。”我指出了这一点。

“是的。”比特说。

“这样的话，所有的海鲜都煮熟了。”皮塔说。

“恐怕不只是煮熟了。我们很可能失去这个食物来源。但是你在丛林可以找到很多能吃的东西，对吧，凯特尼斯？”比特说。

“是的，坚果和树鼠，而且我们还有赞助人。”我说。

“那么，好吧，我觉得这个不成问题。既然大家是盟友，这事就得我们一起干，干还是不干，你们四个决定。”比特说。

我们？我们就像学校里的学生。我们完全不可能怀疑他的理论，只能关心一些最基本的问题，而这些问题跟他的计划也基本不关联。我看看其他几个人，大家也一脸的茫然。“为什么不？如果失败，也不会伤害谁；如果成功，我们还有机会杀死他们；如果我们没杀死他们，而只是杀死了海生物，布鲁托和伊诺贝丽也失去了这个食物来源。”我说。

“我说咱们可以试试。凯特尼斯说得没错。”皮塔说。

芬尼克抬头看看约翰娜，她不说话他是不会表态的。

“好吧。”她终于说道，“不管怎么说，这比在丛林追杀他们要好。我觉得他们也不会知道我们的计划，因为我们自己都还不太明白呢。”

在接线之前，比特需要检查一下那棵被闪电击中的大树。通过太阳的位置判断，现在是上午约九点钟。不管怎样，我们需要赶快离开沙滩。所以我们收拾营地的东西，走过位于闪电区附近的沙滩，朝丛林爬去。比特身体虚弱不能爬山，所以芬尼克和皮塔轮流背着他。我让约翰娜领头，因为我们上山的路是一条直线，她不大可能迷路；另外，我的弓箭比她的斧头能发挥更大威力，所以最好由我殿后。

湿热的空气包裹着我们，让我们透不过气来。自从比赛开始以来天气一直如此。我真希望黑密斯不再给我们送三区的面包，而是送些四区的物品，因为前两天我流了足有两桶的汗。即使我们吃了很多鱼，我也很渴望能吃点咸的东西，来点冰块或者来点冷饮也不错。我很感激还能喝到树汁，但树汁的温度与海水、空气、其他选手的温度是一样的。我们就像是一只大锅里炖熟的热菜。

当我们快接近大树时，芬尼克建议我打头。“凯特尼斯能听见电磁力场的声音。”他跟比特、约翰娜解释道。

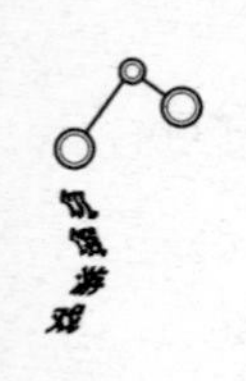

“听见?”比特说。

“我只能用凯匹特修复的那只耳朵听到。”我说。

猜猜这里只有谁我骗不了?比特。他肯定还记得曾经告诉过我怎么辨别电磁力场的位置。可是，不管出于什么原因，他并没有再问我。

“那么，不管怎样，让凯特尼斯打头吧。”他说，停了一下，把眼镜上的水汽擦掉，“电磁力场可不是闹着玩的。”

吸引闪电的那棵树是不会找错的，它巍然耸立，比别的树高出许多。我让其他人等在后面，我拿着挂着坚果的树枝，边往地上扔，边慢慢地往上走。可是我马上就发现了电磁力场，甚至在坚果还没碰到它之前，因为它离我只有十五码远。我用锐利的目光扫视前面的绿色植物，很快发现了在我的右上方有一个波动的方块。我把树枝扔到前面，立刻听到嗞嗞的声音。

“就待在吸引闪电的树下边。”我对其他人说。

我们分了一下工。比特检查大树，芬尼克放哨，约翰娜去树上取水，皮塔收集坚果，我在附近打猎。树鼠好像一点也不怕人，所以我轻而易举就打到了三只。十点钟时巨浪发出的声音提醒我该回去了。我回到原地，开始清理树鼠。然后在距离电磁力场几英尺的地上画了一道线，提醒大家不要接近。皮塔和我坐下来，烤熟坚果和鼠肉。

比特还在树旁忙着，一会儿量量这儿，一会儿量量那儿，我也不懂他究竟在忙些什么。过了一会儿，他拽下一长条树皮，来到我们跟前，把树皮往电磁力场上一扔。树皮弹回来，落在地上，烧得红红的。过了一会儿，树皮又恢复了本来的颜色。“嗯，这很能说明问题。”比特说。我看看皮塔，忍着没笑出来。除了比特，这对我们任何人不说明任何问题。

这时，我们听到对面的区域发出咔嗒咔嗒的声音。这就是说现在已经十一点了。在丛林里听上去，这声音比昨天在沙滩上听要大得多。我们都专心地听起来。

“这不是机械声音。”比特很肯定地说。

“我猜是昆虫。也许是甲壳虫。”我说。

“是一种带螯的虫子。”芬尼克说。

那声音越来越大，好像那些昆虫被我们轻轻的说话声惊动，以为新鲜的猎物就在附近。不管是什么东西发出那咔嗒咔嗒的声音，我敢打赌它们会在几秒钟内把我们啃个精光。

“我们反正得离开这儿。不到一个小时，闪电就来了。”约翰娜说。

还好，我们不需要走很远，只需走到下血雨区域的那棵同样的大树就行。我们干脆蹲在地上来个野餐，边吃着丛林食物，边等着闪电信号的到来。在咔嗒声逐渐减弱之后，比特要我爬到树顶去观察一下。闪电在对面区域的天空划过，即使在这个位置，在明亮的阳光下，都可以看到耀眼的光。闪电击中远处的那棵大树，发出了蓝白色的光，周围的气体也在电光的击打下噼啪作响。我爬下树来，给比特汇报自己看到的情况。虽然我的话不很在行，但他看上去很满意。

我们从旁边的路又绕回到十点钟位置的沙滩上。沙子光滑潮湿，被刚刚经过的巨浪冲洗得干干净净。比特在忙着鼓弄金属线，我们就等于放了假。这是他的武器，我们完全仰仗他的知识，所以有种奇怪的感觉，好像现在他让我们早早放了学。起先，我们轮流在林子边的树荫里打盹，可是到了傍晚，每个人都睡醒了，闲着没事干。我们决定来顿海鲜大餐，这是最后的机会了。在芬尼克的指挥下，我们叉鱼，抓蛤蜊，甚至潜水去摸牡蛎。我最喜欢这最后一项，并不是因为我特别喜欢吃牡蛎。我只在凯匹特吃过一回，还受不了那滑溜溜的感觉。我只是喜欢潜到水下的感觉，好像到了另一个世界。那里的水特别清澈，各种色彩艳丽的鱼和奇异的水草装点着海底世界。

约翰娜放哨，芬尼克、皮塔和我清洗海鲜。皮塔打开了一只牡蛎，不禁笑出声来。“嘿，看看这个！”他拿着一颗亮晶晶的像豆子那么大的珍珠。“你知道，如果你给煤炭加压的话，它就会变成珍珠。”他认真地对芬尼克说。

“不，不会的。”芬尼克不屑地说。可这话却把我逗笑了。我想起来艾菲·特琳奇去年就是这么没头没脑地把我们推介给凯匹特人的，那时还没有人认识我们。当煤炭被我们生存的重负压成珍珠时，那世上所有的美无疑也就来自痛苦了。

皮塔把珍珠洗干净，递给我，“给你的。”我把珍珠放在手心里，看到它在阳光下闪烁着美丽的珠光。是的，在我生命最后的几个小时，我要把它保留下，放在贴身的地方。这是皮塔给我的最后礼物，也是我唯一可以接受的礼物。也许这珍珠会在最后时刻给予我力量。

“谢谢。”我说着，把手掌合拢。我以平静的目光注视着他蓝色的眼睛，他现在已成为我最大的对手，宁愿牺牲自己的生命去换得我的生存。而我发誓要让他的计划落空。

他眼里闪动着的快乐突然消失了，他定定地看着我，像是已经读懂了我的心思。

“项链上的纪念盒对你没有用，对吗，凯特尼斯？”皮塔说，尽管芬尼克就在身边，每个人都可能听到，他也不管。

“有用。”我说。

“可不是我想要的方式。”他说，接着把目光移开了。从那一刻起，他一直低垂着头，盯着牡蛎，没再看别处。

正当我们要开餐时，一只降落伞出现了，送来了两样东西，一瓶辛辣的红色沙司，再有就是三区的面包卷，当然，芬尼克马上又数了数，“又是二十四个。”他说。

这样的话我们共有三十二个面包卷。每个人拿五个，还剩下七个，这就不可能再平均分了。有一个单个的，只能给一个人吃。

咸鱼肉、多汁的蛤蜊，真好吃。牡蛎在放了调味料以后，味道似乎也不错。我们大快朵颐，直到每个人再也吃不下去一口了。即使吃成这样，也还剩下了好多。海鲜不能存放，所以我们把剩下的都扔到了水里，不给职业选手留下。至于贝壳，就不用管了。海浪会把它们冲走的。

现在也无事可做，只能等待。皮塔和我坐在水边，手拉着手，默默无语。他昨晚已经说了很多，可我的决心丝毫没有改变，任何话语都无法改变。这次，皮塔能言善辩的天赋没有了用武之地。

我保留了珍珠，把它和插管、药膏一起卷在降落伞里，我希望这珍珠最终会被送回十二区。

当然，妈妈和波丽姆在我下葬之前会把它还给皮塔。

26 耀眼的蓝光

国歌响起，这次天空没有出现任何人的脸。观众肯定已经坐卧不安，渴望着新的血腥厮杀。比特的圈套肯定很刺激，所以极限赛组织者也没有再布设新的机关。也许他们对于这个圈套是否管用也很好奇。

芬尼克和我估摸着约九点钟的时候，大家一起离开满是贝壳的沙滩，穿过十二点钟位置的沙滩，在月光中静静地向闪电树出发。我们吃得太饱，爬起山来很不舒服，也远不如早晨轻快。我开始后悔多吃了最后的一打牡蛎。

比特要芬尼克帮着他弄，其他人放哨。比特在接线之前，把线拆开了很长很长，他让芬尼克把线的一头牢牢地绑在一根断树枝上，然后放到地上。之后两个人各站在树的两边，用相互传递线轴的方式，把金属线在树上绕了很多圈。乍一看上去，好像是随便缠的，但仔细观察，会发现有一定的规律。从比特这一侧看，缠好的线好像复杂的迷宫，在朦胧月色下闪着熠熠的光。我不知道缠线的方式是否能产生不同效果，还是仅仅为了吸引观众的注意力，可我敢说，多数人不比我更懂得电是怎么回事。

大浪打上来的时候，缠线的活正好结束。我从来想象不出大浪是从十点钟区域的哪个位置发出的，肯定是提前做好的机关，然后才有浪，之后是洪水。现在看太阳的位置应该是十点半。

这时，比特才把余下的计划告诉我们。因为我和约翰娜在丛林里跑得最快，所以比特要我们俩带着线轴顺山坡布线。我们要把线铺到十二点钟的沙滩，然后不管还剩下多少线，把它连同线轴一起扔到水里，一定要保证线轴沉入水底，然后跑回丛林。如果我们现在就走，马上走，我们可以跑到安全地带。

“我想和她们一起去，好保护她们。”皮塔马上说。在他给我珍珠之后，看得出他再也不愿意让我离开他的视线。

“你太慢了。另外，我这里还需要你。凯特尼斯会保护约翰娜的。没时间再争了，对不起，如果想要她们活着离开，那她们现在就得走了。”比特说，他把线轴交给约翰娜。

我和皮塔一样也不喜欢他的安排，我在远处又怎么能保护皮塔？可比特是对的。皮塔的腿不好，他不可能及时跑到山下。而且，我和约翰娜跑得最快，也最熟悉丛林地形。如果说这里除了皮塔，我还能信任谁的话，那就是比特。

“没关系。我们扔下线轴以后，马上上山。”我对皮塔说。

“不要跑到闪电区啊。朝一点到两点钟位置的丛林跑。如果你时间不够，那就再移动一个区域。完后先不要回到沙滩，直到我能够判断是否还有危险再说。”比特提醒我。

我捧着皮塔的脸说：“别担心，我今晚午夜时就会看到

你。”我吻了他，没等他表示反对，我松开手转向约翰娜说：“准备好了吗?”

“干吗不?”约翰娜耸耸肩说。她对于这种组合也并不比我开心。可是我们都已经上了比特的套。“你警戒，我放线。我们回头再互相替换。”

二话没说，我们朝山下跑去。事实上，我们路上也没说多少话。我们动作很快，一个人放线，一个人警戒。走到一半时，我们听到咔嗒咔嗒的声音又响起来了，知道现在已经过了十一点钟。

“最好快点。我想在闪电开始前尽量跑得远点，万一伏特算错了什么呢。”约翰娜说。

“我来放一会儿线吧。”我说。因为我知道放线比警戒要难得多，而且她也跑了好半天了。

“给你。”约翰娜说着，把线轴递给我。

我们俩的手都还没松开金属线轴，我就感到金属线震动了一下。突然，细细的金属线从上边弹了回来，卷成圆圈，缠在我们的手腕上，接着被剪断的线头卷缩在我们脚下。

这突然发生的一切只用了一秒钟，约翰娜和我对视了一下，我们谁也不必多言，山上面离我们不远的地方有人把线剪断了，他们随时可能出现在我们眼前。我松开金属线，伸手去拿箭，刚摸到箭尾的羽毛，金属线轴就啪的一下砸在我头的左侧。我一下子栽倒在地，感到左侧太阳穴一阵阵剧痛。我的眼睛也看不清了，眼前一片模糊，天上的月亮时而是一个时而变成两个。我呼吸困难，这时我感到约翰娜压在我胸上，用膝盖抵住我的肩膀。

我的左臂感到刺痛，我想挣开，但却没有力气。约翰娜在挖什么，她好像正把刀尖刺到我的肉里，接着又在里面搅动。接着一阵撕心裂肺的疼痛，温暖的血顺着我胳膊流到我的手腕，我的手掌。接着，她把我的胳膊重重甩到地上，弄得我半边脸都是血。

“躺着别动！”她低声说。接着她离开了我，只剩下我一个人。

躺着别动？我的脑子在转，**怎么回事？发生了什么？**我闭上眼，暂时把这个不可理喻的世界关在外面，拼命地要想明白我目前的处境。

约翰娜把韦莉丝推倒在沙滩上的景象再次浮现在我眼前。**“待在地上，别起来，行吗？”**可是她没有袭击韦莉丝，不像这样。我也不是韦莉丝，也不是伏特。**“待在地上，别起来，行吗？”**她的话在我耳朵里回响。

传来了脚步声。两个人。很重，看来并不想隐藏他们的踪迹。

布鲁托的声音，“她已经死了！快走，伊诺贝丽！”脚步声消失在夜晚的山林。

我死了？我在清醒和昏迷的状态徘徊，寻找着答案。我死了？我找不到相反的答案。事实上，我在挣扎着，希望能思考。我知道的一切就是约翰娜袭击了我。她用线轴打在我头上，割破了我的胳膊，也许割破了静脉和动脉，然后，在她还没来得及杀死我之前，布鲁托和伊诺贝丽出现了。

同盟关系已经结束。芬尼克和约翰娜一定已经约好了今晚要下手。我知道今天早晨就该走。我不知道比特站在哪一边。

但是我成了他们捕杀的猎物，皮塔也是。

皮塔！我一下子睁大了眼睛，内心无比慌乱。皮塔还在树边等着，毫无疑心，也没有防备。也许芬尼克早已把他杀死了。“不。”我轻声说。电线是在不远处被职业选手割断的。芬尼克、比特和皮塔不可能知道底下发生的事。他们只能在心里嘀咕到底发生了什么事。为什么线松了，甚至弹了回去。单凭这个，不会成为杀人的信号吧？会吗？很肯定，只是约翰娜觉得到了与我们分离的时候。杀掉我，从职业选手那里逃开，然后和芬尼克一起，杀死其他人。

我不知道，我不知道。我只知道我必须回到皮塔身边，保护他，让他活下去。我用尽浑身力气咬牙坐了起来，然后又拼命扶着树站起来。我觉得天旋地转，幸好还有东西能扶着。冷不防地，我身体前倾，胃里的海鲜全部倒了出来，吐到一点东西都不剩。我浑身颤抖，满身大汗，我需要估量一下自己的状况。

我举起受伤的左臂，血溅了我一脸，天地又在旋转。我赶紧把眼闭上，倚在树上，等着这阵晕眩过去。然后我小心翼翼地挪到另一棵树旁，扯下一些苔藓，也没看伤口，用苔藓把伤口紧紧裹上。这个时候最好不要去看自己可怕的伤口。然后我用手试着轻轻触摸头上的伤口。起了个大包，但没什么血。显然，我受了内伤。但看来我不会马上流血而死。至少不会因为头部流血而死。

我用苔藓把手擦干，用受伤的左臂颤巍巍地抓住弓搭上箭，艰难地向山上爬去。

皮塔。在他身上寄托着我死前的愿望，我的承诺，要让他活下去。我突然意识到炮声还没有响，他一定还活着，我的心又有了希望。也许约翰娜是单独行动，她知道芬尼克知道一切后会站到她一边，尽管我说不清他们之间究竟搞了什么勾当。我回想起芬尼克曾看着约翰娜的眼色行事，以决定是否帮助比特设套。多年的友情构筑了牢固的同盟，也许还有别的什么原因。然而，如果约翰娜已经开始对付我，我就不能再信任芬尼克了。

我刚作了决定只有几秒钟时间，就听到有人跑下山来。无论皮塔或者比特都不可能跑得这么快。我赶紧躲在藤条后面，刚好藏起来，就看到芬尼克从我身边跑过，他的皮肤因为抹了药而显得很暗，他跳过地上丛生的灌木时，就像一只鹿。他很快跑到我被袭击的地方，他肯定也看到了血。“约翰娜！凯特尼斯！”他喊道。我站着没动，直到他朝约翰娜和职业选手跑掉的方向跑去。

我尽量克制晕眩，以最快的速度往上爬。我的头跳着疼，与心跳保持着同样的节律。那些昆虫肯定是受到了血腥味的刺激，叫得更响了，最后在我耳边响成一片。不，等一下。也许我的耳朵是因为撞击才响的。这要到虫子不叫了，才能知道。但是到虫子不叫的时候，闪电就又开始了。我得快点走，我要找到皮塔。

轰的一声炮响让我吃了一惊，有人死了。现在大家都拿着武器四处乱窜，死的可能是任何人。但不管死的是谁，这里的同盟肯定已经一扫而光。人们会先杀人，过后再思考杀人的动机。我逼迫自己跑了起来。

有东西在脚下绊住了我，我一下子扑倒在地，我感觉绊倒我的东西把我缠了起来，是很细的纤维。一张网！这肯定是芬尼克编的漂亮网，专门放在这里捕获我的，他肯定就在附近，

手里拿着鱼叉。我想用力挣开，但却被缠得更紧了。这时我借着月色看到了绑着我的东西，我举起左臂，看清楚是闪亮的金属线。我很困惑。这根本不是芬尼克的网，是比特的金属线。我小心地站起来，发现自己实际上倒在一堆金属线上，金属线在接到闪电树的过程中挂住了树干。我慢慢地把线绕开，抛在一旁，接着往山上爬。

碰到金属线是件好事，一方面，它说明我还没有因为头晕目眩而失去方向感；另一方面，它提醒我闪电就要来临。我耳朵里仍能听到昆虫的咔嗒声，可是不是声音越来越小了呢？我沿着金属线右侧几英尺的地方向前跑，免得迷路，同时非常小心不碰到它。如果虫鸣声在逐渐消失的话，这说明闪电即将击中大树，之后，所有的能量就将顺着电线往下传，任何人只要一碰到它就会立刻丧命。

大树模模糊糊地映入我的视线，树身上缠绕着闪亮的金属线。我放慢速度，尽量轻手轻脚地走，我还能站立着算是幸运。我看看有没有其他人的踪迹。没有人，一个人都没有。“皮塔？”我轻声呼唤，“皮塔？”

一个低声的呻吟传了过来，我猛然转身看到一个人躺在地上。“比特！”我喊道，急忙跪在他身旁，他的呻吟一定是在不自觉地发出的。除了眉骨下有一个伤痕，他别处并没有受伤，但他已经失去了意识。我随手抓了一把苔藓，一边捂在他的伤口上，一边扶他起来。“比特！发生了什么事？谁砍的你？比特！”我使劲地摇晃着他，尽管不应该这么摇晃一个受伤的人，可我也不知该怎么办才好。他又呻吟了一声，然后伸出手来，好像要挡住我。

这时我才注意到他手里拿着一把皮塔曾经用过的刀，这刀已经被金属线松松地缠了起来。我困惑不解，站起来，提起金属线，看到它已经接到了大树上。过了一会儿我才想起来还有第二条线，这条线要短得多，在比特还没有往树干上缠线之前，就把这条线缠到一根树枝上，扔在地上。我原以为这条线是导电用的，放在一旁备用。可是这条线不可能已经接到树上，因为光是留在这里的线就足有二十到二十五码长。

我眯起眼使劲朝山顶看去，意识到电磁力场距我们只有几步之遥，那个泄露秘密的方块依然悬在我的右上方，跟今早看到的一样。比特到底干了什么？他是不是跟皮塔一样不小心用刀触到了电磁力场？可是金属线是干什么用的？这是他的备选方案？如果将电流导入水中的计划失败，他要将闪电的能量导入电磁力场？那么，这又有什么作用？没有作用还是有很大作用？把我们都烤熟？电磁力场肯定也是能量，我想。在竞技场的那个电磁力场是隐形的，而这个电磁力场简直能把整个丛林都映在上面。可是在皮塔的刀碰到它、我的箭射到它的时候，我能够看到它在摇晃，真实的世界就藏在它背后。

我的耳朵已不再鸣叫了。看来这声音还是昆虫的鸣叫。昆虫的鸣叫声正在快速减弱，周围只能听到丛林中发出的大自然的声响。比特还没有缓过劲来，我也扶不起来他，也救不了他。我不知道他要拿那把刀和金属线干什么，他也无法向我解释。我胳膊上绑的苔藓已经被血浸透了，我也没必要自我欺骗，我头重脚轻，很快就会晕过去。我得赶快从这棵树旁走开，然后——

“凯特尼斯！”尽管他的声音离我很远，我还是听到了。他

在干什么？皮塔一定已经很清楚每个人都已经背叛了我们。“凯特尼斯！”

我无法保护他。我跑不了，也跑不远，甚至能否射箭都值得怀疑。我唯一能做的就是把其他人引开，引到我这里来。“皮塔！”我声嘶力竭地喊道，“皮塔！我在这儿！皮塔！”是的，我要把他们，把所有在我附近的人都从皮塔那里引开，引到我这里来，闪电树很快会成为一个武器。“我在这儿！我在这儿！”他的腿不好，再加上昏暗的夜色，他不可能跑过来，他永远不可能在很短的限定时间内跑过来。“皮塔！”

我的喊声起了作用。我能听到他们朝我这边跑来，两个人在丛林里穿行。我已经没有了力气，跪倒在比特身旁，弓箭还在我手中。如果我能把他们消灭，皮塔能对付其他人吗？

伊诺贝丽和芬尼克来到闪电树旁。他们看不到我，因为我在山坡上面，身上还抹着黑色的药膏。我的箭朝伊诺贝丽的脖颈飞去。如果我很幸运地杀死了她，芬尼克会躲到树后，正好这时闪电就会到来而击中他，闪电随时会到来。现在昆虫的叫声已经很弱，只是偶尔发出一两声。我现在可以结果了他们，把他们两个都杀死。

又一声炮响。

“凯特尼斯！”皮塔在用凄哀的声音大声呼喊我。可是这次，我没有回答。比特躺在我身旁的地上，呼吸微弱。他和我很快就会死去。芬尼克和伊诺贝丽也会死去。皮塔会活下来。已经听到了两声炮响。布鲁托、约翰娜、查夫。他们中的两个人已经死去。皮塔只需要杀死一个“贡品”，就可以取胜。我能做的只有这些了。只给皮塔留下一个敌人。

敌人。敌人。这个词勾起了我的回忆，黑密斯沉着脸说：**“凯特尼斯，当你在竞技场时……”** 我仍记得他严肃、不肯原谅我的表情。**“什么?”** 知道他又要指责我，我的声音变得生硬起来。**“你要记住谁是你的敌人。”** 黑密斯说，**“就这些。”**

这是黑密斯给我的最后忠告。为什么我需要他提醒？我一直都清楚谁是我的敌人。是他们在竞技场折磨我们，又杀死我们，很快就要杀死所有我爱的人。

当我终于明白这话里的含义时，我垂下了手中的弓箭。是的，我知道谁是我们的敌人，而这人不是伊诺贝丽。

我的目光又落到比特手里的刀子上，我用颤抖的手把金属线从刀子上摘掉，缠在箭的尾羽旁，用训练中学到的方法给它死死地打了一个结。

我站起身，转向电磁力场，把自己完全暴露出来，但我已经不害怕了。我只知道要把箭头对准一个地方，比特如果能够选择，他手中的刀子也会同样抛向那个地方。我举起弓箭，对准那个闪动的方块，那个缺陷……他们那天叫它什么来着？盔甲上的裂缝。我手中的箭飞了出去，我看到它击中了那个方块，然后消失了，带着后面的金属线也飞了出去。

我的头发立刻竖了起来，闪电也攫住了大树。

一道白光在金属线上一闪而过，一瞬间，天空的穹顶发出耀眼的蓝光，我一下子被抛到地上，眼睛瞪得大大的，身体不能动弹，一些羽毛状的物体从天空落下。我够不着皮塔，我甚至无法伸手拿到我的珍珠。我睁大了眼睛，想再最后看一眼这美丽的世界，把这景色带走。

在爆炸前的一刻，我看到了真正的星星。

27 熊熊烈焰

一切似乎都在那一瞬间爆开了。地表爆炸后掀起泥土和植物的碎屑，树林也起了火，即使天空也闪烁着彩色的火焰。我不明白为什么天空也能爆炸，直到我意识到真正的爆炸在地面发生时，极限赛组织者正在放烟火，也许是怕毁掉竞技场和里面所有的“贡品”还不够热闹，也许是为了给我们在竞技场血淋淋的收场提供更好的照明。

他们会让任何人活下去吗？会产生第七十五届饥饿游戏的冠军吗？也许不会。不管怎么说，什么叫世纪极限赛……斯诺总统怎么念的来着？

“……为了提醒反叛者，即使他们中最强壮的人都无法战胜凯匹特……”

即使是强者中的强者都无法取得胜利。也许他们从来都没打算让任何人在这场竞技中取得胜利。也许我最后的反叛行为促成他们这么做。

对不起，皮塔，我心想，对不起，我救不了你了。还说救他？恐怕我把他最后的生存机会都夺走了，我毁坏了电磁力场从而对他施以诅咒。如果我们都按照规则比赛，也许他们会让他活下去。

直升机悄无声息地出现在我头顶。如果周围很静，我的嘲笑鸟停在附近的枝丫上，嘲笑鸟会在直升机出现之前发出警报，我也能够听见。可是，在阵阵的爆炸声中，我不可能辨别那微弱的声响。

机械爪从飞机肚子里伸出来，直接落到我身体上方。金属机械爪插到我身体下，我想喊、想跑、想捣碎这一切，可我却孤独无助、动弹不得，我渴望在自己看到飞机里的憧憧人影之前就死去。他们没有饶过我，让我成为胜利者，给我戴上桂冠，而是让我慢慢地死去，把我的死在观众面前曝光。

当我看到飞机里的人是普鲁塔什·海文斯比——赛组委主席时，我的恐惧得到证实。他很聪明地把竞技场设计成了一个嘀嗒作响的大钟，而我却把他美丽的竞技场搞得天翻地覆，他会为自己的失败付出代价，也许会丢掉性命，但却是在我受到惩罚之后。他把手伸向我，我以为他要打我，可他却做了更糟的事，盖上了我的眼皮，让我坠入黑暗之中。他们现在可以对我做任何事，而我甚至在此之前看不到它的到来。

我的心剧烈跳动，血流加快，胳膊上的血涌出来。我已经意识模糊。兴许在他们救活我之前，我就已经流血而死。在我昏过去之前，我在心里悄悄地对约翰娜·梅森说了声谢谢，谢谢她给我这漂亮的伤口。

当我再次迷迷糊糊醒过来的时候，感到自己躺在一张带垫子的桌子上。我的左臂正在打吊针，隐隐作痛。他们正在设法让我活下去，因为如果我静悄悄地死掉了，就等于我取得了胜利。我的身体机能还没有完全恢复，只能睁开眼睛，抬抬头。我的右臂恢复了一点知觉，它无力地垂在我胸前，就像鱼鳍，不，没那么好，像一根木棍。它还不能做出协调的动作，我甚至感觉不到自己是否还有手指。但是，我使劲晃动手臂，最后还是设法把输液管拔了下来。之后，警报铃响起，我没有看到铃声叫来的人，就又晕了过去。

等我再醒过来的时候，我的手臂被绑在桌子上，胳膊上又插入了针头。我可以睁开眼睛，略微抬起头。我在一个很大的房间里，天花板很低，四周一片银白色。两排床对着摆放，我可以听到呼吸声，我猜是我的同伴。在我对面，我看到比特身上连接着大约十种不同的仪器。**就让我们死去吧！**我在心里呼喊。我使劲把头部撞在桌子上，之后又晕了过去。

当我最后终于真正醒来时，我已经给松了绑。我举起手，发现自己有移动自如的手指。我硬撑着坐起来，抓住带垫子的桌面，直到一阵晕眩过去，房间的一切清晰地呈现在我眼前。我的左臂已经被包扎过了，但是输液管还吊在我床边的架子上。

屋子里除了比特也没有别人。他仍躺在我对面的床上，身上连接着各种机器。那么，其他的人呢？皮塔、芬尼克、伊诺贝丽，还有……还有……还有一个，对吗？在爆炸发生时，约翰娜、查夫、布鲁托，三个人中有一个还活着。我肯定他们想在我们中挑一个典型。可他们被带到哪里去了？把他们从医院转移到监狱了？

“皮塔……”我轻声呼唤着。我仍然想要保护他，仍然决心这样做。因为我没能让他安全地活着，那么在凯匹特决定把他痛苦地折磨死之前，我必须找到他，把他杀死。我拖着腿下了地，四处寻找武器。在比特床边的桌子上，有几个封在消毒塑料袋里的注射器。太好了。我所需要的就是把一管空气注射进他的血管里。

我停了一下，考虑是否杀死比特。可如果我这么做，监视器就会发出报警声，那么我还没找到皮塔就会被抓住。我默默地在心里许诺，如果我还能回来，到那时我再杀死他。

我身上只穿了一件长袍，所以我把注射器塞在我胳膊的绷带下面。门口没有警卫，毫无疑问，我在训练中心几英里深的地下或者在某个凯匹特重要地点。我逃跑的可能几乎为零。没关系。我不要逃跑，我只要完成一项任务。

我蹑手蹑脚地穿过一个狭长的过道，来到一扇微微敞开的铁门前。里面有人。我把注射器拿出来，攥在手里。我紧靠着墙站着，听到里面有人说话。

“七、十、十二区的通讯已经中断。可是十一区已经控制了交通要道。所以他们还有可能运出一些粮食。”

是普鲁塔什·海文斯比的声音，我想，虽然我只跟他说过一次话，也能听出来。另一个沙哑的声音问了一个问题。

“不，对不起。我没办法把你送到四区。可是，我已特别下了命令要他们把她弄出来。我只能做到这些了，芬尼克。”

芬尼克，我脑子快速转动，想弄明白这究竟是怎么回事，普鲁塔什·海文斯比怎么能跟芬尼克对话。难道他跟凯匹特的关系已经亲近到可以被免除罪名的地步？还是他真的不了解比特的意图？他又用沙哑的嗓音说些别的，好像很绝望。

“别傻了，这么做太蠢了。一定要让她死，只要你活着，他们肯定会拿她当诱饵。”黑密斯说。

黑密斯！我砰的一声把门推开，跌跌撞撞地冲到屋子里。黑密斯、普鲁塔什和狼狈不已的芬尼克坐在桌子旁边，桌子上摆着食物，可没人吃。外面的光线从圆窗照射进来，在远处，我可以看到大片森林的树尖。我们在飞机上。

“你已经不晕了，亲爱的?”黑密斯说，听他的声音显然很恼火。但当我脚下没根，向前移动时，他站了起来，抓住我的手腕，把我扶稳。他看着我的手。“那么你要拿注射器跟凯匹特斗喽？瞧，这就是为什么没人找你制订计划的原因。”我不解地盯着他。“扔了它。”他用力捏着我的右手腕，迫使我张开手，扔掉了注射器。他把我推到芬尼克旁边的椅子上。

普鲁塔什把一碗肉汤和一个面包卷摆在我面前，往我手里塞了把勺子。“吃吧。”他说，口气比黑密斯的要柔和得多。

黑密斯坐在我正对面说：“凯特尼斯，我来解释发生了的事。在我说完之前，请你不要问任何问题。你明白吗?”

我木然地点点头。下面是他跟我说的一番话。

从世纪极限赛宣布的那一刻起，他们就制订了一个计划，让我们从竞技场逃出来。三区、四区、六区、七区、八区、十一区的选手对这件事略有知情。普鲁塔什·海文斯比多年来一直是推翻凯匹特统治的地下组织成员。他确保金属线会出现在竞技场的武器单中。比特负责把竞技场的电磁力场炸出一个洞。我们在竞技场收到的面包卷是救援的时间暗号。面包卷出品的地区代表救援的日期：第三天。面包卷的数目代表救援时间：二十四点。直升机是十三区派来的。我在林子里遇到的两个八区女人——邦妮和特瑞尔，她们对于十三区不仅存在并具有抵抗能力的猜测是对的。我们现在就是在绕道去十三区的路上。另外，帕纳姆国的大部分辖区已经掀起全区范围内的暴动。

黑密斯停下来，看我是否听明白了。也或者，他现在已经说完了。

发生了这么多事，我一时理解不了，在这个复杂的计划中，我不过是一颗棋子，正如我在饥饿游戏中扮演的角色一样。这一切都未征得我的同意，我完全不知情。可至少在饥饿游戏中，我还知道我被利用了。

我心目中的朋友原来有这么多的秘密。

“以前你没告诉过我。”我的声音和芬尼克的一样沙哑。

“是没告诉你，也没告诉皮塔。我们不能冒这险。我甚至担心在比赛时你会提起我的表。”普鲁塔什说着，拿出怀表，用大拇指划过水晶表盘，里面的灯亮了，显出了嘲笑鸟。“当然，我给你看这表的时候，是想给你有关竞技场的暗示。你可能要做指导老师。我想这是赢得你信任的第一步，我做梦都没想到你会再次成为‘贡品’。”

“我还是不明白为什么皮塔和我不能参与计划。”我说。

“因为一旦电磁力场被爆破，你们是凯匹特首先要抓的人。你知道得越少就越好。”黑密斯说。

“首先被抓？为什么？”我说，尽量想弄明白这话中的意思。

“我们愿意牺牲自己去救你们，是出于同样的原因。”芬尼克说。

“不，约翰娜想杀死我。”我说。

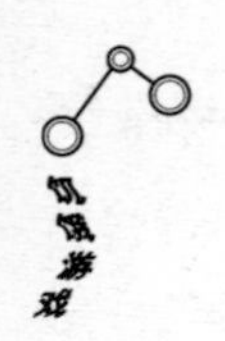

“约翰娜把你打昏是为了把你胳膊里的追踪器取出来，也是为了把布鲁托和伊诺贝丽从你那里引开。”黑密斯说。

“什么？”我的头太疼了，不希望他们转着圈说，“我不知道你——”

“我们要救你，因为你是嘲笑鸟，凯特尼斯。你活着，革命的火就不会熄灭。”普鲁塔什说。

鸟、胸针、歌曲、浆果、表、饼干，还有燃烧的裙子。我是嘲笑鸟。尽管凯匹特周密计划，但仍顽强生存下来的嘲笑鸟，它是反抗的象征。

当时在林子里发现了逃跑的邦妮和特瑞尔时，我就曾怀疑过这一点，尽管我从来不清楚这种象征意义的真正内涵。可是，那个时候人们并不想让我明白这一点。我回想起当时黑密斯曾对我逃离十二区的计划、在本区发动暴动，甚至十三区存在的想法都嗤之以鼻。借口、欺骗。如果在他嘲讽、装醉的面具下，曾向我隐瞒了这么多，那他还在多少地方撒了谎？我还能知道什么？

“皮塔。”我轻声呼唤，我的心在往下沉。

“其他人保护皮塔也是因为怕他死了，你也就不在这个同盟里了，而我们不能冒险让你失去保护。”黑密斯说。他实话实说，表情镇静，可他掩饰不了自己的老到奸诈。

“皮塔在哪儿？”我哑着嗓子问他。

“他和约翰娜、伊诺贝丽一起被凯匹特的飞机抓走了。”黑密斯说。说这话时，他终于垂下了眼皮。

照理说，我已经没有了武器，可指甲也是厉害的武器，特别是在对方没有丝毫准备的情况下。我越过桌子，用指甲狠抓黑密斯的脸，他的脸上立刻流出血来，一只眼睛也被抓伤了。之后，我们两个人都大喊着咒骂对方，芬尼克赶紧把我往屋子外面拽。我知道黑密斯是强忍着怒火才没把我撕成碎片。可我是嘲笑鸟。嘲笑鸟就是很不容易养活的。

其他人也来帮忙，直把我拽回到桌子上，身体和手腕都被绑起来，我拿头使劲一次次地撞桌子。一支针头一下子扎到我的血管里，我头疼欲裂，不再挣扎，而是像濒死的野兽一样嘶叫大哭，直至我再也发不出声来。

药物作用是镇静，而不是睡眠。所以我被绑在那里，被似乎永不间断的疼痛折磨着。他们又给我打上吊针，在我耳边说着安慰的话语，但我却什么都听不到。我所能想的一切就是皮塔，他躺在别的地方一张类似的桌子上，被不断地折磨，要他交代他根本不知道的事情。

“凯特尼斯，凯特尼斯，对不起。”芬尼克在我旁边的一张床上对我说，把我拉回到现实中来。也许他也在遭受同样的痛苦。“我那时想回去找皮塔和约翰娜，可我动不了。”

我没有回答。芬尼克·奥迪尔的好意对我没有一点意义。

“他比约翰娜的处境要好。凯匹特很快会知道他什么都不知道，他们认为可以利用他来对付你，所以不会杀他。”芬尼克说。

“当作诱饵？”我对着天花板说，“就像他们也会利用安妮来做诱饵？”

我能听到芬尼克在哭，可我不在乎。他们甚至不会去审讯她，她已经解脱了，多年前在饥饿游戏结束时她就已经解脱了。也许我也正朝着同样的方向发展，没准我已经疯了，只是

没人这样告诉我。我觉得自己已经疯了。

“我真希望她已经死了。我希望他们都死了，我们也死了。这是最好的结局。”他说。

是啊，我无话可说。刚才我还拿着注射器想找到皮塔并杀死他。我真的想让他死吗？我想要的是……想要他回来，可是现在我永远都不可能让他回来了。就算起义者推翻了凯匹特的统治，斯诺总统最后也会割断皮塔的喉咙。不，我永远都不可能让他回来了。这样的话，死亡就是最好的选择。

但皮塔知道这一切吗？他会继续斗争吗？他很强壮，又很会撒谎。他认为自己还有生存的机会吗？如果他有机会，他会在乎吗？不管怎么说，他没有这样的计划。他早已把自己的生命交了出去。也许，如果他知道我被救了，他会更高兴，觉得他完成了救活我的使命。

我想我恨他胜过恨黑密斯。

我放弃了生的希望。不再说话，没有反应，拒绝吃饭、喝水。他们可以把任何东西注入我的胳膊，可是，如果一个人失去了生的愿望，光靠这些是远远不够的。我甚至有一个可笑的想法，如果我死了，也许他们会让皮塔活下去。当然不是自由人，而是艾瓦克斯或者别的什么，侍候十二区其他的“贡品”。然后，他也许可以逃出来，我的死，终究，还是能够救活他。

如果不能，也没关系。带着怨恨死去也足够了。这是对黑密斯的惩罚，在全世界的所有的人中，偏偏是他把我和皮塔当作了他游戏中的棋子。而我一直信任他，把我最珍视的一切交付到他的手中，他却背叛了我。

“瞧，这就是为什么没人找你制订计划的原因。”他说。

没错，任何正常人都不会找我商量事情。因为显然我连敌友都分不清。

很多人来跟我说话，可我把他们的话都当作丛林里虫子的嘶叫。毫无意义，无比遥远。很危险，但只是在靠近时才会这样。每当他们的话语变得清晰时，我就发出呻吟，他们就给我更多的止痛剂，问题就马上解决了。

直到有一天，一个人来到我身边，我再也不能把他从我的视线里挡开。这个人不会哀求，不会解释，或者自以为可以用恳求来改变我的想法，因为他是真正了解我的人。

“盖尔。”我轻声说。

“嗨，猫薄荷。”他俯下身，把一缕头发从我眼前拨拉开。他脸的一侧刚被烧伤了，一只胳膊用悬带吊着，在他矿工衫下还有绷带。在他身上发生了什么？他怎么到了这里？家乡一定发生了很可怕的事情。

忘掉皮塔和想起其他人一样容易。只要看一眼盖尔，从前的一切记忆又都回到眼前。

“波丽姆?”我气喘吁吁地说。

“她还活着，你妈妈也活着。我刚好赶到出事地点，把她们救了出来。”他说。

“她们不在十二区了?”我问。

“在饥饿游戏结束之后，他们派来飞机，投了好多燃烧弹。”他顿了一下，接着说，“你知道，霍伯市场的事。”

我知道，我看着它起的火。那个旧仓房里到处是煤灰。整个十二区也一样。当我想到“夹缝地带”在燃烧弹的袭击下起火时，我的心里充满了新的恐惧。

“她们不在十二区?”我又重复一遍，好像只有这么说才能保证它是真的。

“凯特尼斯。”盖尔柔声说。

我听出来了他的声音，这是他在靠近打伤的猎物，最后把它弄死时所用的声音。我本能地举起手，想堵住他的嘴。可他却抓住了我的手。

“不要。”我轻声说。

可盖尔是不会对我保守任何秘密的，“凯特尼斯，十二区已经不存在了。”

第二部完

(京权) 图字：01-2009-7923

图书在版编目（CIP）数据

饥饿游戏2，燃烧的女孩 /（美）柯林斯 著；耿芳 译.
-- 北京：作家出版社，2011. 1（2015.1 重印）
ISBN 978-7-5063-5566-7

Ⅰ. ①饥… Ⅱ. ①柯… ②耿… Ⅲ. ①长篇小说 - 美国 - 现代 Ⅳ. ①I712. 45

中国版本图书馆CIP数据核字（2010）第185387号

封面图片：gold bird pinand arrow © scholastic

饥饿游戏2——燃烧的女孩

作　　者：［美］苏珊·柯林斯
译　　者：耿　芳
策划编辑：王宝生
责任编辑：苏红雨　韩　星
装帧设计：视觉共振
出版发行：作家出版社
社　　址：北京农展馆南里10号　　邮　　编：100125
电话传真：86-10-65930756（出版发行部）
86-10-65004079（总编室）
86-10-65015116（邮购部）
E-mail:zuojia@zuojia.net.cn
http://www.haozuojia.com（作家在线）
印　　刷：三河市北燕印装有限公司
成品尺寸：148×210
字　　数：230千
印　　张：11
版　　次：2011年1月第1版
印　　次：2015年1月第11次印刷
ISBN　978-7-5063-5566-7
定　　价：28.00元